Horst Brandt

Jenseits vom Tatort

Horst Brandt

Jenseits vom Tatort

Authentische Kriminalfälle

Militzke

Bibliographische Information der Deutschen Bibliothek
Die Deutsche Bibliothek verzeichnet diese Publikation in der Deutschen Nationalbibliographie; detaillierte bibliographische Angaben sind im Internet über http://dnb.ddb.de abrufbar.

Lektorat: Kathleen Weise
Umschlaggestaltung: Claudia Hofmann
unter Verwendung eines Fotos von photocase.de
Satz und Layout: Claudia Hofmann
Gesetzt aus der New Baskerville
Druck und buchbinderische Verarbeitung: Steidl, Göttingen

Printed in Germany
ISBN 3-86189-616-8

Besuchen Sie den Militzke Verlag im Internet unter:
http://www.militzke.de

Inhalt

Vorwort

Mehr als 42 Jahre war ich Polizeibeamter. Eine Zeit, in der ich die Höhen und Tiefen menschlichen Zusammenlebens ausgiebig kennen gelernt habe.

Begonnen habe ich als Bereitschafts- und Schutzpolizist. In dieser Zeit musste ich miterleben, wie unsere – wie meine – Stadt Berlin durch Mauer und Stacheldraht geteilt wurde. Obwohl ich dieses Menschen verachtende Bauwerk selbst gern eingerissen hätte, gehörte es zu meinen Pflichten, andere, die das unter Lebensgefahr tun wollten, daran zu hindern.

Mit dem Wechsel zur Kriminalpolizei und speziell zur Mordkommission lernte ich schließlich ein ganz anderes, mein Leben stark veränderndes und mich auf entscheidende Weise prägendes, Milieu kennen. Viele Jahre widmete ich der Verbrechensbekämpfung. Zunächst als Sachbearbeiter in einer Mordkommission, später dann beim Staatsschutz in der Terroristenbekämpfung. Ich war Leiter von drei Brandkommissariaten, zwei Vermisstenstellen, neun Mordkommissionen und dem gesamten Bereich der Sexualdelikte und Kindesmisshandlungen.

Dabei habe ich in menschliche Abgründe geblickt und grauenhafte Taten erlebt. Einige dieser Aufsehen erregenden Fälle, die für mich besonders einschneidende Erfahrungen darstellten, gebe ich im Buch, eingebettet in meine Karriere als Kriminalist, wieder.

Oft wurde ich gefragt, ob ich durch den ständigen Umgang mit dem Leid anderer nicht abgestumpft sei. Meine Antwort lautete immer wieder, dass derjenige, der bei dieser Tätigkeit abstumpft und das Leid anderer einfach abschüttelt, den falschen Beruf ergriffen hat.

Nicht selten musste ich Todesnachrichten übermitteln und erleben, wie die Betroffenen in schwere Depressionen verfielen. Trotz Mitgefühls ist der Kriminalbeamte allein nicht in der Lage, mit einer solchen Situation fertig zu werden. Ich sah mich deshalb immer wieder veranlasst, auf Pfarrer und Psychologen zuzugehen, mit der Bitte sich der Trauernden anzunehmen.

Als Leiter des Referates Delikte am Menschen habe ich oft festgestellt, wie häufig Einsatzkräfte an die Grenzen ihrer physischen und psychischen Leistungsfähigkeit gelangen. Sie zählen dann zurecht auf verantwortungsvolle und einfühlsame Vorgesetzte, die ihre Situation begreifen und in der Lage sind, das Chaos zu begrenzen und nicht, wenn zielstrebiges Handeln erforderlich wird, sich der Misere entziehen.

Mit meinen Mitarbeiten musste ich zum Beispiel Fälle wie die Anschläge auf die Deutsch-Arabische Gesellschaft und die Diskothek »La Belle«, einen Hotelgroßbrand und die gewaltige Gasexplosion in Berlin-Steglitz bearbeiten, so dass mir chaotische Erstabläufe bekannt sind. Ich weiß deshalb sehr genau, was es heißt, mit Not und Elend umzugehen und dass der Dienst eines Kriminalbeamten nicht nur ungewöhnliche Erlebnisse, Schwierigkeiten und Belastungen mit sich bringt, sondern auch Vorsorge für andere Menschen beinhaltet.

Horst Brandt
Oktober 2002

Bereitschaftspolizei Berlin-Lankwitz

Am 1. Juni 1956 meldete ich mich, 17-jährig, mit einem Schreiben des Polizeipräsidenten von Berlin in der Hand beim Wachposten der Bereitschaftspolizei in Berlin-Lankwitz, Eiswaldtstraße/Ecke Gallwitzallee, der mir mitteilte, dass ich mich zum Gebäude der 2. Bereitschaft zu begeben hätte.

Ich stieß zu einer Gruppe junger Männer hinzu, die, ähnlich angespannt und neugierig wie ich, an einem riesigen Tisch Platz nahmen und dort mit Kakao und Keksen bewirtet wurden.

Offiziere, so nannten sich die damaligen Polizeiführer, begrüßten uns, ließen unsere Namen verlesen und dann wurden wir in die verschiedenen Bereitschaften eingewiesen.

Gemeinsam mit 29 anderen Männern teilte man uns der 3. Bereitschaft und dort dem Ausbildungszug (A-Zug) zu.

Nachdem meine fünf Zimmerkameraden und ich erste Namen ausgetauscht hatten, hörten wir die laute Stimme eines Polizeioberwachtmeisters, der uns »A-Zug raustreten« zurief. Bei uns reichte es zunächst nur zu einem verwunderten »Aus – der – Tür – hinaus – sehen«. Dann aber machte uns der forsche Beamte klar, dass das Raustreten gefälligst ein wenig schneller zu erfolgen hätte.

Noch orientierungslos stand da ein Haufen junger Leute, der eigentlich nicht wusste, was er machen sollte. »Antreten« hieß es weiter und wir unternahmen den fast vergeblichen Versuch, in Dreier-Reihen den Ansprüchen des Anordnenden gerecht zu werden.

»Sie werden schon noch lernen, was es heißt anzutreten. Für heute aber zunächst einmal Bekleidung fassen.« Er sagte tatsächlich »fassen«, was dann im Laufe der nächsten Jahre für viele andere Begriffe, wie Essen- oder Waffenfassen stand.

Nachdem wir unsere Polizeiuniformen, Sport- und Drillichzeug in der Kleiderkammer abgeholt und man uns versprochen hatte, erst einmal „Menschen« aus uns zu machen, begann der »Ernst des Lebens«, begann unsere Ausbildung.

Wir lernten anzutreten, im Gleichschritt zu marschieren, vernünftig zu grüßen, d.h. die rechte Hand an das Käppi oder die Mütze zu legen und damit einem Vorgesetzten Achtung zu erweisen. Wir schlugen auf Befehl die Hacken zusammen, legten die Hände an die Hosennaht und stammelten auf Fragen zunächst nur unsichere Antworten, bis auch das klappte und wir laut und für jedermann vernehmlich: »Jawoll, Herr Hauptwachtmeister« oder »Jawoll, Herr Unterinspektor«, das war damals die Bezeichnung für unseren Zugführer, herausbrüllen konnten.

»Laufen, lauft«, hieß dann immer öfter die Devise, was gerade morgens, wenn es um den Frühsport ging, für mich und auch für andere zur Horrorvision wurde.

Noch völlig unausgeschlafen, betraten wir mit Trainingsanzug und Turnschuhen, deren Sohlen gebogenen Holzplanken ähnlicher waren als einer Ledersohle, den Kasernenhof und gaben uns der Morgengymnastik hin.

Die wenigsten hatten Lust darauf, dabei stellt der Beruf des Polizeibeamten tatsächlich hohe Anforderungen an die körperliche Leistungsfähigkeit, die natürlich auch zu den Voraussetzungen professionellen polizeilichen Handelns zählt.

Es wurde nicht nur gelaufen.

Wir wurden in Selbstverteidigung ausgebildet, einige in Boxen, wir turnten und wurden gerade im Hinblick auf die alljährlich stattfindenden Bereitschafts-Leichtathletikmeisterschaften vorbereitet. Wir gingen schwimmen, man bildete uns zu Rettungs- bzw. Leistungsschwimmern aus und noch Bessere erhielten den Lehrschein, d.h. sie waren berechtigt, Nichtschwimmer zu Schwimmern auszubilden.

Bei mir reichte es im Laufe der Zeit zum Leistungsschein, der mich neben dem Sportabzeichen in Bronze, das ich für bestimmte Leistungen im Weitsprung, 100-m-Lauf, 5000-m-Lauf, 300-m-

Schwimmen und dem Kugelstoßen erhielt, berechtigte, auch das silberne Abzeichen an der Uniform zu tragen.

In der Grundausbildung bot uns einmal unser Bereitschaftsführer während des Schwimmens in der Kaserne der Amerikaner in der Finckensteinallee in Lichterfelde-West einen freien Tag an für denjenigen, der einen Sprung vom 10-m-Turm wagte.

Ich war so irrsinnig, auf den Turm zu klettern und als ich von oben sah, wie tief man darüber hinaus noch ins Becken gucken konnte und dieses immer kleiner zu werden schien, hatte ich eigentlich schon genug. Runterklettern aber ging nicht mehr, denn den Spott vom Bereitschaftsführer Palczewski, kurz »Palle« genannt, hätte ich ganz sicher nicht überstanden. Also sprang ich, einen richtigen Sprung hätte ich ohnehin nicht zustande gebracht, halbwegs kerzengerade nach unten.

Wenngleich Palle meinen Sprung nicht gerade in den allerhöchsten Tönen lobte, erhielt ich dennoch meinen freien Tag.

Im Übrigen: Ich bin nie wieder in meinem Leben auf einen 10-m-Turm gestiegen, es war bei keinem polizeilichen Einsatz erforderlich.

Nachdem der Frühsport jeden Morgen mit Ausnahme an den Wochenenden vorbei war, ging es unter die Dusche, wurde gefrühstückt und um halb acht begann der Unterricht bzw. die praktische Ausbildung.

Während wir in Straf- und Strafprozessrecht, Verkehrs- und Polizeirecht, politische Bildung (Staatsbürgerkunde hieß es damals noch) unterrichtet und an der Waffe (Karabiner, Pistole, später auch am Maschinengewehr) unterwiesen wurden, bedeutete praktische Ausbildung Befehlen zu gehorchen, in Reih und Glied zu marschieren, Schießen zu lernen und gleichzeitig zu erfahren, dass die Schusswaffe nur in Ausnahmefällen eingesetzt werden darf.

Was unsere Ausbilder anbelangte, hatten wir ausgesprochenes Glück. Wir hatten Vorgesetzte, die human waren. Das war nicht in allen Ausbildungsbereitschaften so. Was zum Teil daran lag, dass die Führungskader aus ehemaligen Wehrmachtsoffizieren oder ehemaligen Berufssoldaten bestanden und einen anderen Ton beim Militär praktiziert hatten. Zugführer Skierlo unterrichtete uns in Straf- und Prozessrecht sowie in Verkehrs- und Polizeirecht. Andere wiederum brachten uns die Schusswaffengebrauchsbestimmungen und »Palle« die politische Bildung näher.

Skierlo war ein netter Kerl, der allerdings bei einer Übung, die wir auf der sogenannten »Pflaumenwiese« unserer Kaserne in Lankwitz durchführten, fast sein Waterloo erlebte.

Nachdem er uns eine ganze Weile in voller Montur über die Wiese gejagt hatte, durften wir schließlich eine Pause machen.

Wir legten uns bei herrlichstem Sonnenschein schwitzend und durstig unter die Pflaumenbäume und stibitzten uns, obwohl das verboten war, Früchte von den Bäumen. Bei all unserer geglaubten Geschicklichkeit wurde unser Tun durch Skierlo entdeckt, der uns in kürzester Zeit zeigte, was man mit Menschen machen kann, die sich Verboten widersetzten.

Er scheuchte uns hin und her, bis auf einen von uns, Horst Schulz. Dieser erklärte kategorisch und überzeugend, nicht am »Diebstahl« beteiligt gewesen zu sein und dass er deshalb auch nicht die Kollektivschuld auf sich nehmen würde. Skierlo war das in diesem Moment ziemlich egal. Er forderte ihn auf, sich einzugliedern und mitzurobben, woraufhin Schulz seinen Karabiner nahm, diesen umdrehte und mit dem Lauf – »welch ein Verbrechen« – in den Sand steckte und allen erklärte, dass er seinen Beruf an den Nagel hängen würde. Sprach's und verschwand auf seine Bude.

Nicht nur Skierlo, auch wir waren konsterniert. Einen solchen Vorfall hatte es noch nie gegeben. Und den Lauf eines Karabiners in den Sand zu stecken, schon gar nicht. Wir beobachteten voller Interesse Skierlo.

Nachdem er sich ein wenig erholt hatte, befahl er als erstes, den Karabiner aus dem Sand zu ziehen und ihn zu säubern. Dann schickte er zwei Mann von uns hinter Horst Schulz her, um diesen davon abzuhalten, seine Karriere zu beenden.

Das Robben war natürlich beendet. Wir traten in Formation an und marschierten zur Bereitschaft zurück.

Dort angelangt, zitierte Skierlo unseren Kumpel zu sich, und nach einer kurzen Unterredung blieb dieser doch bei uns. Weder

Skierlo noch Horst Schulz haben jemals wieder über diesen Vorfall gesprochen. Das hat mir, was die beiden anbelangt, am meisten imponiert.

Unsere Grundausbildung, ich erwähnte es bereits, beinhaltete sowohl die praktische als auch die theoretische Schießausbildung.

Was man nie erwähnte, aber daraus mache ich meinen damaligen Vorgesetzten keinen Vorwurf, zumal es nicht einmal von der Polizeispitze thematisiert und der tatsächliche Schusswaffengebrauch so kurz nach dem Krieg gar nicht behandelt worden ist, war der Hinweis auf den Schuss mit Todesfolge und den sich daraus entwickelnden Konsequenzen.

Auch ich habe mich erst später mit dieser Thematik auseinander gesetzt. Polizeibeamte, die auf einen Menschen geschossen haben, brauchen die Hilfe anderer und Fragen wie: »Wie geht ein Polizeibeamter mit der Tötung eines Menschen um?«, »Wer hilft ihm in dieser schwierigen Phase?«, »Wer steht ihm zur Seite, wenn strafprozessuale Maßnahmen eingeleitet werden?« u.ä.m. bedürfen mehr als nur der Erläuterung.

Und was geschieht heute?

Im August 1997 wurde eine Geschäftsanweisung über die Berichterstattung bei Schusswaffengebrauchsfällen von Polizeiangehörigen herausgegeben, in der zwar über Rechtsbelange, Erklärungen über den Schusswaffengebrauch, das Verfahren zur Berichterstattung, über die Aufgaben einer Gutachtertruppe, nichts aber darüber geschrieben steht, wie man auf die Belastungsreaktionen eines Beamten einzugehen gedenkt.

Ich habe mich mit Direktionsleitern, der Sozialbetreuung innerhalb der Polizei sowie Polizeipsychologen für eine Verbesserung der Situation der Beamten nach einem Schusswaffengebrauch eingesetzt, woraus sich positive Konsequenzen für die Beamten ergeben haben. Gerade die Sozialbetreuung hat sich um diese und andere belastende Ereignisse und deren Bewältigung für Polizeibeamte große Verdienste erworben.

Siegmar Srugies, damals Leiter des Spezialeinsatz- und Präzisionsschützenkommandos Berlin, hat sich als Verantwortlicher dieser Spezialtruppe hervorragend damit auseinander gesetzt und nicht nur seinen Mitarbeitern, sondern auch anderen Kollegen eine schriftliche Orientierungshilfe im Umgang mit dem Schusswaffengebrauch an die Hand gegeben, die nur zu empfehlen ist.

Dazu gehören u.a. die Vorbereitung der Mitarbeiter auf den Schusswaffengebrauch, die Frage nach der inneren, individuellen Schuld, denn nicht immer ist ausschlaggebend, dass man rechtlich und moralisch gehandelt hat. Hinzukommt die eigene seelische Bewertung einer Situation, die mit der Frage verbunden ist, ob es nicht eine andere Lösung gegeben hätte.

So hat gerade die Frage nach der individuellen Schuld eine unerhört hohe Bedeutung, die nichts, aber auch gar nichts mit der juristischen oder moralischen Bewertung zu tun hat.

Die Einschätzung eigener innerer Schuld lässt sich ganz selten von außen steuern und noch so gut gemeinte Ratschläge nach dem Schusswaffengebrauch mit tödlichem Ausgang sind eher kontraproduktiv. Sprüche wie: »Das hast du gut gemacht, ich hätte genauso gehandelt« führen eigentlich zu noch mehr Frust.

Legt man die kriminalpolizeilichen und juristischen Ermittlungen zugrunde und kommen diese zu dem Schluss, dass die Tötung eines Verbrechers, der eine Geisel in Lebensgefahr gebracht hat, geeignet, erforderlich und auch verhältnismäßig war, dann ist das die eine Seite der Medaille, aber ob er wie der Kollege sagte: »Es auch gut gemacht hat!«, ist eine andere Frage, und ob der andere es auch so gemacht hätte, kann niemand wirklich beantworten. Aber dazu später mehr.

Nach einem halben Jahr Ausbildung und bestandener mündlicher und schriftlicher Prüfung zu allen Ausbildungsinhalten, war unsere Grundausbildung beendet. Erstmals durften wir auf unseren Schulterklappen der blauen Uniform einen Streifen tragen. Wir wurden nämlich alle zum Wachtmeister befördert. Ein erstes stolzes Erlebnis, und fortan blickten wir nur milde lächelnd auf die Kollegen herab, die sich nun ihrerseits in der Grundausbildung befanden.

Unsere »Wohngemeinschaft« wurde aufgelöst und wir auf die Bereitschaft verteilt. Immer mehr wurde uns in den folgenden

Jahren klar, dass das Gepräge der Bereitschaftspolizei einer paramilitärischen Formation entsprach. Unser Dienstbetrieb, der neben der Weiterbildung in den bereits erwähnten Fächern im Wesentlichen militärisch orientiert war, bestand u.a. darin, mit Maschinengewehren und Granatwerfern in den Grunewald zu ziehen und dort Übungen durchzuspielen, die sich kaum von denen der Soldaten unterschieden. Wir durften monatelang die »Große Polizeischau« im Olympiastadion vorbereiten, die ein Instrument der Öffentlichkeitsarbeit zur Verbesserung des polizeilichen Images darstellte. So gehörten gedrillte Vorführungen der Bereitschaftspolizei ebenso dazu wie das Vorführen technischer Einheiten der berittenen Polizei, der Alarmstaffel und der Motorradstaffel.

Wir marschierten nachts, feldmarschmäßig ausgerüstet, d.h. Karabiner, Tornister, Kochgeschirr, schweres Gerät und Zelte mit uns schleppend durch die »Heide«. Wir übernachteten nach kilometerlangen Märschen in den Zelten und ließen uns bei Kälte durch Tee mit Rum aufwärmen. Schon eine merkwürdige Art der Vorbereitung auf den täglichen schutzpolizeilichen Dienst.

Und dennoch hat mir die Ausbildung bei der Bereitschaftspolizei viel gebracht. »Palle« veranlasste, dass wir Filme wie »Nacht und Nebel« sahen.

Er sorgte auch dafür, dass wir darüber diskutierten und uns damit auseinander setzten. Er hat mit seiner Einstellung zum Nationalsozialismus, zu den Juden, und das, was man ihnen angetan hat, zur Polizei und zur Demokratie so viele Impulse bei mir gesetzt, dass ich später in der Lage war, sie in meinem weiteren Leben auch umzusetzen. Wir haben in unserer Bereitschaft stundenlang über diese Filme und über die Naziverbrechen gesprochen und bei den meisten von uns war eine ähnliche Betroffenheit über das zu spüren, was Menschen mit anderen Menschen getan haben.

Ich beschäftigte mich immer weiter mit diesen Verbrechen, las Literatur, wo immer ich sie auftreiben konnte, und habe nie verstanden, wie vom deutschen Volk gewählte Politiker relativ schnell wieder in der Öffentlichkeit sagen konnten und es auch durften, dass genug über die Schuld der Deutschen berichtet worden sei. Dass die Jugend nichts für die Verbrechen der Väter kann, ist ja unstrittig. Nur nicht mit ihr darüber zu reden und gleichzeitig zu verschweigen, dass es derartige Verbrechen gegeben hat, ist mehr als skandalös.

Und so habe ich auch immer meinen Beruf zunächst als Schutz- und später als Kriminalpolizist verstanden. Deshalb habe ich meinen ganzen Ehrgeiz und meinen ganzen kriminalistischen Spürsinn eingesetzt, um Verbrechen aufzuklären, was mir jedoch, wie ich noch berichten werde, leider nicht immer gelungen ist.

Und was die Nazis und ihre Verbrechen anbelangt, sage ich dies jungen Menschen immer wieder und habe es vor allem meinen Kindern und meinen Enkelkindern eingeprägt: »Wir sind verpflichtet, alles zu tun, um den Verbrechen gegen die Menschlichkeit entgegenzutreten«. Wir haben uns aber auch zu erinnern, auch wenn wir für diese Morde nicht verantwortlich sind, dass deutsche Menschen Unschuldige in den Tod getrieben, Familien auseinander gerissen und Überlebende so krank gemacht haben, dass sie selbst heute, allein bei dem Gedanken an die Konzentrationslager, noch immer in Angst und Schrecken versetzt werden.

Deshalb tut Aufklärung Not und dies vor allem in einer Zeit, in der der Antisemitismus schon wieder greifbare Formen angenommen hat.

Wir müssen unseren Mitmenschen klarmachen, dass der Faschismus keine Strömung, keine Ideologie oder Meinung ist, sondern das pure politisch ummantelte Verbrechen. Gerade bei einem Staatsorgan wie der Polizei muss auch die moralische Bildung hochgehalten werden.

Bewundert habe ich immer Simon Wiesenthal. Nicht nur für das, was er geleistet, sondern vor allem auch dafür, was er alles ermöglicht hat, um diese Verbrechen aufzuklären. Er hat der Weltöffentlichkeit vor Augen geführt, auf welche grausame Art und Weise Menschen zu Tode gebracht wurden und dass viele ihrer Mörder noch immer unter uns leben. Recht wollte Wiesenthal immer, nicht Rache, und er wollte vor allem Sprachrohr jener sein, die die Naziverbrecher zum Verstummen gebracht hatten. Ich denke, dass ein Teil seiner Arbeit, die ich habe nachlesen können, auch ein bisschen Einfluss auf meine spätere Tätigkeit innerhalb der Kripo genommen hat.

Aber zurück zur Bereitschaftspolizei. Um 23.00 Uhr hatten wir unter der Woche im Bett zu liegen, nicht ohne dass der Wachtmeister vom Dienst (WvD) nicht nur unsere Zimmer, sondern auch unsere Schränke kontrolliert hatte.

»Stube mit sechs Mann angetreten« hieß der lächerliche Spruch, den der Stubenälteste, ebenso im Nachthemd wie wir, vermelden musste und dann inspizierte der gute Mann unsere Schränke. War er human, ging es relativ schnell, hatte ein anderer schlechte Laune oder er war ohnehin nicht sonderlich beliebt, musste man in den Nachtstunden die Sachen neu ordnen. So ähnlich war es auch samstags, wo uns der Unterinspektor vom Dienst erst dann in die Freiheit entließ, wenn er sich vom ordnungsgemäßen Zustand unserer Schränke überzeugt hatte.

Die westlichen Alliierten hatten jedoch 1950 die Aufstellung einer Bereitschaftspolizei (Bepo) angeordnet, um, wie es hieß, eine ständig einsatzbereite Sicherheitsreserve zur Abwehr kommunistischer, vom Osten »angezettelter Massendemonstrationen« zur Verfügung zu haben. Wir liefen tagsüber, wenn militärisch geprobt wurde, mit dem Tschako auf dem Kopf, in Reithosen, Gamaschen (Wadenkneifer) und Nagelschuhen herum, um besonders schneidig auszusehen. Im Vergleich zu unseren Kollegen der Schutzpolizei, die außerhalb der Kasernenmauern ihren Dienst versahen, kamen wir uns allerdings manchmal mit diesen Museumsstücken reichlich albern vor.

Um die Reithosen pressten wir unsere Wadenkneifer, steife, schwarze und blankgeputzte Ledergamaschen mit Scharnieren, was besonders toll aussah. Nicht jedem passten diese Wadenkneifer, weil sie die Waden – je nach Vorhandensein – nicht richtig umschlossen. So erinnere ich mich eines Vorgesetzten, der Zeitungspapier zwischen Waden und Lederteil presste, um die Lücken, die aufgrund seiner dünnen Beine entstanden, auszufüllen.

Das bemerkten wir eines Tages, als es während unserer Ausbildung heftig regnete und das aufgeweichte Papier unter seinen Wadenkneifern in Bruchstücken auf den Boden fiel. Nun muss ich dazu sagen, dass ich auch nicht gerade die besten Waden für diese Dinger hatte, aber eines wurde mir nach diesem Vorfall klar: »Papier steckst du da auf keinen Fall rein«.

Vielen Kollegen ging es ähnlich wie mir, was die sogenannte Formalausbildung, das Exerzieren, das Üben von Gewehrgriffen und das Präsentieren des Karabiners anbelangte. Es ging uns nach einer kurzen Zeit auf den »Keks«. So waren wir, als ein Gerücht kursierte, dass es die Möglichkeit gäbe nach Australien oder Kanada auszuwandern, Feuer und Flamme. Papiere wurden besorgt, Anträge ausgefüllt und wieder weggeworfen, so richtig ausgewandert sind nur wenige. Von meinen unmittelbaren Kollegen jedenfalls keiner. Wir haben letztendlich Beruf und Wunschtraum gegeneinander abgewogen und blieben doch da, wo man uns vor einem Jahr hingesteckt hatte.

Irgendwie hat sich der Drill trotzdem für mich und andere bewährt. Als wir z.B. die Mauer vor den erregten Westberlinern schützen mussten, vor allem aber auch bei Einsätzen, wo es wirklich hoch herging, wir uns vor Steinewerfern zurückziehen, aber auch gegen sie vorgehen mussten u.v.a. Ereignisse mehr, erkannten wir den Stellenwert unserer Ausbildung. Sport wurde groß geschrieben bei der Bereitschaftspolizei und hier habe ich letztlich auch meine Liebe zur Leichtathletik entdeckt. Ich wurde zwar kein Supersportler, aber über dem Durchschnitt lagen meine Leistungen schon, so dass diese Ansätze ausgereicht haben, um sie bis ins Alter hinüberzuretten.

Ich machte dort meine Führerscheine der Klassen 2 und 3, muss dazu jedoch eingestehen, dass ich meine Fahrlehrer zunächst über einen längeren Zeitraum fast zur Verzweiflung getrieben habe. Ich hatte so meine Schwierigkeiten, Gangschaltung und Kupplung in Einklang zu bringen. Wenn ich mit dem Magirus, einem schweren Lkw, um die Ecke fuhr und den Winker – so etwas Modernes wie Blinker gab es ja noch nicht – wieder reinzuklappen vergaß, forderte mich mein Fahrlehrer auf anzuhalten. Er gab mir ein Messer und auf meine verdutzte Frage: »Was ich damit machen solle?«, sagte er mir: »Schneiden Sie den Winker ab«.

Nachdem ich dann letztlich doch meine Prüfung bestanden hatte, musste ich die erste Fahrt und das ausgerechnet während einer großen Übung, an der mindestens 50 weitere Fahrzeuge unserer Einheit beteiligt waren, mit einem Hanomag bestreiten. Dieses Fahrzeug war ein Kleintransporter, auf dem zehn Personen Platz nehmen konnten und dessen Schaltung im Zeitlupentempo bedient werden musste. Vom zweiten zum dritten Gang zählte ich stets 21, 22, 23 und erst dann rastete die Schaltung ein. Die Fahrerei mit diesem Vehikel hatte ich einigermaßen über die Bühne gebracht.

Als wir aber dann wieder auf dem Kasernenhof waren und alle Fahrzeuge auf Anordnung des Einsatzleiters zum selben Zeitpunkt ausgeschaltet werden sollten, lief nur ein Motor weiter und das war der meines Hanomag. In der plötzlich eingetretenen Ruhe ein Geräusch, das auch der letzte der Bereitschaftspolizisten wahrnahm und mich fast in den Boden versinken ließ.

Der Hanomag war nämlich nicht mit dem normalen Ausschalten zu überlisten. Ein Sonderschalter, den ich natürlich nicht kannte, musste gedrückt werden.

Nachdem ich einige Sekunden, mir kamen sie wie Minuten vor, nach des Rätsels Lösung gesucht hatte, erbarmte sich der Fahrer eines anderen Autos und half mir, das Geräusch zu beenden.

»Palle«, denn kein anderer war der Einsatzleiter, zitierte mich anschließend zu sich, fragte mich, wer mein Fahrlehrer gewesen sei und wie lange ich meinen Führerschein überhaupt schon hätte. Danach hatte ich alle Fahrzeuge, die wir benutzten, ein- und auszuschalten, so dass ich nie wieder vergaß, wie man mit einem Hanomag umzugehen hatte.

Ich habe dann das Autofahren doch noch ganz gut erlernt und bin bis zum heutigen Zeitpunkt niemals zur Gefahr für andere geworden.

Polizeischule Spandau und das Einsatzkommando

Vier Jahre hatte ich gemeinsam mit meinen Kollegen in Lankwitz verbracht, dann ging es für ein halbes Jahr zur Polizeischule in Berlin-Spandau. Die in der Radelandstraße angesiedelte Ausbildungsstätte war Durchgangsstation für Hunderte von Beamten. Nicht mehr kaserniert und täglich den Feierabend unbegrenzt vor Augen, konzentrierten wir uns auf den Lehrstoff.

Wenngleich auch hier ein gewisses Maß an Ordnung erwartet wurde, war der Schulbetrieb im Vergleich zur Bereitschaftspolizei in dieser Hinsicht ausgesprochen erholsam.

Staatsbürgerkunde, Verkehrs-, Straf-, Strafprozessrecht, Allgemeines und Besonderes Polizeirecht gehörten ebenso zum Unterricht, wie die Dienstkunde und das Gewerberecht, die Fragen des Schusswaffengebrauchs, der Eigensicherung im Einsatz und natürlich Körperschulung.

Nach bestandener Prüfung in Spandau wurde unser Lehrgang auf die insgesamt 13 Einsatzkommandos (Ekdo) in Berlin verteilt.

Diese waren 1950 mit einer Sollstärke von 160 Mann gebildet worden, um mit der Zunahme der machtpolitischen Spannung zwischen West- und Ostberlin ausreichende und gut ausgebildete Polizeireserven zu haben.

Während zwölf dieser Kommandos bei den zwölf in Berlin geschaffenen Polizeiinspektionen angesiedelt wurden, war das 13. Ekdo dem Kommando der Schutzpolizei unterstellt und nannte sich EkdoS. Ich wurde letzterem zugeteilt und stieß dort auf Kollegen, die Berufsanfänger waren wie ich, aber auch auf Polizisten, die durch mehrere Dienstjahre auf den Revieren über hervorragende Kenntnisse verfügten.

Im Laufe meiner Diensttätigkeit wurde unser Ekdo in allen Bereichen der Stadt eingesetzt. Wir waren die stille Reserve, die in anderen Polizeiinspektionen aushalf, wenn Not am Mann war. Das galt für den täglichen Dienst auf der Straße, für die Verkehrsregelung, die wir als dann ausgebildete Verkehrsposten ebenso übernahmen wie die Funkwageneinsätze.

Wir waren mit unserer Einheit, und das wurde uns auch so vermittelt, im Grunde eine Übergangsstation von der Bereitschaftspolizei zur Schutzpolizei. Als geschlossene Einheit rückten wir aus, wenn – wie bei und nach dem Mauerbau – höchste Einsatzstufen erforderlich wurden.

Die Mauer wird gebaut

Ich weiß noch wie damals, ich war in der Zwischenzeit verheiratet und hatte eine kleine Tochter im Alter von vier Monaten, dass ich in Kreuzberg zur Köpenicker Straße rannte und erst voller Unglauben und dann voller Entsetzen feststellen musste, dass Grenzorgane der DDR mit Stacheldraht und später mit Beton unsere Stadt verriegelten. Mir war klar, was das für die Polizei bedeutete, denn von diesem Tage an rebellierte Berlin.

Ich wurde von meiner Dienststelle alarmiert und hatte mich unverzüglich dort zu melden und stand gemeinsam mit meinen Kollegen in den nächsten Tagen und Wochen unter Dauerstress.

Mit Ausnahme von 13 Sektoren-Grenzübergängen wurden alle weiteren Übergangsstellen in den Sowjetisch Besetzten Sektor (SBS) sowie fünf Zonengrenzübergänge, die bisher für die Grenzübergänge an der Sowjetisch Besetzten Zone (SBZ) geöffnet waren, mit Stacheldraht, Betonpfählen und sonstigem Sperrgerät unter Einsatz starker Kräfte der Volkspolizei, teilweise auch von Betriebskampfgruppen, gesperrt.

Wie die Bild-Zeitung damals aufmachte, »war das Brandenburger Tor am Abend Mittelpunkt einer hochexplosiven Situation. Etwa 6000 vor Empörung kochende Westberliner und die bewaffneten Schergen Ulbrichts standen sich gegenüber«.

Unser damaliger Kommandeur Erich Duensing beorderte insgesamt 500 Polizisten, darunter auch uns, zum Brandenburger Tor. Nur mit Mühe gelang es uns, die erregte Menge in den britischen Sektor abzudrängen, die zuvor aus dem unübersichtlichen Gelände des Tiergartens heraus die Volkspolizei und deren Kraftfahrzeuge mit Steinen beworfen hatte. Willy Brandt, damals Regierender Bürgermeister von Berlin, sprach aus, was wir alle dachten: »Es herrscht Trauer und Empörung in beiden Teilen Berlins.«

Um der ständig wachsenden Wut der Bevölkerung entgegentreten zu können, wurden starke Polizeieinheiten eingesetzt und für uns alle galt die »Große Alarmstufe«, was bedeutete, nahezu rund um die Uhr zur Verfügung zu stehen.

Die nächsten Wochen wurden für uns zur Tortur. Ständig gab es Auseinandersetzungen zwischen Polizei und Demonstranten, gerieten wir in den Steinhagel derer, die meinten, den Mauerbau verhindern zu können, ohne jedoch die Gefahr von der anderen Seite zu erkennen.

Wir erlebten die Fluchten von Menschen, die über den Stacheldraht sprangen, sich aus den im Grenzbereich stehenden Wohnhäusern an Stricken und Bettlaken herunterließen oder einfach in die ausgebreiteten Sprungtücher der Feuerwehr sprangen und hörten in den nächsten Wochen, Monaten und Jahren von immer neuen geglückten, aber auch leider gescheiterten Fluchten.

Nach Schließung der Grenzen gerieten zahlreiche Ostberliner und DDR-Bürger in Panik und entschlossen sich in dieser Situation unter der Prämisse »Jetzt oder nie« zur spontanen Flucht in den Westen.

Dabei kam es in den Tagen und Wochen nach dem 13. August 1961 zu einem makaberen Wettlauf zwischen den Flüchtlingen einerseits und den Grenztruppen andererseits, die den Stacheldraht und die Mauer immer unüberwindlicher zu »gestalten« suchten.

Bis Mitte September 1961 gelangten durch Überspringen des Stacheldrahtzaunes, Durchkriechen der Absperrzäune, Durchbrechen der Grenze mit Kraftfahrzeugen, Durchschwimmen der Spree oder des Teltowkanals mehr als 600 Menschen nach Westberlin. Besonders spektakulär verliefen die Fluchtaktionen an der Bernauer Straße, wo Fassaden der Wohnhäuser zugleich die Sektorengrenzen bildeten und viele Ostberliner diese Häuser zur Flucht nutzten.

Da es mehrere Menschen unter zum Teil dramatischen Umständen gelungen war, auf diesem Wege Ostberlin zu verlassen, verfügte die DDR-Regierung, dass die rund 2000 Bewohner der Bernauer Straße innerhalb von vier Tagen ihre Wohnung zu räumen hätten. Danach mauerten Grenzeinheiten die Hauseingänge und Fenster zu.

Die Mauer zerriss – und so auch von sowjetzonalen Machthabern gewollt – die schon vorher durch die politischen Verhältnisse gespaltene Stadt völlig.

Familien wurden getrennt, Freundschaften und Liebesbeziehungen auseinander gerissen und Lebensbedingungen geschaffen, die für viele so unerträglich wurden, dass sie trotz Mauerbau und Stacheldraht die Flucht in die Freiheit wagten.

Bis Oktober 1961 wurden an der Grenze zu Westberlin 15 Menschen getötet. Einer der erschütterndsten Fluchtversuche war der des 18-jährigen Maurergesellen Peter Fechter in der Zimmermannstraße in Berlin-Kreuzberg im Jahre 1962. Peter Fechter, der gemeinsam mit einem Arbeitskollegen in den Westen flüchten wollte, hatte in unmittelbarer Nähe des Checkpoint-Charlie bereits den ersten Zaun überklettert, als sie von Grenzposten entdeckt und nach einem Anruf sofort beschossen wurden.

Nachdem insgesamt 21 Schüsse gefallen waren und der Freund des Peter Fechter bereits die Sperranlagen überwunden hatte, blieb Peter Fechter, in Bauch und Füßen getroffen und um Hilfe rufend, unterhalb der Mauer auf östlicher Seite liegen.

Während Westberliner Polizisten in ihrer Hilflosigkeit dem Schwerverletzten Verbandspäckchen zuwarfen, machten die DDR-Grenzer keinerlei Anstalten dem Sterbenden zu helfen.

Da sich auch die am Checkpoint-Charlie Dienst versehenden amerikanischen Soldaten nicht trauten, das Ostberliner Gebiet zu betreten, verblutete Peter Fechter an der Mauer. Wenig später wurde er von Grenztruppen abtransportiert. Hunderte von Westberlinern, die in ohnmächtiger Wut zusehen mussten, wie dieser junge Mann starb, protestierten an den folgenden Tagen in Berlin, griffen Sowjetsoldaten, die im Bus zum Sowjetischen Ehrenmal in Berlin-Tiergarten zur Wachablösung fuhren, mit Steinen an und beschimpften erstmalig auch amerikanische Militärangehörige.

In all diesen Wirren war ich gemeinsam mit meinen Kollegen neben dem Einsatz am Brandenburger Tor auch am Reichstag und am Russischen Ehrenmal eingesetzt. Da unser Ekdo u.a. diesen Bereich in bestimmten Phasen zu überwachen hatte, unterhielt ich mich dort mit englischen Soldaten, manchmal auch mit Russen, die am hinteren Zaun des Russischen Ehrenmals stehend in gebrochenem Deutsch Tauschgeschäfte abwickeln wollten. »Transistorradio gegen Wodka« hieß die Devise, wobei zunächst das Radio und später der Wodka geliefert werden sollte. Ich kenne niemanden, der dieses Geschäft tatsächlich durchgeführt hat.

Bei bitterer Kälte stand ich zusammen mit einem englischen Soldaten in der Nähe des Reichstages an einem extra für Soldaten etablierten Koksofen und unterhielt mich mit ihm über die schwierige Situation in Berlin. Da das Gespräch so intensiv war, bemerkte ich nicht, wie nah ich an den Koksofen gekommen war. Erst als mir der Engländer seelenruhig erklärte: »Geh mal ein bisschen zurück, dein Mantel brennt!«, bemerkte ich, dass sich das Feuer bereits einen Weg gesucht und mir einen Teil des Mantels verbrannt hatte.

Ungeachtet dieser kleinen persönlichen Erlebnisse waren unsere Einsätze, wenn wir Protestmärsche, die schwere Zusammenstöße mit der Volkspolizei befürchten ließen, begleiten mussten, immer von Konflikten geprägt. Die Volksseele kochte, während die Polizei die Demonstranten mahnte, Vernunft zu bewahren, die längst nicht mehr vorhanden war.

Natürlich waren wir hin und her gerissen zwischen den Ereignissen der Fluchten, den Schüssen auf Menschen und den Demonstranten, die die Grenzanlagen stürmen wollten. Wir hatten Verständnis für die Demonstranten, mussten aber, um die Situation nicht eskalieren zu lassen, Schlimmeres verhindern. So wurde von uns trotz der Steinwürfe und der Tatsache, dass viele von uns verletzt wurden, Besonnenheit erwartet, was praktisch einer Selbstverleugnung gleichkam. Wir wurden ermahnt, uns nicht provozieren zu lassen und waren dennoch ständig aufgewühlt, wenn wir erfuhren, dass wieder ein Flüchtling erschossen worden war.

»Das Wohl der Stadt«, so erklärte Willy Brandt, »muss höher stehen, als der Hass gegen die Mauer.«

Dennoch hinterließen diese Einsätze mit verkehrten Fronten ihre Spuren und Massenkündigungen von Polizisten waren die Folge.

Die Kritik, die daraufhin gegen die Regierung einsetzte und die die Westmächte wegen ihrer Zurückhaltung beim Mauerbau treffen sollte, führte dann doch erstaunlicherweise in den folgenden Jahren zum Abflauen der Berlin-Krise, zur Verbesserung der Lage Westberlins, was wiederum zur Beruhigung der Berliner beitrug.

Bei der Kriminalpolizei

Als ich mich 1956 bei der Berliner Polizei bewarb, verband ich damit auch die Vorstellung, Kriminalbeamter werden zu können.

Spannende Romane und noch bessere Hörspiele wie »Es geschah in Berlin« hatten mich inspiriert, so dass ich in der Kriminalpolizei das Nonplusultra polizeilicher Arbeit zu sehen glaubte.

Da man zum damaligen Zeitpunkt jedoch 27 Jahre alt sein musste, bevor man dort angenommen werden konnte, musste und wollte ich den Weg über die Bereitschafts- und über die Schutzpolizei wählen.

Ein Weg, den ich nie bereut habe, denn ohne das Verständnis für diese Arbeit hätte ich später bestimmt nicht so erfolgreich in meinem Beruf agieren können.

Im Einsatzkommando hatte ich, wie bereits erwähnt, viele Varianten schutzpolizeilicher Tätigkeiten erleben können. Ich war Streifen- und Verkehrspolizist, hatte Großeinsätze bei Demonstrationen und an der Mauer hinter mir, und dennoch bewarb ich mich zur Kripo, als sich mir die Chance dazu bot.

Das Auswahlverfahren war nicht ohne und viele meiner Mitbewerber blieben auf der Strecke. Als ich dann aber die Bestätigung bekam, die schriftliche und mündliche Prüfung bestanden zu haben und für den einjährigen Fachlehrgang der Kripo zugelassen worden zu sein, war ich schon recht froh.

Wieder ging es zur Schule und wieder wurde in der Radelandstraße in Berlin-Spandau ausgebildet.

Kriminalistik, Kriminologie, Straf- und Prozessrecht, Allgemeines Verwaltungsrecht, Staats- und Verfassungsrecht, Dienstkunde, Berufsethik, Beamtenrecht, Psychologie und Sozialkunde sowie Selbstverteidigung, Schwimmen und Retten bildeten jetzt die Schwerpunkte.

Im Vergleich zum Schutzpolizeilehrgang I standen während dieses Lehrganges Kriminalistik, Kriminologie sowie Psychologie und Sozialkunde im Vordergrund.

Der kleine Resch, so nannten wir unseren nur 1,68 m großen Kriminalistik- und Kriminologielehrer Horst Resch, war ein ganz Großer. Er brachte uns die Vernehmungstechnik und -taktik näher, erläuterte uns, wie wir auf Zeugen und Beschuldigte zuzugehen, welche Kriterien wir zu berücksichtigen hätten und wie man einen Täter »knackt«. Ein Geduldsspiel mitunter, gerade wenn es darum geht, sein beschuldigtes Gegenüber zu einem Geständnis zu bewegen und man aufgrund der Beweislage und des Gesamtverhaltens von dessen Schuld überzeugt war.

Er warnte zugleich davor, sich in eine Sache zu verrennen und jemanden, den man für den Täter hielt, sogleich auch zu einem solchen zu machen, wenn nicht schlüssige Argumente und Anhaltspunkte diese Annahme auch rechtfertigten.

Es ging nicht um das Geständnis um jeden Preis und schon gar nicht um die Aussage eines möglicherweise in die Enge Gedrängten, der kein Täter war und sich nur in die Rolle schieben ließ, weil er erst mal seine »Ruhe« haben wollte.

Wir lernten, keine Suggestivfragen, wie z.B. »Waren sie um 18.00 Uhr im Kaufhaus und haben dort die Uhr, Marke Rolex, entwendet?« zu stellen, sondern sie z.B. wie folgt zu formulieren: »Wo waren Sie um 18.00 Uhr? Gehört Ihnen die Uhr, die wir bei Ihnen gefunden haben? Wenn ja, wo haben Sie sie gekauft? Gibt es darüber Unterlagen?« u.ä.m.

Während mancher Lehrer uns durch sein ständiges Abfragen und sein unvorbereitetes Klausuren schreiben dazu zwang, das Strafrecht ernst zu nehmen, hatten wir in Hollstein einen Menschen, der Wert darauf legte, dass wir Paragraphen auswendig lernten, was mir unheimlich auf den Wecker ging. Andererseits war er Feuer und Flamme, wenn er, wie ich schon von meinen Vorgängern erfahren hatte, auf den Nationalsozialismus zu sprechen kam.

Für mich ein »gefundenes Fressen«, denn seine Einstellung zu dieser Thematik ging mit meiner konform, und so diskutierten wir nicht selten über die Naziverbrechen, vertieften uns in Walther Hofer's Dokumente 1933 bis 1945, »Der Nationalsozialismus«, und mussten nicht selten daran erinnert werden, dass zu diesem Zeitpunkt eigentlich Prozessrecht unterrichtet werden sollte. Da ich aber noch heute viele strafprozessrechtliche Paragraphen auswendig kann, dürfte auch dieser Stoff nicht zu kurz gekommen sein.

Natürlich machte auch die Praxis ihre Fortschritte. Ich durchlief Stationen im Betrugs- und Einbruchsdezernat und hatte insbesondere beim Einbruchsdezernat das Glück, zu einer Dienststelle zu kommen, wo Kriminalbeamte mit jahrelanger Erfahrung Tresoreinbrüche zu bearbeiten hatten.

Ich erlebte, Königin Elisabeth von England besuchte gerade Berlin, wie Tresorknacker bei ›Hertie‹ einbrachen und den großen Coup landeten. Zwar war ich nur Probist, wie man das im Fachjargon für Anfänger der Kriminalpolizei bezeichnete, aber es war für mich eine unheimlich tolle Erfahrung und spannend war es allemal.

Mit dem Betrugsdezernat hatte ich so meine Schwierigkeiten. Diese Materie hat mir nie gelegen. Ich bewunderte, wie die Kollegen schon zum damaligen Zeitpunkt mit Wirtschaftsdelikten umgehen konnten.

Da mir jedoch dazu auch die kaufmännischen Voraussetzungen fehlten, war ich auf dieser Dienststelle für die Kollegen ganz sicher keine große Bereicherung. Wie dem auch sei, ich absolvierte meinen Lehrgang und wurde am 23. April 1966 zum Kriminalmeister ernannt.

Das Revierkriminalbüro

Meine ersten Jahre bei der Kriminalpolizei erlebte ich in Kreuzberg. Hier war ich zunächst auf dem Revierkriminalbüro (RKB) 101 und dann auf dem RKB 105 in der Boppstraße, das kurze Zeit später in die Urbanstraße umzog.

Während sich die Schutzpolizei im Erdgeschoss befand, waren wir Kriminalbeamten im zweiten Stock untergebracht. Ich bekam einen »Bärenführer«, der sich ausschließlich um meine praktische Ausbildung kümmerte. Charlie Schütz, so hieß der Kollege, wurde mir gegenüber von einigen als »fauler Hund« bezeichnet. Ich aber hatte Glück, gerade ihm zugewiesen worden zu sein, denn er gab sich unheimlich viel Mühe, mir alle Kniffe dieses Berufes beizubringen, wies mich in hervorragender Weise in die Vernehmung ein und war in der ersten Phase immer dabei, wenn ich meine ersten Versuche unternahm, anderen Menschen ein Geständnis zu entlocken.

Ich hatte viel Theoretisches darüber gehört und dafür war und bin ich meinem damaligen Kriminalistik- und Kriminologiedozenten Resch noch heute dankbar, aber die Praxis musste doch in eigener Regie und ohne seine Hilfe absolviert werden.

Charlie Schütz erinnerte mich daran, wie zu ermitteln sei: »Was hat sich wann, wo, wie, womit und warum zugetragen, wer wurde betroffen und wer hat was ausgelöst?« Er wies mich darauf hin, wie Zeugen zu beurteilen sind, denn schließlich ist gerade die Wahrnehmung eines Zeugen nicht selten ein komplexer Vorgang, durch den die Außenwelt in Gänze aufgenommen, geordnet und gedeutet wird. Die Wahrnehmung wird durch Sinnesorgane zu einem Erlebnis und im Gehirn zu einem Bewusstsein verarbeitet. Dieses Verarbeiten ist wiederum abhängig von der Funktion der Sinnesorgane, von Interessen, von der Gefühlslage, der Aufmerksamkeit und der Konzentration, von der Sachkenntnis und vom Standort des Zeugen.

Die Wahrnehmung, so erinnerte ich mich wieder an Resch, wird im Gedächtnis gespeichert, aufbewahrt, wo wiederum Um- und Neudeutungen möglich sind.

Bei unserem Erscheinen, so dann wieder Charlie Schütz, und insofern ergänzten sich beide, wird die Wahrnehmung und Erinnerung wieder zurückgerufen und wiedergegeben.

Man muss wissen, dass die Angst vor der »Obrigkeit«, vor dem Kriminalbeamten, die Erregung, die möglicherweise mangelnde Redegewandtheit, zu Aussagefehlern führen kann. Aber auch Fehlerquellen sind vorhanden und bei der Vernehmung zu beachten. So erinnere ich mich sehr genau, dass ich damals, als ich zur Mordkommission wechselte, der Beschreibung »blond« eine ganz andere Farbe zuordnete als meine Kollegen. Für mich war blond immer gelb, für einige andere zwar auch, für andere wiederum mittel- bzw. fast dunkelblond. Deshalb beschaffte ich mir damals eine Farbpalette und ließ Zeugen dann die Farbe, die sie geglaubt erkannt zu haben, selber heraussuchen.

Die Auswahl der möglichen und unmöglichen Zeugenaussagen ist groß und deshalb hier auch nicht im Detail zu beschreiben, und ich habe oft mit Charlie Schütz auf der Straße den Test gemacht, plötzlich eine an uns vorbeilaufende Person im Nachhinein zu beschreiben, wobei wir erschreckt feststellen mussten, wie lückenhaft unsere Angaben waren. Dies führte aber wiederum dazu, sorgfältiger und einfühlsamer mit Zeugen umzugehen.

Viel schwieriger aber ist die Befragung von Beschuldigten, wo es, insbesondere bei Tötungsdelikten, neben der strikten Wahrung der Gesetzmäßigkeit, eines Höchstmaßes an taktischem und psychologischem Geschickes bedarf.

Nur selten ist der Beschuldigte gleich bereit ein Geständnis abzulegen, so dass in den Fällen, in denen er zunächst sagt: »Ich weiß gar nicht, was Sie von mir wollen«, höchste Aufmerksamkeit geboten ist. Dabei ist vor allem zu berücksichtigen, dass mit Unvoreingenommenheit und Objektivität vorgegangen wird und sowohl die be- als auch die entlastenden Momente registriert und überprüft werden müssen.

Ich erinnere mich eines Mannes, der zu mir kam und sich eines Tötungsdeliktes bezichtigte. Er sah ein wenig abgerissen aus. Draußen war es kalt und er vermittelte mir in kürzester Zeit den Eindruck, dass er nichts mit der Tat zu tun haben konnte, weil er weder die Wohnung richtig beschreiben noch die angebliche Vorgehensweise am Tatort erklären konnte. Er wollte, das war zu erkennen, eigens in eine Zelle gesperrt und dort verpflegt werden.

Den Gefallen wollte und konnte ich ihm nicht tun, brachte ihn aber gemeinsam mit einem Kollegen der Schutzpolizei zum Bahnhof Zoo und in die dortige Mission, wo man sich seiner annahm.

Schütz ließ sich von mir bei einem Einbruch erklären, wie der Täter nach meiner Meinung z.B. in die Gaststätte eingebrochen sein könnte, wo Spuren zu finden und wie sie zu sichern waren. Lag ich mit meiner Meinung falsch, erklärte er mir seine Version und wies mich auf Fehler hin, die ich nach seinem Dafürhalten gemacht hatte. In der ersten Phase unserer gemeinsamen Arbeit lief ich ein paar mal auf, danach aber war Schluss mit lustig und ich war derjenige, der das Spurenbild des Einbrechers treffend beschreiben konnte. Erst dann war er mit mir zufrieden.

Schreib niemals: »Die Ermittlungen waren ergebnislos«. Sie haben nämlich immer ein Ergebnis, sondern schreib: »Sie waren erfolglos« und nenne die Gründe dafür. Das ist für andere, die Nachlesen, besser nachzuvollziehen.

Er wies mich ein in die Bearbeitung von Vermisstenvorgängen, erklärte mir, was ich bei Vermisstenanzeigen zu erfragen hätte, nämlich die Persönlichkeit des Vermissten, den vermuteten Gefährdungsgrad, die konkreten Umstände des Vermisstseins sowie die allgemeine polizeiliche Lage auf bestimmte Kriminalitätserscheinungen, z.B. bei Sexualstraftaten.

Er ließ mich Tote in Wohnungen und andernorts beschreiben, ließ sich von mir die Unterschiede von natürlichen und nichtnatürlichen Toden erklären. Er erwartete von mir die Beschreibung der Totenstarre, der Todesflecken und anderes mehr und achtete darauf, dass ich dann auch meinen entsprechenden Bericht verfasste.

Er vergaß nicht, mich auf eine intensive Spurensuche am Tatort hinzuweisen, da in den meisten Fällen nur mit erfolgreich gesichertem Beweismaterial ein Straftäter zu überführen ist.

So erging es mir auch bei einem Wohnungseinbruch in der Mittenwalder Straße in Berlin-Kreuzberg, wo der Täter die Wohnungseingangstür mit Gewalt aufgebrochen und alle wertvollen Gegenstände entwendet hatte.

Es waren zwar keine Fingerspuren an der Tür, wohl aber Fragmente eines Fingers an einer der Schubladen des Wohnzimmerschrankes, die nach Auskunft des Erkennungsdienstes nur beim Überprüfen eines Tatverdächtigen verglichen, nicht aber schon jetzt ausgeformelt und damit auf eine bestimmte Person hingewiesen werden konnte. Charlie Schütz und ich hatten jedoch einen Verdacht, der durch Hinweise aus der Bevölkerung und dem tatrelevanten Haus gekommen waren, untermauert wurde. So suchten wir den Mann, der nur unweit des Tatortes in der Solmsstraße wohnte, auf.

Auf Klingeln öffnete uns ein Mann, der im typischen Berliner Dialekt, »Ach, die Herren Kriminale, woll'n ma wieder wat von mir. Ick habe nischt jemacht«, bereits antwortete, ohne von uns befragt worden zu sein. Als ich ihm dann sagte, dass wir etwas mit ihm zu besprechen hätten und dies besser auf der Dienststelle als hier bei ihm zu Hause zu machen wäre, antwortete er: »Ick komme mit, wollte sowieso mal wieder an de Luft und bei Euch war ick ooch schon lange nich mehr.« Dass er erst einen Monat vorher auf einer anderen Dienststelle in Neukölln wegen eines ähnlichen Vorwurfs vernommen worden war, verschwieg er uns.

Charlie ließ mich den Mann vernehmen und dieser sagte in etwa damals zu mir: »Also Herr Kommissar (Kriminalmeister war ich gerade mal), ick sage det noch mal, ick bin unschuldig, ick habe nischt jemacht.« Da er, wie er sagte, so unschuldig war, fragte ich ihn, ob er sich Fingerabdrücke zum Vergleich abnehmen lassen würde, was er sofort zuließ. Ich denke mal, er war sich sicher, keine Spuren hinterlassen zu haben. Die Spurenfragmente passten aber zu unserem Mann, so dass ich ihn Tage später mit dem Vorwurf des Einbruchs konfrontieren konnte. Als ich ihm erklärte, dass er eine Fingerspur in der Mittenwalder Straße hinterlassen habe, war er so perplex, dass er die Tat einräumte und das Versteck des gestohlenen Gutes preis gab. »Ick wart, Herr Kommissar, tut ma leid, dat ick ihnen so vülle Arbeit jemacht habe.« Ein Original.

Ich lernte, Berichte zu verfassen, die schlüssig ausermittelt und für die Staatsanwaltschaft nachvollziehbar waren, entdeckte auch in Charlie Schütz den Menschen, der sozialen Fragen nie aus dem Weg ging, sondern immer auch Antworten fand, und erfuhr so nebenbei, dass er acht Jahre seines Lebens unschuldig in den Konzentrationslagern Sibiriens zugebracht hatte.

Ich weiß heute nicht mehr, ob ich es ihm jemals gesagt habe, aber er war für mich eine der wichtigsten Personen in meinem Beruf. Und andere, die mir gegenüber von Charlie Schütz als »faulen Hund« sprechen wollten, habe ich stets zurecht gewiesen und ihnen erklärt, dass ich mir einen intelligenteren, einfühlsameren und engagierteren Menschen als »Bärenführer« nicht hätte vorstellen können.

Die verschwundenen Sparbücher

Kreuzberg war spannend. Die unterschiedlichen Menschen kennen zu lernen, sie befragen, auch vernehmen zu können, hat mich schon damals fasziniert.

Ich kam mit Kollegen zusammen, die über viel Berufserfahrung verfügten und die bereits die ganze Palette des Strafgesetzbuches ausermittelt hatten. Ich erlebte einen Beamten, bei dem eine ältere Frau auf unserer Dienststelle erschien, die vorgab, bestohlen worden zu sein.

»Mein ganzes Geld und meine Sparbücher sind weg, ich bin bestohlen worden«, hieß es.

Mein Kollege nahm zu meinem Erstaunen keine Anzeige auf, sondern erklärte der etwa 75-jährigen Frau, dass sie – er gab ihr 20,- DM – in Ruhe einkaufen gehen solle, er würde sich um die Diebe kümmern.

Die Frau, die volles Vertrauen zur Kriminalpolizei, vor allem aber zu diesem Kollegen hatte, gab ihm die Schlüssel zu ihrer Wohnung. In der Wohnung suchte er hinter Büchern, aber auch hinter Kleidungsgegenständen der alten Dame und brachte in relativ kurzer Zeit sowohl die Sparbücher als auch das Geld zum Vorschein.

Wir nahmen alles mit zum Revier und warteten auf die Frau, der mein Kollege erklärte, dass wir den Dieb gestellt und ihm die Sparbücher und das Geld abgenommen hätten. Ihr zu sagen, dass sie alles nur verschusselt und nicht mehr gewusst hätte, wo sie die Gegenstände »verbuddelt« hatte, wäre ihm nie in den Sinn gekommen. Er hätte damit der Frau auch keinen Gefallen getan, zumal sie es ohnehin nicht von sich geglaubt hätte. Ihr Vertrauen in die Polizei wurde einmal mehr bestärkt, und er selbst freute sich, ihr wieder einmal geholfen zu haben. Wie ich anschließend von ihm erfuhr, hatte er nämlich schon einmal erfolgreich diese Prozedur durchgeführt.

Das Wiesel

In der Blücherstraße, einer Straße im Südwesten Kreuzbergs, hatten wir eines Tages mehrere Kellereinbrüche zu verzeichnen. Die Täter, das war aufgrund der Vorgehensweise relativ schnell zu erkennen, mussten Jugendliche gewesen sein. Wir konzentrierten unsere Ermittlungen auf diese und auf die umliegenden Straßen und erfuhren so nach und nach, dass ein kleiner Bursche, höchstens 13 Jahre alt, flink wie ein Wiesel, auch schon bei Ladendiebstählen erwischt worden war, ohne dass man ihn zur Anzeige gebracht hätte. Man wollte ihm immer wieder eine Chance geben.

Wir baten die Geschäftsführer der anliegenden Läden, uns bitte sofort zu informieren, sollte der Junge erneut auftauchen. Wir warteten jedoch zunächst vergeblich. Der kleine Kerl schien unauffindbar und Hinweise auf ihn erhielten wir auch nicht. Dann, wir glaubten schon nicht mehr daran, kam doch noch ein Anruf.

Wir fuhren raus und holten das »Wiesel«, das in einem Supermarkt beim Diebstahl erwischt worden war, ab und brachten es zum Revier. Ein Geständnis war dem Jungen, trotz Beweislage, Diebesgut war bei ihm sichergestellt worden, nicht abzuringen. Er war »ausgeschlafen« und nicht bereit, sich mit uns zu unterhalten. Wir fuhren deshalb mit dem Jungen zu dessen Eltern und kamen in eine Wohnung, die diesen Namen eigentlich nicht verdiente, in der der Junge aber trotzdem seinen eigenen kleinen Bereich hatte.

Die Eltern aggressiv, die Wohnung verkommen, verkommen auch der Teil, in dem der Junge schlief, aber, wie wir schnell feststellen konnten, jede Menge Diebesgut. Bei intensiver Untersuchung kamen dann Gegenstände ans Licht, die aus den bisher ungeklärten Kellereinbrüchen stammten. Damit waren wir auf einer Spur, die für eine Aufklärung mehrerer Kellereinbrüche sprach, was sich später auch als richtig erwies.

Mittäter hatte er ganz sicher, aber über die wollte er ebenso wenig reden, wie über die Straftaten. Seine Eltern protestierten heftig, als wir das Beweismaterial abtransportierten und versuchten, sich im wahrsten Sinne des Wortes vor ihren Sohn zu stellen. Die Situation hatten wir aber schnell zu unseren Gunsten geklärt, die Eltern drängten wir zurück und hinterließen für sie eine Vorladung, den Jungen nahmen wir mit.

Irgendwie konnten wir dem »Wiesel« entlocken, dass er einen 15-jährigen Freund hatte, der in der Schleiermacherstraße unweit unserer Tatorte wohnte und viele Geschwister haben sollte. Ob er tatsächlich Tatbeteiligter war, wussten wir nicht. Ich ermittelte aber schließlich diesen Jungen, der zusammen mit acht Geschwistern bei seiner Mutter lebte. Die Mutter, eine ausgesprochen nette Frau, war froh darüber, endlich mit der Kripo über ihren Sohn und dessen Abhängigkeitsverhältnis zu einem 13-jährigen Jungen sprechen zu können, erklärte mir, dass sie nur noch nie den Mut gefunden habe, zur Polizei zu gehen, da sie schließlich nicht ihr eigenes Kind anzeigen wollte.

Da die Polizei nun aber schon einmal bei ihr sei, bat sie um Hilfe, zumal sie nicht mehr wisse, wie sie ihren 15-jährigen Sohn von möglichen Straftaten abhalten könne.

Wir suchten nach einer Möglichkeit beim Jugendamt Kreuzberg, wo wir gemeinsam auf eine verständnisvolle Sozialarbeiterin trafen, die der Mutter den Vorschlag unterbreitete, den Sohn für ein halbes Jahr nach Norwegen zu einer Pflegefamilie zu schicken. Ich erinnerte mich meiner Erlebnisse in der Schweiz, wohin ich als 10-jähriger Junge verschickt worden war, obwohl die Gründe für diese Reise ganz andere waren und schlug der Mutter vor, auf dieses Angebot einzugehen. Der Junge, der für den nachgewiesenen Diebstahl eine geringfügige Strafe in Berlin bekam, fuhr wenige Monate später nach Norwegen und ist uns nie wieder strafrechtlich in die Quere gekommen. Wie uns die Mutter später einmal erzählte, hatte ihr Junge den Absprung aus der beginnenden Kriminalität geschafft und ist wieder nach Norwegen zurückgegangen.

Der Warenhausdetektiv

Durch unsere ständige Ermittlungsarbeit waren wir wegen der unterschiedlichen Warenhausdiebstähle nicht selten in den in unserem Bereich liegenden Kaufhäusern ›Karstadt‹, ›Woolworth‹ und ›bilka‹ und hatten somit zwangsläufig auch Kontakte zu den Warenhausdetektiven.

Ein besonders eifriger war ein Detektiv aus dem Kaufhaus ›bilka‹ direkt an der Kottbusser Brücke in Kreuzberg, der uns nur wenige Wochen später selbst als Täter ausgeliefert wurde.

Was war geschehen?

Dieser junge Mann hatte sich, wie unsere detaillierten Ermittlungen ergaben, darauf spezialisiert, in den Altbauten der Mittenwalder Straße, der Schleiermacherstraße, Zossener Straße und einiger anderer mehr, Wohnungen auszusuchen, die tagsüber nicht bewohnt waren, da sich die Mieter auf ihrer Arbeitsstelle befanden.

Er baldowerte vor allem Wohnungen aus, die in den obersten Stockwerken lagen, klopfte bzw. klingelte dort, und nachdem sich niemand meldete, schloss er deren Türen mit Nachschlüsseln auf und entwendete Schmuck, Bargeld und Kameras etc. Wir hatten ihn beinahe, denn in der Mittenwalder Straße war er gerade dabei, eine Wohnung auszuplündern, als er das Schließen an der Eingangstür hörte. Er reagierte mehr als ungewöhnlich, packte die entwendeten Sachen schnell in seine Aktentasche, lief zur Tür, öffnete diese, bevor der Eigentümer, ein Lehrer, sie selbst endgültig aufgeschlossen hatte, rief in die Wohnung hinein: »Auf Wiedersehen«, lüftete dem Mann gegenüber seinen Hut, wünschte diesem einen angenehmen Tag und verschwand in Windeseile über die vier Treppen.

Der Lehrer, der aufgrund dieser Finte davon ausgegangen war, dass seine Frau wohl etwas früher nach Hause gekommen sein musste, und dieser Mann vielleicht ein Vertreter gewesen sein könnte, stellte letztlich innerhalb weniger Minuten fest, dass er einem Einbrecher aufgesessen war.

Er alarmierte deshalb kurzer Hand die Polizei. Und da er der erste Zeuge in einer ganzen Serie war, der auch eine Personenbeschreibung abgeben konnte, wurde dieser Mann wenig später auf seiner Arbeitsstelle verhaftet. Jahre später hörte ich wieder von diesem Mann. Er wurde gemeinsam mit einem Kumpel wegen Raubmordes verhaftet.

Die ersten Toten

Die ersten Toten sah ich in Kreuzberg. Ich sah Leichen, die tagelang in ihrer Wohnung gelegen hatten und wo aufgrund der Fäulnisbildung, des aufgequollenen Körpers und des Madenbefalls die Todesursache nur durch eine Obduktion geklärt werden konnte, andere, die einfach nur in ihren Betten lagen und friedlich zu schlafen schienen, weitere die sich mit einem Seil selbst stranguliert hatten oder mit brennender Zigarette eingeschlafen und dann verbrannt waren.

Meine Erstbegegnung mit dem Tod auf der örtlichen Dienststelle war dann eben doch eine ganz andere als die, die uns in Filmen und in Dias bzw. im gerichtsmedizinischen Institut gezeigt wurden.

Zwischen Maden stehend, in unerträglichem Gestank, war mir reichlich übel, ohne dass ich jedoch erbrechen musste, wenngleich ich nicht weit davon entfernt war. Mich entsetzte nicht so sehr der Tod, sondern vielmehr die Umstände und das Unbehagen, das sich aus der ganzen Situation ergab. Ich sprach unmittelbar nach dem Abtransport mit meinem »Bärenführer«, der mir auch hier zur Seite gestanden hatte, legte ihm in kurzen knappen Worten meine Gefühle dar und stellte fest, dass es ihm früher in ähnlichen Situationen auch nicht viel anders ergangen war. Eine für mich durchaus ermutigende Feststellung.

Dennoch war mir noch immer nicht richtig wohl zu Mute. Ich behielt den Leichengeruch tagelang in meiner Nase und brauchte eine Weile, um diesen verblassen zu lassen.

Wir wurden theoretisch ja auf viele Dinge vorbereitet, hatten auch Filme von Prof. Prokop, Gerichtsmediziner der Humboldt-Universität in Ostberlin und auch den Madenbefall gesehen, aber die Realität, verbunden mit dem Gestank, war eben eine andere.

Als nächstes waren die Angehörigen vom Tod zu benachrichtigen, so denn überhaupt welche vorhanden waren. Denn die Tatsache, dass es über Tage zu dieser Fäulnisbildung hatte kommen können, sprach eigentlich mehr dafür, dass eine intensive Betreuung durch Verwandte oder Freunde nicht erfolgt war, sonst hätte jemand den Tod früher festgestellt.

Irgendwann wurden die schrecklichen Bilder aber in den Hintergrund gedrängt, da ständig neue Einflüsse auf mich einwirkten. Und wenn ich daran denke, was ich im Laufe meines Berufslebens noch alles sehen sollte, nämlich durch Tierfraß entstellt die einen, erstochen, erwürgt, erdrosselt, aufgeschlitzt, durch Sprengstoff zerfetzt, durch Katastrophen zerstört die anderen, dann haben sich weit schlimmere Bilder in meinem Gedächtnis eingebrannt.

Gravierender als dieses Grauen war aber das Überbringen von Todesnachrichten, der Blick in die Augen derer, denen man Leid zufügen musste, ohne dafür zu können.

Stumme, verzweifelte, laut schreiende und in tiefe Depressionen verfallende Menschen. Unterschiedlicher Ausdruck menschlicher Verzweifelung – ein Dilemma. Und wenn man dann diese Menschen verließ und in diesem Moment einer der ganz wenigen war, der das ganze nun einsetzende Elend erkannte, musste dafür gesorgt werden, dass Hilfe einsetzte, das Seelsorger, Verwandte, Freunde zur Verfügung standen, die jetzt diese Trauer begleiteten.

Seelsorger, ständig mit der Bibel unter dem Arm und Sprüchen, die keinen Trost vermitteln, sind nicht erforderlich, sondern Pfarrer, die zu trösten vermögen, die die Klagen aushalten und den Trauernden zur Seite stehen, ohne mit ihnen in ihrer Trauer unterzugehen.

Natürlich werden während des Studiums in den Lehrgängen Hinweise darauf gegeben, wie Todesnachrichten zu überbringen sind, wie man selbst mit dem Anblick von Toten umgehen, wen man konsultieren sollte, um richtig vorgehen zu können. Doch bis dahin bleibt alles Theorie. Man erinnert sich vielleicht der Worte der Dozenten, aber urplötzlich steht man einem Menschen gegenüber, dem man eine Nachricht überbringen muss, die vielleicht dessen ganzes Leben verändert. Und wer diesen Beruf ernst nimmt, wird es nicht aushalten, es nur bei Worten zu belassen, sondern er muss sich daran erinnern, dass es die Notfallseelsorge, dass es Psychologen gibt, die jetzt in dieser Situation zur Verfügung stehen können.

Jeder Mensch verarbeitet den Tod von Menschen anders. Manch einer braucht das Gespräch mit Kollegen, der andere fährt in den Wald, wie ich es oft getan habe, und versucht dort, in der freien Natur, die Bilder des Schreckens loszuwerden. Am schlimmsten sind, das habe ich im Laufe meines Lebens, erfahren, Machos, die so tun, als mache ihnen alles nichts aus und dann andere verunsichern, wenn diese vielleicht ein wenig »Schwäche« zeigen.

Aber was ist schon Schwäche in einer solchen Situation? Die meisten Machos, die ich kenne, sind nicht selten umgefallen – und das im wahrsten Sinne des Wortes -, wenn sie mit grauenvollem Geschehen konfrontiert wurden, nicht aber die so genannten Schwachen, die einfach nur zugeben wollten, dass sie der Tod eines Menschen belastet.

Bei der Mordkommission

Mein erstes vorsätzliches Tötungsdelikt erlebte ich auf dem RKB 105, das jedoch sofort eine Mordkommission übernahm. Sie quartierte sich in unseren Räumen ein, wobei ich den Leiter der 1. Kommission und andere kennen lernte. Eine Truppe, auf die ich mit ein wenig Hochachtung, andererseits mit ein wenig Neid, weil ich nicht dazu gehörte, blickte.

Mir gefiel das Zusammenspiel der Leute, die Intensität der Arbeit, die weit über die normale Diensttätigkeit hinausging, und, wie ich bald am eigenen Leibe erfuhr, in den ersten Tagen ihres Einsatzes kaum Zeit für Schlaf hatten. Dennoch waren die dazugehörende Schreibkraft und die vier oder fünf Männer hoch motiviert und keinesfalls notorisch ernst. Das gefiel mir.

Und je länger ich sie beobachtete und je mehr ich auch Gelegenheit bekam, zu einigen Ermittlungsergebnissen beizutragen, um so stärker war mein Wunsch, auch einmal zu einer solchen Crew gehören zu dürfen.

Ich erlebte den Leiter aller vier Mordkommissionen, Karl Schwichtenberg, einen untersetzten, breitschultrigen Mann mit einem richtigen »Pommernschädel«, verschmitzten Augen und einem merkwürdigen Lächeln, das nur der zu deuten wusste, der ihn näher kannte. Er ließ sich informieren, ohne sich in die Arbeit seiner Kommission einzumischen. Ein beeindruckender Mann, nicht nur in diesem Moment, sondern auch später, als wir intensiver miteinander zu tun hatten.

Irgendwie ist »Schwichte«, wie er kurz genannt wurde, dann auf mich aufmerksam geworden.

Ich weiß, dass es lange Bewerberlisten für die Mordkommissionen gab, aber wahrscheinlich lag für mich das Glück darin, dass er und seine Leute das Tötungsdelikt bei uns und nicht woanders bearbeiten mussten. Es mag sich vielleicht eigenartig anhören, von Glück zu reden, gerade zu einer Mordkommission gehören zu wollen. Auf jeden Fall war das für mich unvergleichliche kriminalpolizeiliche Arbeit und da wollte ich dabei sein, wollte ich das Jagdfieber spüren und wollte vor allem auch spannende Fälle bearbeiten. »Schwichte« forderte mich jedenfalls an. Und wenn er einen Wunsch äußerte, hatte dieser Vorrang und niemand wäre auf die Idee gekommen, ihm diesen zu verweigern, denn schließlich ging es darum, die Mordkommissionen auch mit den für diesen Bereich geeignetsten Kriminalbeamten zu versehen. Und diese Kriterien mussten auch wieder innerhalb der Kriminalpolizei gelten.

Todesermittlungsbeamte der örtlichen Dienststelle zu den Mordkommissionen, ehemals kaufmännische Angestellte in die Betrugskommissariate, qualifizierte Kriminalisten in die Raubdezernate und engagierte, hochmotivierte und vor allem politisch sensible in den polizeilichen Staatsschutz. Heute durchlaufen junge Beamtinnen und Beamten die einzelnen Bereiche, ohne, jedenfalls die meisten, angefordert worden zu sein. Sie sind oftmals Weltmeister schon nach drei Tagen und glauben, allein durch die Tatsache dazu zu gehören, bereits über Qualität zu verfügen, vom Einfühlungsvermögen ganz zu schweigen.

»Schwichte« zögerte auch keinen Augenblick, Angeforderte wieder wegzuschicken, wenn er oder einer seiner Kommissariatsleiter das Gefühl hatten, einen Fehlgriff gemacht zu haben. Und ich denke, das war auch gut so.

Mein Kommissariatsleiter Kurt Drews brachte mich, nachdem er mir ein wenig von seinem Team erzählt hatte, zu Horst Lehmann, mit dem ich von diesem Tage an ein Zimmer teilte. Günter Kunde war der Stellvertreter des Chefs und zugleich der Vorgangsführer aller anfallenden Morde. Kurt Gläser und

Gerd Meier, die anderen, deren Aufgabenbereich ich gleich noch beschreiben werde und last but not least Erika Blandowski, die beste aller Schreibkräfte.

Ich war von Schwichtenberg ausgesucht worden, weil er mich für geeignet hielt, in einer Mordkommission zu arbeiten, was ich allerdings erst noch unter Beweis stellen musste. Er hatte sich über Wochen, ohne, dass ich es wusste, meine Berichte über Todesermittlungsverfahren schicken lassen und so zunächst einmal geprüft, ob sie eine der Mordkommission entsprechende Qualität hatten.

War alles unternommen worden, die Todesursache festzustellen? Wie ist er vorgegangen, wie waren seine Zeugenbefragungen? Wie hat er sich mit der Staatsanwaltschaft und der Gerichtsmedizin auseinander gesetzt, und wie hat er diese Ereignisse zu Papier gebracht?

Dann ließ er sich die Personalpapiere und die darin enthaltenen Leistungsbeurteilungen bringen und dann war der erste Schritt zur Eignung getan. Alles Weitere musste sich in der Kommission, in der Teamfähigkeit und der Arbeitsweise, die sich wesentlich von der örtlichen Dienststelle unterschied, beweisen.

Horst Lehmann und ich bildeten das Ermittlungs- und zugleich das Vernehmungsteam. Kurt Gläser war der Tatortmann und musste sich gemeinsam mit dem Fotografen und dem Erkennungsdienst um die Spurensuche am Tatort kümmern und mit den Angaben der Gerichtsmedizin vor Ort vergleichen, während Gerd Meier nach einem Tötungsdelikt sofort, und das galt natürlich auch in der Nacht, mit dem Gerichtsmediziner vom Tatort ins Institut fuhr, um erste Anhaltspunkte über das Verbrechen erfahren zu können. Die Todeszeitbestimmung war für unsere Ermittlungen natürlich ebenso von Bedeutung, wie das Tatwerkzeug, die Anzahl der Gewalteinwirkungen, der Stiche, der Schüsse u.a.m.

Mit diesem Ergebnis, das zunächst nur ein vorläufiges war, gingen Horst Lehmann und ich dann gemeinsam auf Ermittlungen. »Treppenterrier« wurden wir manchmal abfällig von Kollegen genannt, aber für mich waren die Befragungen in den Häusern der unmittelbaren Umgebung des Tatortes mit die spannendsten Momente.

Ich habe feststellen müssen, dass nur die wenigsten Zeugen zur Polizei kommen, die meisten muss man sich suchen. Und so ist das Befragen von Anwohnern von unerhörter Bedeutung, wo man sehr gut zuhören muss, um nichts Wesentliches zu versäumen.

Man muss Fragen stellen, die die Zeugen ermuntern, sich an Dinge zu erinnern, die ihnen vielleicht unwesentlich erscheinen, uns aber aufhorchen lassen, weil wir einfach die Zusammenhänge kennen.

So geht man manchmal voller Euphorie aus einer Befragung, beim nächsten Mal wieder voller Enttäuschung. Aber so ist das nun mal im Leben.

Wir sind in unserer Ermittlungstätigkeit oft von einem Höhepunkt zum anderen getrieben worden, aber auch in tiefe Löcher gefallen. Das muss man einfach aushalten. Schließlich wurde ein Mensch getötet und alle haben trotz ihrer unterschiedlichen Aufgaben in einer Kommission gemeinsam an solch einem Fall zu arbeiten. Erlebt man dann aber die Zusammenarbeit, das Puzzle-Spiel, an dem sich alle, einschließlich des Leiters und der Schreibkraft, in irgendeiner Form beteiligen, dann macht das Spaß. Dann freut man sich, zu einem Team zu gehören, das als »toll« zu bezeichnen ist und mit dem man durch dick und dünn geht. Und wenn man weiß, dass dieses Team bei allen Tatorten durch den Erkennungsdienst, den Fotografen, den Gerichtsmediziner und der Staatsanwaltschaft unterstützt wird, Möglichkeiten des Vorgehens und des Ermittelns sinnvoll miteinander abgesprochen werden, dann entwickelt sich ein Zusammengehörigkeitsgefühl, das sich so schnell in anderen polizeilichen Bereichen nicht erreichen lässt.

Doppelmord in der Argentinischen Allee

Am 23. Februar 1968 wurde ich mitten in der Nacht per Telefon alarmiert und darum gebeten zur Argentinischen Allee, einer imposanten Straße im Bezirk Zehlendorf, zu fahren, da ein Doppelmord gemeldet worden war.

Voll innerer Erregung traf ich nach einer halbstündigen Fahrt mit meinem Simca 1000, zu einem größeren Fahrzeug hatte ich es bis dahin nicht gebracht, bei einer Villa ein, die man in ein Kinderheim umfunktioniert hatte und in der die Tötungsdelikte geschehen sein sollten.

Ich traf auf meinen Kommissariatsleiter Drews und meinen Kollegen Lehmann, die anderen kamen nach mir, sowie den Dauerdienst der örtlichen Dienststelle und Angehörige der Schutzpolizei, die bereits die Gegend nach Verdächtigen abgesucht hatten. Bevor ich mir den Tatort ansehen und mir ein Bild vom Geschehen machen konnte, waren nach Drews die Fotografen und die Kriminaltechnische Untersuchungsstelle in den Räumen. Darüber hinaus erzählte mir Horst Lehmann, mit dem ich mich dann zunächst unterhielt, dass auch noch zwei 14-jährige Mädchen durch Messerstiche verletzt und in ein Krankenhaus sowie weitere Kinder dieses Heimes in eine andere Unterkunft gebracht worden seien.

Nachdem die Gerichtsmediziner, beide vom Gerichtsmedizinischen Institut in der Hitoffstraße in Dahlem, ihre ersten Untersuchungen, die Fotografen ihre Beweisfotos »geschossen« und der Erkennungsdienst seine Spurensicherung erledigt hatten, betraten der Staatsanwalt, meine Kollegen und ich den Tatort.

In unmittelbarer Nähe des Einstiegsfensters, das der Täter durch Einschlagen der Scheibe durchklettert hatte, lagen in ihren Betten der durch mehrere Messerstiche getötete 5-jährige Peter H. sowie die auf die gleiche Weise zugerichtete Kinderschwester, die 51-jährige Berta F., die Bettwäsche durchtränkt vom Blut. Die Szenerie war entsetzlich, die Opfer grausam entstellt, an den Wänden Blutanhaftungen ohne Ende und weiteres Blut auf den Treppen, die der Täter benutzt hatte, um in den ersten Stock zu gelangen. Hier hat er, wie wir später erfahren konnten, zunächst in das linke Zimmer, in dem die 14-jährige Marina L. lag, mit einer Taschenlampe hinein geleuchtet und auf das Mädchen, das inzwischen aufgewacht und durch das Licht geblendet worden war, eingestochen. Als dieses gellend um Hilfe schrie, ist er in ein weiteres Zimmer gerannt, um auch dort, diesmal auf die 15-jährige Brigitte N., einzustechen. Das Mädchen hatte in seiner Angst die Decke über den Täter geworfen, worauf dieser fluchtartig das Zimmer und auch das Haus verlassen hatte. Beide Mädchen hatten Verletzungen an den Armen und Abwehrverletzungen an den Händen, waren Gott sei Dank aber nicht lebensgefährlich verletzt.

Es war Ende Februar, draußen lag viel Schnee, so dass sich die Schuhspuren des Täters abzeichneten und uns in Richtung Mexikoplatz, von dort in den Urselweg und dann in die Wolzogenstraße, eine ruhige Wohngegend, führten.

Drews hatte Gläser und mich eingeteilt, die Spuren zu verfolgen, während Meier und Lehmann zunächst den Tatort übernahmen. Kurt Gläser und ich liefen der Spur nach und stellten, nachdem man zunächst glauben konnte, der Täter hätte sich in der Wolzogenstraße in sein Auto gesetzt und sei davon gefahren, fest, dass die Spuren zur Potsdamer Chaussee, später Potsdamer Straße, und von dort in Richtung Teltower Damm führten. Da sich die am Tage sehr stark befahrene Potsdamer Straße über mehrere Kilometer hinzog, forderten wir Kräfte der Schutzpolizei sowie einen Hundeführer an und liefen so schnell es unter diesen Umständen eben ging, der Schuhspur hinterher. Nachdem wir einige Kilometer gelaufen, ja fast gerannt waren und die Spuren im Schnee noch immer weiter verfolgt werden konnten, wurden unsere Hoffnungen größer, den Täter vielleicht doch noch erwischen zu können. Am Teltower Damm/Ecke Potsdamer Straße, einer auch in den Morgenstunden schon stark befahrenen Kreuzung, endete aber unsere Euphorie. Die Straße, es war inzwischen ca. 6.00 Uhr geworden, war belebt, Fußgänger liefen hin und her und Kraftfahrer durchbrachen mit ihren Motoren die morgendliche Stille. Passanten drängelten sich in die Omnibusse und verwischten in kürzester Zeit alle Spuren, so dass nicht mehr zu ermitteln war, ob der Täter ebenfalls in ein Verkehrsmittel eingestiegen war. Hinzu kam, dass die Temperatur sich erhöhte und der Schnee bald in Matsch überging und auch die gegenüberliegende Straße nur noch erfolglos abgesucht werden konnte, so dass trotz aller Bemühungen des Hundeführers, all unserer Kollegen der Schutzpolizei und uns hier »das Ende der Fahnenstange« erreicht war.

Alle Befragungen, die wir am Tatort, in der Potsdamer Chaussee, an der Kreuzung Teltower Damm bei Verkehrsteilnehmern persönlich und später über Presse- und Rundfunkaufrufe an die noch nicht erreichte Bevölkerung richteten, blieben erfolglos. Der Täter war verschwunden.

In der Zwischenzeit hatte die Kriminaltechnik die Schuhspur gesichert, so dass wir bei unseren späteren Ermittlungen sowohl mit der Schuhgröße als auch der geriffelten Schuhsohle operieren konnten. Die Serologin, Frau Dr. Maike Smerling, hatte alle Blutspuren, die Kriminaltechnik, die Zigarettenkippe, die der Täter ganz offensichtlich vor der Tat und vor dem Fenster geraucht und weggeworfen hatte, untersucht, so dass für die weiteren Ermittlungen die Blutgruppe des Täters zur Verfügung stand.

Ich kann es vorweg nehmen, meine Kollegen und ich waren drei Wochen lang Tag und Nacht unterwegs. Wir haben Tausend und mehr Hinweise be- und abgearbeitet, massenweise Personen, männliche Personen, gebeten, ihre Blutgruppe in dem Gerichtsmedizinischen Institut feststellen zu lassen, um sie entweder als möglichen Verdächtigen von vornherein ausschließen bzw. in den engeren Kreis einbeziehen zu können. Den Täter aber haben wir nie ermittelt.

Wir konnten zwar durch Befragungen der verletzten Mädchen feststellen, dass der Täter kein Bartträger war, wir wussten, dass die Schuhe, die er zum Zeitpunkt der Tat trug, die Größe 45 hatten, was jedoch noch nicht dafür sprach, dass er auch über derart große Füße verfügte. Wir ermittelten, dass der Täter zuvor in zwei Fällen in der in der Nähe gelegenen Limastraße in zwei Villen eingebrochen war, ohne viel mitgenommen zu haben. Wir wussten aber nicht, ob der Einstieg in das Kinderheim, das von außen, wenn man das Schild, das auf ein Heim hinwies, nicht gelesen hatte, durchaus für eine bewohnte Villa gehalten haben könnte, einem schweren Diebstahl oder der weitaus schwereren Tat – des

Mordes – gegolten hatte. Wahrscheinlicher ist, dass er einbrechen wollte, von der Kinderschwester überrascht wurde und er dann sie und vielleicht das möglicherweise schreiende Kind ermordet hatte. Warum er dann noch die Treppe hoch gelaufen und dort ebenfalls gezielt auf zwei Menschen einstach, wissen wir nicht – und ich werde es auch in Zukunft nicht mehr erfahren, es sei denn, der Täter entlastet sein Gewissen.

Ich habe in der ersten Phase meiner Zugehörigkeit zur Polizei immer wieder geglaubt, ein Mensch könne es nicht aushalten, mit einem Tötungsdelikt, einem schweren Verbrechen, zu leben. Nichts oder nur sehr wenig davon ist wahr.

Wir wissen, dass Naziverbrecher, das Mächtige von Diktaturen sehr wohl mit schlimmsten Straftaten leben können und konnten und dass sie keinesfalls Skrupel hatten, andere Menschen getötet, gequält, gefoltert zu haben.

Und ich weiß, dass es Menschen in unserer Stadt gibt, die für Tötungsdelikte verantwortlich sind und doch nicht zur Verantwortung gezogen werden konnten, weil wir sie trotz unserer hohen Aufklärungsquote von rund 92 Prozent nicht ermitteln konnten.

Mein erster Fall bei der Mordkommission – gleich ein Reinfall? Was die Aufklärung anbelangt, ganz sicher. Was aber die Zusammenarbeit in der Mordkommission, mit der Gerichtsmedizin, der Staatsanwaltschaft, dem Erkennungsdienst, der Kriminaltechnik, der Schutzpolizei und anderen Institutionen anbelangt, ganz sicher nicht. Mir ist so viel an Kooperation begegnet, wie ich sie nie zuvor erlebt habe. Das gilt für die genannten Institute, wie für die Bevölkerung und durchaus auch für die Presse.

Was die Journalisten anbelangt, kamen sie nie auf die Idee, uns Unfähigkeit zu unterstellen, was nicht zuletzt daran lag, dass »Schwichte« einen guten Draht zur Presse hatte. Er gewährte ihr Einblick, wo immer es zu verantworten und letztlich auch nachzuvollziehen war, und zeigte, dass wir bis an die Grenzen unserer Leistungsfähigkeit gegangen, aber unsere Möglichkeiten auch aufgebraucht waren.

Noch Jahre später haben wir uns immer wieder mit diesem Vorgang beschäftigt, neue Ermittlungen getätigt, neuere Erkenntnisse ausgewertet, aber der Erfolg ist ausgeblieben. Ein Doppelmord, der bisher nicht zu klären war, an den ich deshalb auch heute noch hin und wieder denke.

Meine Frau hatte sich in der Zwischenzeit halbwegs an meinen unregelmäßigen Dienst gewöhnt. So spannend wie ich fand sie ihn jedoch nicht, es sei denn, sie sah mein Bild in der Zeitung. Für mich war aber tatsächlich ein Traum in Erfüllung gegangen. Ich lebte in meinem Beruf auf, weil er mich forderte, sich meine Persönlichkeit, wie ich glaube, zu meinem Vorteil veränderte und ich Dinge sah und erlebte, die kaum ein anderer Mensch außerhalb dieser Dienststelle jemals sehen würde.

Ein junger Mörder und sein kleines Opfer

Dies galt auch für ein Tötungsdelikt, das aus vielerlei Gründen sehr nachhaltig auf mich wirkte. In einem Mehrfamilienhaus in Berlin-Tempelhof hatte man am 10. Mai 1968 in einem Keller die Leiche eines 5-jährigen Mädchens gefunden. Der Vater dieses Kindes, selbst Polizeibeamter, hatte uns gegenüber erklärt, dass seine Tochter nur für kurze Zeit nach unten auf den Spielplatz gegangen sei.

Nachdem er sein Kind nicht mehr gesehen und es auch nicht an der Haus- und Wohnungstür geklingelt hatte, machte er sich auf die Suche nach dem Mädchen, ohne es finden zu können. Als sein Kind schließlich nach der Absuche durch die Polizei tot in einem Keller des selben Hauses gefunden wurde, brach für die Eltern des Kindes die Welt zusammen.

Nachdem die Tatortarbeit beendet und das Mädchen zum Gerichtsmedizinischen Institut abtransportiert worden war, begannen Horst Lehmann und ich mit unseren Ermittlungen. Wir suchten alle Bewohner dieses Hochhauses auf, befragten sie nach dem Verbleib des Kindes oder dazu, ob ihnen irgendetwas Verdächtiges aufgefallen sei und verfassten auch zu den Negativergebnissen unsere Berichte.

Nicht alle Hausbewohner waren anwesend, so dass wir später noch einmal in dieses Gebäude mussten. Zwischendurch waren wir auch in anderen Wohnungseinheiten, ohne auch nur einen Schritt weitergekommen zu sein.

Im Haus, in dem wir das Mädchen gefunden hatten, suchten wir eine im Hochparterre lebende Familie mit drei Kindern im Alter von 7, 10 und 14 Jahren auf, einem Mädchen und zwei Jungen. Während sowohl die Eltern als auch die beiden jüngeren Kinder höchstes Interesse an dem Fall und der Befragung hatten, ließ sich der 14-jährige Junge überhaupt nicht blicken. Nicht, dass er uns nicht gehört hätte, im Gegenteil. Er saß bei offener Tür in seinem Zimmer, hörte ganz offensichtlich unseren Fragen zu, kam aber nicht zu uns ins Wohnzimmer. Ein merkwürdiges Verhalten.

Und da der Junge weder taub noch stumm war, suchten wir ihn nach erledigter Befragung der anderen Familienangehörigen in seinem Zimmer auf. Hochroten Kopfes beantwortete er uns unsere Fragen, erzählte uns, das Mädchen, letztmalig einen Tag zuvor gesehen zu haben, verwickelte sich aber immerzu in Widersprüche, die seine Aussagen unschlüssig und ihn selbst verdächtig machten.

Ohne die Eltern zu beunruhigen, so sicher waren wir uns ja schließlich auch nicht, baten wir sie, uns zusammen mit dem Jungen zu begleiten, da wir noch einiges mit ihm bei der Mordkommission zu besprechen hätten. Sie willigten sofort und ohne den geringsten Verdacht ein. Während der Vater uns zusammen mit seinem Sohn begleitete, blieb die Mutter bei den anderen Kindern.

In der Vernehmung, die dann unser Kommissariatsleiter Drews durchführte und die sich zunächst überaus kompliziert gestaltete, erzählte ihm der Junge, dass er das Mädchen am Tattage vor der Tür getroffen und es gebeten habe, mit ihm in den Keller zu gehen, wo er, so seine Absicht, sexuelle Handlungen vornehmen wollte.

Das Mädchen, das den Jungen gut kannte, ging ohne Argwohn mit ihm mit, zumal er ihm auch noch ein Fahrrad zeigen wollte. Er drängte das Mädchen schließlich in einen offenen Keller, schloss von innen die Tür, entkleidete es, verging sich an dem Kind und riss, nachdem das Mädchen zu wimmern begann, den Träger von der Cordhose ab und drosselte es so lange, bis kein Ton mehr zu hören war.

Danach begab er sich, die Kellertür mit dem darin liegenden Mädchen hatte er verschlossen, wieder in die elterliche Wohnung, verwischte alle Spuren und hoffte, als Täter nicht entdeckt zu werden.

Als wir das dem Vater erzählen mussten, dass sein Sohn soeben einen Mord gestanden hatte, war er zunächst fassungslos und konsterniert und bat Horst Lehmann und mich mit ihm in die Wohnung zu kommen, um dort der Mutter das Ungeheuerliche zu übermitteln.

Der Junge, der in der Zwischenzeit festgenommen worden war und am nächsten Tag dem Richter zum Erlass eines Haftbefehls vorgeführt werden sollte, fragte Kurt Drews, ob er denn am nächsten Morgen wieder in die Schule gehen könne. Drews, der ja auch schon einiges erlebt und gesehen hatte, war mehr als perplex und zunächst kaum zu beruhigen, da der 14-Jährige ganz offensichtlich nicht einmal ansatzweise realisiert hatte, welch furchtbares Verbrechen er gerade erst begangen hatte.

Horst Lehmann und ich fuhren jedoch wie versprochen mit dem Vater in die Wohnung und als wir dort eintrafen und der Mutter die Nachricht über das Geständnis ihres Sohnes überbrachten, war erst kein Laut von der Frau zu hören. Dann aber brach sie in Tränen aus, warf sich an Horst Lehmanns Schulter und sagte wörtlich zu ihm: »Sagen Sie mir bitte, dass das nicht wahr ist«. Danach ließen wir die Familie allein und begaben uns zu den Eltern des ermordeten Mädchens, um ihnen mitzuteilen, dass wir soeben das Geständnis des im Hause wohnenden Nachbarjungen erhalten und ihn verhaftet hätten. Ich glaube, dass das Ehepaar diese Nachricht mit dem Bewusstsein – der Täter ist gefasst – zwar aufgenommen, dennoch zu diesem Zeitpunkt überhaupt nicht realisieren konnte, welche inhaltsvolle Nachricht wir ihnen soeben überbracht hatten. Wir beide verließen dieses Haus mit überaus gemischten Gefühlen.

Einerseits waren wir froh, die Tat aufgeklärt zu haben, andererseits sahen wir die zerbrochenen Familien vor uns. Wir konnten lange danach nicht nach Hause zu unseren eigenen Familien gehen. So setzte sich unsere Kommission zusammen und versuchte, das Geschehene noch einmal zu rekapitulieren. Wir ließen die anderen daran teilhaben, was die Familien, aber auch uns belastete und niemand von ihnen wäre auf die Idee gekommen, unsere Bedrückung nicht ernst zu nehmen, denn schließlich hatten sie alle schon Ähnliches erlebt.

Nachdem wir das Geschehen in unserem Kreis einigermaßen verarbeitet, zurückgedacht hatten, an die Bereitschaftstage, an denen Kurt Gläser sich täglich mal mit Bami- mal mit Nasi Goreng verpflegte, und er uns allein durch den immer wiederkehrenden Geruch aus seinem Zimmer rausjagte, Gert Meier viel Blödsinn erzählte und die Kommission durch seine Sprüche aufgefrischt hatte, gingen wir auseinander. Jeder nahm seine eigenen Gedanken mit nach Hause, um sie entweder dort noch einmal loszuwerden, oder sie für sich zu behalten. Die anderen Tage verliefen routinemäßig. Der Junge wurde dem Richter vorgeführt, Zeugen vernommen, weitere Berichte gefertigt, die Staatsanwaltschaft über die neuesten Erkenntnisse informiert und die durch die Gerichtsmedizin und die kriminaltechnische Untersuchung gesicherten Spuren miteinander verglichen. Eine Aufarbeitung, die noch einer Menge Feinarbeit bedurfte und wir erneut mit der Mutter des Täters konfrontiert wurden, die sich von nun an überaus kämpferisch im Sinne ihres Jungen gab. Danach ging unser Alltag weiter.

Wir kümmerten uns um die alten Fälle und warteten auf die irgendwann absehbare neue Bereitschaft. Währenddessen liefen natürlich auch die privaten Dinge weiter.

Meine Tochter Patricia war bereits eingeschult und ich hatte mich, nachdem ich gefragt worden war, auch einverstanden erklärt, Elternvertreter zu werden, was ich nicht nur in der Grundschule, sondern auch später in der Realschule war.

Am 19. Februar 1969, ich war nun schon über ein Jahr bei der Mordkommission, wurden wir zu einem Verbrechen rausgerufen, das seinesgleichen suchte.

Wir fanden in einer Bar am Luise-Schröder-Platz in Berlin-Reinickendorf drei Tote vor. Zwei Frauen und ein Mann, alle getötet durch Brust- bzw. Nackenschüsse. Beim Anblick der so Hingerichteten, kamen uns schon mal die Gedanken, dass wir durch unseren Job in der Mordkommission manchmal gezwungen werden, Dinge zu sehen, die man sich durch die Zugehörigkeit zu einer anderen, ganz anders strukturierten Dienststelle ganz sicher erspart hätte. Aber dann setzten andere Gedankengänge ein und ich bin sicher, das war nicht nur bei mir so. Wir wollten unbedingt die Täter ermitteln, das Verbrechen aufklären, so dass das Jagdfieber in den Vordergrund trat und der Adrenalinstoß so groß wurde, dass wir effektiv und gezielt weiterarbeiten konnten. Was war geschehen?

In den frühen Morgenstunden des 19. Februar 1969 suchten ein 23-jähriger Mann und sein 24 Jahre alter Kumpel, beide wegen Einbruchs vorbestraft, in Raubabsicht die Bar auf.

Während einer sogleich mit gezogener Waffe hinter den Tresen rannte und die beiden jungen Barfrauen zur Herausgabe der Tages- und Nachteinnahmen aufforderte, blieb der andere zunächst im Barraum stehen, um dort den einzigen männlichen Gast in Schach zu halten.

Als die jungen Frauen ersteren Täter ansprachen und ihn baten, doch keinen Mist zu machen, forderte er sie zunächst zur Herausgabe des Geldes auf und als er es erhalten hatte, schoss er sofort auf beide Frauen, die schwer verwundet und aus dem Oberkörper blutend, zusammenbrachen.

Dem männlichen Gast, der daraufhin flüchten wollte, schoss er hinterher und traf auch ihn so schwer, dass er zu Boden stürzte.

Da alle drei Opfer trotz des hohen Blutverlustes lebten, forderte der 23-Jährige seinen Kumpel auf, nun seinerseits einen

»Beitrag« zu leisten und allen drei Personen Genickschüsse zu setzen, was dieser auch ohne Skrupel tat.

Dann verließen sie, nachdem sie ca. 300,- DM erbeutet hatten die Bar und rannten getrennt nach Hause.

Als wir die Täter zwei Tage später ermittelten, erfuhren wir durch die Mutter des 23-Jährigen, dass dieser, als die Zeitung über das Verbrechen berichtete, zu ihr gesagt hatte: »Mutter, hast du das gelesen, das ist ja unglaublich« und der andere fügte noch hinzu: »Wie können Menschen nur so etwas tun?«.

Aber der Reihe nach.

Kurt Drews und Günter Kunde fuhren nach der Tatortbesichtigung zurück zur Dienststelle. Während Kurt Gläser die Tatortarbeit zusammen mit den Fotografen und dem Erkennungsdienst übernahmen, ermittelten Gerd Meier, Horst Lehmann und ich in den Häusern und in der unmittelbaren Umgebung.

Am Mittwochabend, es waren zwei Tage seit dem Auffinden der Toten vergangen, die Hausermittlungen hatten keine wesentlichen Anhaltspunkte erbracht, gingen Horst Lehmann und ich in ein Lokal in der Reginhardtstraße, das nur ca. 600 m vom Tatort entfernt war, und hörten dort zu unserem Erstaunen vom Gastwirt, dass in den letzten Tagen zwei junge Leute bei ihm Gast gewesen und ihm so komisch vorgekommen seien. Horst Lehmann und ich sahen uns an und wollten diesen Hinweis im Stillen schon unter »nicht verwertbar« einordnen, als er hinzufügte, dass der Kleinere der beiden eine Pistole bei sich gehabt und damit in Westernmanier rumgespielt hatte. Da sie das erste Mal in diesem Lokal waren, baten wir den Gastwirt, uns am nächsten Morgen auf der Dienststelle aufzusuchen, um Phantomzeichnungen anfertigen lassen zu können und ferner darum, die Dienststelle anzurufen und die Worte: »Horst Lehmann wollte doch heute noch vorbeikommen« durchzurufen, sollten die Männer erneut auftauchen.

Wir beide fuhren von Reinickendorf aus über die Stadtautobahn zur Keithstraße und berichteten nach einer ca. 35-minütigen Fahrt durch das Verkehrsgewimmel unserem Chef und unseren Kollegen. Nachdem wir den Kurzbericht losgeworden waren, erklärte Kurt Drews, dass er einen Anruf erhalten und jemand gefragt habe, ob Horst Lehmann nicht noch mal vorbeikommen wolle.

Horst Lehmann und ich, reagierten wie elektrisiert und steckten, nachdem wir berichtet hatten, worum es ging, auch unsere Kollegen an, rannten runter zu unseren auf dem Hof parkenden Dienstfahrzeugen und fuhren mit Blaulicht zur Reginhardtstraße.

Kurz bevor wir dort ankamen, schalteten wir das Licht aus, parkten unsere Fahrzeuge am Straßenrand und beobachteten auf der dunklen und nur durch Laternen erhellten Straße einen Streifenwagen, in dem ein junger Schutzpolizist saß und daneben zwei junge Männer, die auf dem Bürgersteig hin und her liefen. Der Funkwagen wurde gleichermaßen hin und her gefahren, wobei der junge Kollege nicht ahnen konnte, dass er sich in Lebensgefahr befand.

Wir rannten sofort sternenförmig mit gezogenen Waffen auf die Männer zu und forderten sie auf, ihre Hände über den Kopf zu legen. Beim Durchsuchen ihrer Sachen fanden wir bei beiden je eine Pistole und jeweils 200 Schuss Munition. So hatten wir aus verschiedenen Gründen erhebliches Glück.

Erstens, weil wir zwei Männer vor uns hatten, die mehr als tatverdächtig für ein Verbrechen, vielleicht auch für unsere Tötungsdelikte waren, und zweitens, weil sie weder auf den Streifenpolizisten noch auf uns geschossen hatten. Nachdem Waffen und Munition sichergestellt waren, brachten wir die beiden Verdächtigen zur Dienststelle. Obwohl wir nahezu sicher waren, unsere Täter aus der Bar vor uns zu haben, blieben einige Zweifel, denn es lag zu diesem Zeitpunkt weder ein Geständnis noch das Waffenuntersuchungsergebnis vor.

Am nächsten Tag aber war es soweit. Die erste Untersuchung ergab, dass menschliche Gewebspartikel am Lauf einer Waffe gefunden und aus diesen Waffen auf die Opfer geschossen worden war. Auf das Gutachten mussten wir noch warten. Da jedoch die erste Hürde genommen worden war, vernahm Drews den 23-Jährigen und brachte ihn dazu, den Tatverlauf, wie bereits beschrieben, zuzugeben. Später war auch der zweite bereit, sich zu äußern, so dass der Richter Haftbefehl wegen dreifachen Mordes erließ. Hier hätte die Geschichte eigentlich enden können, aber es gab noch ein aufsehenerregendes Nachspiel.

Beide Täter wurden zu unterschiedlichen Zeiten aus der Untersuchungshaft Moabit zur Vernehmung abgeholt und in die Keithstraße gebracht.

Eines Tages, der 23-Jährige hatte sein Geständnis erweitert, wurde er zur Mittagszeit in seine Zelle in die Keithstraße gebracht, wo er an diesem Mittag durch einen kurz vor der Pensionierung stehenden Wachpolizisten bewacht wurde. Was keiner von uns wusste, war die Tatsache, dass der Einsitzende über enorme Kräfte verfügte, eine Strebe der Zellengittertür, die über dem Schloss endete, durch kräftiges Reißen losbekommen und auseinander gebogen hatte. Dann hatte er sich durch diese Öffnung gezwängt und war an dem verdutzten Wachpolizisten vorbei gelaufen, hatte die Eingangstür des Zellentraktes aufgeschlossen, war vom ersten Stock ins Parterre unseres Gebäudes und schließlich in die Keithstraße gelaufen und in eines, wie wir bald feststellten, der auf der anderen Straßenseite gelegenen Wohnhäuser gelangt.

Der Polizist, der dem Verbrecher keinen Widerstand entgegengesetzt hatte, man muss fast sagen Gott sei Dank, weil unser Täter ihn ganz sicher massiv attackiert hätte, schlug sofort Alarm, der im ganzen Hause Keithstraße zu hören war. Wir waren wie gelähmt, als wir erfuhren, dass er nur mit einem dunklen Trainingsanzug bekleidet, entflohen war. Der Zufall wollte es aber, dass die Schreibkraft der 4. Mordkommission aus dem Fenster gesehen und beobachtet hatte, wie ein Mann im Trainingsanzug von unserer Dienststelle aus über die Kurfürstenstraße gerannt und in das zweite oder dritte Haus der dort fortlaufenden Keithstraße gerannt war.

Zwei Kollegen der 4. Mordkommission, die von der Flucht und dem Hinweis gehört hatten, rannten sofort rüber und entdeckte ihn im obersten Stockwerk des bezeichneten Hauses, wo sie ihn erneut festnahmen und in eine andere, aber sichere, Zelle brachten. Die Zellentüren wurde im Übrigen gegen andere sichere ausgetauscht. Wie sich bei der späteren Untersuchung der eingangs beschriebenen Zellentür herausstellte, muss die Strebe schon durch andere Versuche gelockert worden sein. Unser Täter hatte ihr nur noch den »Rest« gegeben und dann die fast erfolgreiche Flucht unternommen. Danach kam er nur noch doppelt gesichert und gefesselt in die Keithstraße und letztlich nach seiner Aburteilung zusammen mit seinem Mittäter in die Justizvollzugsanstalt-Tegel.

Der Tote im Wedding

Wir hatten uns, ein älterer Mann war erstickt in seiner Wohnung im Wedding, einem Arbeiterbezirk im Norden Berlins, aufgefunden worden, auf eine lange Kommissionstätigkeit eingerichtet. Wir wurden jedoch mit ein wenig Akribie, aber noch mehr Glück, auf eine Wohnung aufmerksam, in der ein junger Mann hauste, der mehrfach bei unserem Opfer gesehen worden war und ihn angeblich auch bestohlen haben sollte.

Horst Lehmann und ich, Kurt Gläser war bei der Tatortarbeit, Gerd Meier bei der Obduktion und Günter Kunde am Telefon und beim Ordnen der Ermittlungsakte, fuhren zu dieser Wohnung, in der angeblich niemand polizeilich gemeldet war, und wurden nach energischem »Polizei, aufmachen!« zunächst nicht eingelassen. Als ich aber vorsichtig durch den Briefschlitz sah, bemerkte ich die Beine eines Mannes, machte meinem Kollegen ein Zeichen, ging von der Tür weg an die Seite und rief erneut: »Aufmachen. Polizei!«. Plötzlich wurde uns geöffnet und wir beide gingen mit gezogenen Waffen in die Wohnung, wo wir auf drei weitere Typen, die auf Matratzen schliefen, trafen.

Während Horst Lehmann alle aufforderte sich anzuziehen und mitzukommen, stand ich mit entsicherter Waffe in seiner Nähe und beobachtete die Typen. Letztlich kamen sie mehr oder weniger freiwillig mit und selbst als wir von der im Hinterhaus liegenden Wohnung durch den dunklen Hausflur liefen, schließlich auf der Straße waren und zu unserem Auto gingen, unternahm keiner den Versuch zu fliehen, was dem einen oder anderen durchaus hätte gelingen können. Vielleicht haben die gezogenen

Waffen sie davon abgehalten zu fliehen. So aber verfrachteten wir sie, wie Heringe verstaut, in unseren Dienstwagen, fuhren zur Dienststelle und bekamen für uns alle überraschend von diesen 17 – 18-Jährigen ein übereinstimmendes Geständnis. Einer von ihnen hatte, wie bereits ermittelt, privaten Bezug zu unserem Opfer, und sie hatten den Mann eigentlich nur bestehlen wollen.

Nachdem dieser aber gedroht hatte, die Polizei zu alarmieren, fesselten sie ihn und drückten ein Kissen solange auf sein Gesicht, bis er sich nicht mehr rührte.

Über das Geständnis waren nicht nur wir, sondern vor allem Günter Kunde außerordentlich froh, da sich für ihn ein wichtiges privates Ereignis abzeichnete und er bei längerer Kommissionstätigkeit nicht daran hätte teilnehmen können. So war sie nämlich immer unsere Kommissionstätigkeit. Nie oder nur selten ließen sich Verabredungen einhalten, platzten Opernabende und Geburtstagsfeiern, mussten Besuche abgesagt werden. An dem Abend aber, als die Tat geklärt war, war Günter Kunde einer der Ausgelassensten und er begann bei unserem »Abschlussgespräch« in einem Lokal zu singen.

Horst Lehmann hatte mir schon mal vor längerer Zeit erzählt, dass Günter Kunde, der nur selten Alkohol trank, in weinseliger Stimmung aus Charles Adam's - »Der Trompeter von Lonjumeau« trällern würde. Und genau das tat er an diesem Abend. Wir waren einfach nur froh. Als Gerd Meier in einem Gespräch am Biertisch so nebenbei erklärte, dass er gerne Vorträge halte und es ihm nichts ausmache, vor 3000 Menschen zu referieren, gab Kurt Gläser zur Antwort: »Dir vielleicht nicht, aber den 3000!«. Unserer Stimmung war kaum noch etwas hinzuzusetzen.

Erika Blandowski, unsere Schreibkraft, diese gute Seele, gehörte natürlich immer mit dazu, war unermüdlich. Da, wo wir mal nach einer Vernehmung eine Pause machen konnten, schrieb sie für andere Berichte und das in einer Schnelligkeit, die jeden Außenstehenden verblüffte.

Und da sie darüber hinaus auch noch eine so fröhliche Frau war, war sie nicht nur fachlich, sondern auch menschlich eine wirkliche Bereicherung dieses Teams. Nur eine Schwäche musste man, wenn möglich umgehen. Sie hatte nämlich immer einen Auftrag für uns. Egal, wo wir in Berlin ermitteln mussten, immer bat sie uns, sie, die die Dienststelle wegen der vielen Schreibarbeiten kaum verlassen konnte, auch mal einen kleinen Umweg von 20 Kilometern zu fahren, um etwas für sie mitzubringen oder für jemanden abzugeben. So suchten wir nicht selten die Möglichkeit, uns an ihrem Zimmer vorbeizumogeln, was uns aber selten gelang. Da aber auch sie immer für uns da war, fügten wir uns mehr oder weniger »ergeben in unser Los«.

Ein Toter in der Badewanne

Es war einer dieser diesigen unangenehmen Tage des November 1970, als unsere Kommission wegen eines Tötungsdeliktes nach Spandau in die Streitstraße gerufen wurde.

Da wir diesmal während der normalen Dienstzeit alarmiert worden waren, fuhren wir gemeinsam zur angegebenen Adresse und sahen in der Badewanne einer 1-Zimmer-Wohnung, eine in eine Tarnplane, wie sie das Militär benutzt, eingewickelte Leiche, fest umschlossen mit Bindedraht.

Als wir alles fotografiert und soweit wie möglich Spuren hatten sichern lassen, wurde die Leiche, von der wir noch nicht wussten, ob es sich dabei um den Wohnungseigentümer handelte, ins Leichenschauhaus gebracht.

Es dauerte auch nicht lange, bis uns der Erkennungsdienst von dort aus mitteilen konnte, dass es die Leiche einer männlichen Person, und zwar, wie die Fingerabdrücke ergaben, die des Horst G. waren.

Der 29-jährige Horst G. war Junggeselle und ein Abenteurer, der immer mit dem Gedanken gespielt hatte, zur Fremdenlegion zu gehen. Seine Freunde, mit denen er sich oft traf und auch über Funksprechgeräte ständig kommunizierte, hatten ihm jedoch immer davon abgeraten.

Wer aber hatte Interesse, ihn, der sich mit seinen Kumpels immer gut verstanden haben sollte, zu ermorden? Ratlosigkeit bei fast allen, mit einer Ausnahme, und zwar beim 18-jährigen Rainer W. Er war als einziger dieser Freunde in den folgenden Tagen unserer Ermittlungen nicht bei uns erschienen, was mehr als merkwürdig war, da doch nahezu die gesamte Presse Berlins über den Tod berichtet hatte. So zogen Horst Lehmann und ich wieder einmal los, fuhren zunächst zur Wohnanschrift des jungen Mannes, mussten uns aber von den Eltern erklären lassen, dass sich ihr Sohn auf seiner Arbeitsstelle befand. Dort angekommen, sprachen wir bei dieser Gerüstbaufirma zunächst mit seinem Chef, der uns den Rainer W. als fleißigen jungen Mann beschrieb, über den aus seiner Sicht nichts Auffälliges zu berichten war.

Nachdem wir uns ihn dann aber hatten kommen lassen und wir ihn in Absprache mit seinem Chef mit zur Dienststelle nehmen wollten, war Unruhe bei ihm zu spüren. Und als wir ihn in unserem Dienstfahrzeug auf dem Rücksitz zwischen uns beiden postierten, war deutlich ein Vibrieren zu spüren, das uns nach einem etwas längeren Schweigen veranlasste, ihn zu fragen, ob er sich erklären könne, warum wir ihn mitgenommen hätten. Nachdem wir ihm zunächst mitteilten, wegen der Tötung des Horst G. gekommen zu sein und er uns erklären wollte, noch nichts davon gehört zu haben, sahen wir beide ihn nur kurz von der Seite an und dann war, aus welchen Gründen auch immer, der Bann gebrochen.

»Ja, ich war's«, gestand er uns noch auf der etwa halbstündigen Fahrt zur Dienststelle, und als wir dort ankamen, hatten wir sein Geständnis bereits mündlich im »Sack«.

Zunächst gab er allerdings vor, seinen Freund nur deshalb getötet zu haben, weil dieser Unzuchtshandlungen von ihm verlangt habe, doch das war, wie sich schnell herausstellte, nur ein Vorwand, um seine Tat zu beschönigen.

Tatsächlich, so ergab sein Geständnis, hatte sich Folgendes abgespielt: Horst G. und Rainer W. kannten sich seit über zwei Jahren und hatten sich zunächst mit dem Geld des Rainer W. zwei Funksprechgeräte gekauft, um abends bzw. am Tage miteinander sprechen zu können. Als W. das Geld von G. auch nach Monaten nicht bekam, beschloss er, ihn umzubringen und sein Geld aus der Wohnung mitzunehmen.

So ging er am Tattag nach der Arbeit mit einer Aktentasche, in der er eine Axt versteckt hatte, zu G. Beide unterhielten sich angeregt, tranken Bier und Schnaps. Schließlich wurde G. müde und erklärte seinem Freund, sich ein bisschen auf die Couch legen und schlafen zu wollen. Er könne ruhig noch bleiben, da er nur kurzfristig »pausieren« wolle. Nachdem G. tatsächlich eingeschlafen war, nutzte W. die Gelegenheit, holte die Axt aus der Aktentasche und schlug mit voller Wucht auf den Kopf seines schlafenden Freundes ein.

Nachdem dieser trotz der massiven Schläge nicht tot war, nahm W. ein Messer aus der Küche seines Opfers und stieß es diesem in den Hals, um jede Möglichkeit des Überlebens auszuschließen. Dann stülpte er ihm eine Plastiktüte über den Kopf, fesselte ihn an Händen und Füßen mit Draht und fuhr erst einmal nach Hause zu seinen Eltern.

Nachdem er dort nicht schlafen konnte, fasste er einen Plan, alle Spuren zu beseitigen und fuhr deshalb am nächsten Abend, einem Sonnabend, erneut zur Wohnung.

Dort verpackte er den Toten in Zeltbahnen und legte ihn in die Badewanne, um ihn von dort aus durch das im Parterre gelegene Fenster rauszuziehen und auf einen Firmenwagen zu verbringen. Aber der Reihe nach.

Zunächst säuberte er das gesamte Zimmer, reinigte die Tapete von Blutflecken, schnitt einen Teil des völlig beschmierten Teppichs ab und verpackte es mit den blutigen Kleidungsstücken seines Opfers in zwei mitgebrachte Müllsäcke.

Dann lief er zu seiner Arbeitsstelle, öffnete die nur wenig gesicherte Doppelflügel-Tür des Hofes und »lieh« sich den Lastwagen seiner Firma, zu dem er den Autoschlüssel hatte, aus und fuhr wieder zurück zur Wohnung. Hier lud er die Säcke auf und vergrub sie im nahegelegenen Spandauer Forst.

Anschließend fuhr er sofort wieder zur Wohnung und direkt an die Rückfront des Hauses heran, wo er den Plattenwagen unterhalb des Badezimmerfensters parkte. Dann kletterte er auf die Plattform des Fahrzeuges und wollte die Leiche aus dem Bad durch das Fenster ziehen, um sie auf das Auto zu verbringen, als er sich von Nachbarn, die in der Nacht wegen der Autogeräusche aus dem Fenster geblickt hatten, beobachtet fühlte.

Deshalb ließ er von seinem weiteren Vorhaben ab, brachte das Fahrzeug wieder zur Firma zurück und hoffte darauf, die Leiche später abholen zu können. Dazu kam es jedoch nicht mehr, weil ein weiterer besorgter Freund des G. die Feuerwehr benachrichtigt und diese die Wohnung aufgebrochen hatte.

Wäre es W. gelungen, die Leiche ebenfalls im Spandauer Forst zu vergraben, hätte die Polizei es schwer gehabt, überhaupt an eine Straftat zu denken. Bei oberflächlicher Betrachtung der Wohnung wäre ein Verbrechen nicht sofort zu erkennen gewesen. Und der Umstand, dass G. nicht mehr zu erreichen war, hätte vielleicht zu der Vermutung geführt, dass er zur Fremdenlegion gegangen wäre.

So aber fanden wir nicht nur den Toten, sondern auch die Tatwerkzeuge, die W. in der Wohnung seiner Eltern nur oberflächlich vom Blut seines Opfers befreit und versteckt hatte. Seine bebluteten Stiefel sowie die im Spandauer Forst vergrabenen anderen Beweismittel untermauerten das Geständnis des W., der als Heranwachsender zu einer 10-jährigen Haftstrafe wegen Mordes verurteilt wurde.

Bis 1971 blieb ich in dieser »Truppe«, in der ich vieles gelernt und für mein weiteres Leben mitgenommen habe. Nicht nur das Vernehmen, dessen Höhepunkt das Geständnis war, das Ermitteln der Täter, das Euphorische einerseits, das Deprimierende andererseits, wenn es mal nicht so geklappt hat. Und immer wieder die Angehörigen, deren Trauer, deren Leid und deren Hilflosigkeit und wir immer mittendrin, mittendrin in der Normalität des Wahnsinns.

Erneute Lehrjahre

Nach drei Jahren verließ ich die Mordkommission. Warum? Die Antwort ist schnell gegeben, aber dennoch hat es mir damals schlaflose Nächte bereitet. Ich wollte nicht stehen bleiben auf der Karriereleiter, auf der unteren Karriereleiter. Obwohl ich immerhin schon Hauptmeister war. Aber mich drängte es danach, auch mal für ein Team verantwortlich zu sein und selbst Entscheidungen treffen zu können. Deshalb bewarb ich mich für den gehobenen Dienst, zu dessen Voraussetzungen es gehörte, erstens in der sogenannten »Blaulichtrunde« durch verschiedene andere Dienststellen gelaufen zu sein und zweitens die Fachhochschulreife zu besitzen.

Ich weiß gar nicht mehr, wie der Begriff »Blaulichtrunde« zustande gekommen ist. Er war auf jeden Fall Synonym für die Vorbereitung auf den gehobenen Dienst. Sie diente zum einen als Test und Auswahlverfahren, zum anderen zur Erweiterung des Berufsbildes.

Und da darüber hinaus auch noch das Einverständnis, in diesem Fall durch »Schwichte«, erfolgen musste, hatte die Bewerbung wirklich nur dann Sinn, wenn er seine Zusage gegeben hatte. Da meine Leistungen ganz offensichtlich auch den Intentionen des Inspektionsleiters entsprachen, konnte ich mich also bewerben. Ich verließ schweren Herzens die Mordkommission und ich muss zugeben, ich habe geheult. Nicht nur, weil mir die Arbeit so viel Spaß gemacht hat, sondern auch, weil ich ein Team verlassen musste, mit dem ich mich außerordentlich gut verstanden hatte. Aber so ist das nun mal im Leben. Nach einer entsprechend feuchtfröhlichen Abschiedsfeier verließ ich das mir so vertraut gewordene Haus in der Keithstraße und setzte mich wieder auf die Schulbank.

Am 1. Dezember 1970 war es für mich dann soweit. Ich besuchte die Fachoberschule, in der ich dann wieder Sozialkunde, Deutsch, Englisch, Mathematik, Physik, Rechtskunde und Verwaltungskunde zu pauken hatte. Ein Unterricht, der mir viel gebracht hat. Ich lernte Menschen kennen, an die ich auch heute noch gerne zurückdenke. Es war eine tolle Zeit, und ich muss sagen, dieses eine Jahr habe ich nie bereut. Es war eine Möglichkeit innerhalb des Dienstes die Fachhochschulreife zu erwerben und diese Chance habe ich genutzt.

Am 14. Dezember 1971 schloss ich mit einer Durchschnittsnote von 1,5 ab. Damit waren sogleich die Voraussetzungen geschaffen, die Fachhochschule zu besuchen.

Der weitere Weg zum Erreichen meines angestrebten Zieles war vorgeschrieben. Nach der Fachoberschule wurden wir in die bereits beschriebene »Blaulichtrunde« eingewiesen. Während meine Mitbewerber auf Dienststellen verteilt wurden, die nicht so mein Fall waren und in denen Betrugs- und Wirtschaftsdelikte bearbeitet wurden, wurde ich dem Rauschgift- und dem Raubdezernat zugeteilt.

Mit der Auswahl, die man willkürlich getroffen hatte, konnte ich gut leben, und ich freute mich im gewissen Sinne auch auf die neue Tätigkeit, wenngleich der Leiter des Raubdezernates den Ruf hatte, »Blaulichter« nicht nur unter die Lupe zu nehmen, sondern sie auch liebend gerne »abzuschießen«, sollten deren Befähigungen nicht seinen Erwartungen entsprechen. Insofern kein so ganz glückliches Los. Trotzdem, die Materie reizte mich.

So sehr man in dieser Zeit, die jeweils ein halbes Jahr kriminalpolizeiliche Arbeit in einem bis dahin völlig fremden Metier bedeutete und man unter ständiger Spannung und Beobachtung anderer Kollegen und Vorgesetzten stand, war dieses Jahr für meinen weiteren Berufsweg mehr als hilfreich.

Im Rauschgiftdezernat

Die Klientel war eine völlig andere als in den Mordkommissionen, die Straftaten ganz andere und entsprechend unterschiedlich auch die Kollegen.

Vernehmungen von Mördern hatte ich häufig durchgeführt, nun wurde ich mit Drogenkonsumenten, Dealern und später Räubern konfrontiert.

Gab es bei der Mordkommission mitunter stundenlanges Ringen um die Aussage eines Tatverdächtigen, hatte man im Rauschgiftbereich mitunter »arme Schweine« zu befragen, die nur deshalb keine Angaben zum Drogenmissbrauch und ihre Händler machen wollten, weil sie sich erstens selbst der Straftat bezichtigen mussten und zweitens ihre Rauschgiftquelle nicht für die Zukunft versiegen lassen wollten. Ein verrückter Kreislauf. Viele der kleinen Dealer konnten die Kollegen des Rauschgiftdezernates, die mich überaus kollegial aufgenommen und mir in keiner Phase die Aufstiegschance geneidet hatten, zum Entzug bringen, arbeiteten mit Organisationen zusammen, die sich der »armen Teufel« annahmen und trotzdem kamen sie viel zu oft wieder.

Rauschgifthändler dagegen waren meist brutale und nur auf Gewinn ausgerichtete Verbrecher, denen der kleine Dealer nur deshalb am Herzen lag, weil er ihnen Stoff abnahm und ihn natürlich teuer bezahlte.

Viele der Kollegen, die im Rauschgiftdezernat tätig waren, hätten neben ihrer hervorragenden Arbeit auch Sozialarbeiter sein können, weil sie da, wo sie helfen konnten, Menschen vom Stoff abzubringen, dies auch getan haben. Auf der anderen Seite schlugen sie ebenso hart zu, wenn es darum ging, Rauschgiftdealer zu verhaften und der Justiz vorzuführen.

Während der sechs Monate, die ich auf dieser Dienststelle verbrachte, gelang es uns, eine Serie von Raubüberfällen auf Konsumenten und Kleinstdealern aufzuklären.

Um einen völlig »zugeschossenen« äußerst brutalen Dealer hatte sich eine Gruppe Krimineller gebildet, die nur darauf aus war, Konsumenten und Kleinstdealer zu überfallen und ihnen sowohl das Geld als auch das Rauschgift zu entreißen. Dabei waren sie nicht »kleinlich«, was die Vorgehensweise anbetraf, denn sie schlugen bei der geringsten Gegenwehr hemmungslos auf ihre Opfer ein. Da die Opfer zum Teil auch Täter (Konsument) im Sinne des Strafgesetzes waren, waren sie zunächst nicht bereit, sich gegenüber der Polizei zu öffnen und Aussagen zu machen.

Ein junges drogenabhängiges Paar, das vielleicht nur deshalb zu uns gekommen war, weil es dem eigenen kleinen Geschäft bzw. dem Konsum nicht mehr in Ruhe nachgehen konnte, wandte sich an uns, nachdem es merkte, dass die Polizei gewillt war, zuzuschlagen und erläuterte uns die von ihnen vermuteten Strukturen. Wir zeigten ihnen daraufhin unsere Täterlichtbildkartei und sie die Täter.

In einer großangelegten Aktion nahmen wir mehrere der Verbrecher fest, beschlagnahmten das geraubte Rauschgift, führten sie dem Richter zum Erlass der Haftbefehle zu und sorgten dadurch nicht nur für reichlich aufgeklärte Straftaten, sondern auch für Ruhe in der Szene.

Natürlich war dies nur ein Tropfen auf den heißen Stein und das Paar, das uns und sich selbst so maßgeblich geholfen hatte, ging natürlich auch nicht straffrei aus, was wir ihm allerdings schon vorher vermittelt hatten. Die Strafen hielten sich jedoch in Grenzen, so dass sie im Anschluss daran einer Therapie zugeführt werden konnten. Ob diese Maßnahme zu einem Erfolg geführt hat, vermag ich nicht zu sagen, denn ich habe die Leute nie wieder gesehen.

Bei den Räubern

Das halbe Jahr war unheimlich schnell vergangen und schon stand der Wechsel zum Raubdezernat an, wo ich, welch ein Zufall, wieder auf Kurt Drews traf, der nämlich von der Mordkommission zum 1. Raubkommissariat auf eigenen Wunsch umgesetzt worden war. Ich stieß hier auf ein völlig anderes Team.

Der Umgangston der Kollegen untereinander war mehr als gewöhnungsbedürftig. Alles Rauhbeine, die sich auf ihre Klientel

›Räuber‹ in hervorragender Art und Weise eingestellt hatten. Und dem »Durchläufer«, dem »Blaulichtler«, dem zum Höheren Geborenen, dem wollte man es erst einmal zeigen. Vor allem wollte man aber auch mal sehen, was der denn so drauf hatte. Mein Glück war, dass ich mit Peter Kopmann in einem Zimmer saß, der damals ein genauso junger Mann war wie ich und den ich später gedrängt habe, ebenfalls den Weg der gehobenen Laufbahn einzuschlagen. Er war nicht nur ein netter, sondern auch ein tüchtiger und vor allem ein zuverlässiger Kollege. Wenn wir in eine Wohnung eindrangen, um einen Verbrecher festzunehmen, dann konnte ich mich blind auf ihn verlassen. Er stand ganz sicher hinter mir, aber ich eben auch umgekehrt.

Die anderen stänkerten erst einmal und ließen mich bei einem Raub zum Nachteil eines Juweliers erst einmal so richtig schön hängen. Ich hatte damals keine Ahnung von Schmuck und dessen Wert und musste mich mühsam an den Überfallenen herantasten und ihm gleichzeitig den Eindruck vermitteln, nicht ganz ahnungslos zu sein. Aber irgendwie wurstelte ich mich durch dieses Verfahren und erhielt auch eine vernünftige Aufstellung des geraubten Gutes und den dazugehörigen Bildern, so dass ich recht schnell damit in die Fahndung gehen konnte.

Da die Täter in diesem Fall keine großen »Leuchten« waren und weder den Raub noch das Absetzen des Schmuckes lange geplant hatten, wurde ich schnell in einem Leihhaus in der Bülowstraße in Schöneberg fündig. Dort wurden Teile des geraubten Schmucks angeboten. Der Rest ist relativ schnell erzählt.

Die Personenbeschreibung stimmte zwar nicht mit den vorgelegten Papieren überein, aber über die Adresse des Mannes, dessen Papiere in einem Lokal gestohlen worden waren, ließen sich die mutmaßlichen Täter ermitteln, da er Hinweise bereits bei der Polizei gemacht hatte. So schlugen wir zu, trafen die Männer und Teile des geraubten Schmuckes in ihren Wohnungen an und nahmen die Männer fest.

Von diesem Tag an hatte ich wesentlich bessere Karten innerhalb dieses Kommissariats, und da ich ja schon mal in einer Mordkommission gearbeitet hatte, von »Schwichte« für den weiteren

Weg auf der Karriereleiter vorgeschlagen worden war und nicht ganz erfolglos blieb, ließ man mich ungeschoren.

Und wenn ich vorhin erwähnte, dass ich mich auf Peter Kopmann immer verlassen konnte, will ich auch eine andere Begebenheit nicht unerwähnt lassen, bei der mich ein anderer Kollege, seinen Namen lasse ich lieber aus, schön hat im Regen stehen lassen. Wir suchten einen Räuber, der Gästen im Lokal sogenannte »K.O.-Tropfen« ins Bier geschüttet und sie anschließend, nachdem sie weggesackt waren, ausgeraubt hatte. Die Ermittlungen waren erfolgreich und die Beweise so erstklassig, dass wir über die Staatsanwaltschaft einen Haftbefehl anregten und ihn vom Richter auch bekamen.

Wir fuhren also zur Wohnung des mutmaßlichen Täters, der in einer im Parterre gelegenen Wohnung in Charlottenburg wohnte. Auf Klopfen öffnete niemand. Man hörte nur das Bellen eines Hundes. Nun ist das nichts Ungewöhnliches, dass Straftäter auf Klopfen nicht reagieren, schließlich haben sie ein hervorragendes Gespür dafür, wann die Kripo vor der Tür steht.

Da aber das Fenster nur angelehnt war und man bis in den hinteren Winkel des dahinter liegenden Zimmers sehen konnte, beschlossen wir beide dort einzusteigen, wobei wir die Möglichkeit, dass der Täter dann vorn durch die Tür abhauen könnte, durchaus in unser Kalkül einbezogen hatten. Da wir es aber vom Fenster aus bemerkt hätten und schnell genug wieder draußen gewesen wären, ging Sicherheit für uns vor, und da wir nicht wussten, welcher Täter bzw. welche anderen Personen und welche Hunde uns erwarteten, wählten wir diesen Weg.

Ich stieg also als erster ein, rannte suchend und sichernd durch das Zimmer, hinein in die Küche, wo mir als erstes ein Hund entgegenlief. Der stellte sich als kleiner, harmloser Dackel heraus, der ganz offensichtlich froh darüber war, einem menschlichen Wesen zu begegnen, denn er wedelte voller Freude mit dem Schwanz. Dann rannte ich von dort aus direkt zur Toilette, mehr Räume gab es nicht.

Der Täter war nicht in der Wohnung. Als ich mich dann umblickte und mich mit meinem Kollegen, den ich hinter mir wähnte, verständigen wollte, war dieser nicht da. Er stand vor dem Fenster und erklärte mir auf mein wütendes Stakkato hin, dass er darüber gewacht habe, dass der Täter nicht durch die Tür hätte entfliehen können. Da das entgegen unserer Abmachung war und ich eigentlich nur Glück gehabt hatte, weder auf einen größeren bissigen Hund noch auf den Räuber getroffen zu sein, war ich so sauer, dass ich nie wieder mit diesem Kollegen, der auch nur ein »Durchläufer« war, rausgefahren bin.

Was den Täter anbelangt, so hatte sich dieser einen Tag später auf unserer Dienststelle mit der Bemerkung: »Ich hörte, Sie suchen mich« eingefunden und da das Beweismaterial, ich erwähnte es bereits, nahezu unumstößlich und die Zeugenaussagen so präzise und übereinstimmend waren, durfte er gleich bei uns bleiben. Seinen Hund gaben wir in die Obhut eines Tierschutzvereines.

Das Thema Eigensicherung ist allerdings eines der wichtigsten Themen für Polizeibeamte, denn nicht selten hängt sein Leben von bestimmten Kriterien ab.

Jahr für Jahr sterben Polizisten in Ausübung ihres Dienstes, bei dem sie zunehmend auch in ganz alltäglichen Situationen mit erheblicher Gewalt konfrontiert werden.

Diesen Gefahren sind sie jedoch keinesfalls schutzlos ausgeliefert, da sie es, bei guter Ausbildung und dem nötigen Ernst in der Hand haben, Risiken zu minimieren. Dieser Gefahr muss man sich auch in vermeintlich harmlosen Situationen bewusst sein, dabei überlegt handeln, wie es der Leitfaden »Eigensicherung im Polizeidienst« des Landes Berlin ausdrückt und die Geschehensabläufe aktiv bestimmen.

Es kommt entscheidend auf die Einstellung des Beamten, seiner körperlichen Leistungsfähigkeit – schon deshalb wird Sport in der Polizei groß geschrieben – und auf sein Handeln an.

Eigensicherung ist weder Schwäche noch Furcht, sondern verantwortungsvolles, professionelles Handeln.

Im täglichen Berufsleben bedeutet dies, beim Annähern an den Einsatzort umsichtig vorzugehen. Lage und Örtlichkeit, z.B. bei einem Einbruch müssen genau eruiert werden. Trotz aller eigenen Anspannung ist dies für das weitere Vorgehen von unerhörter Bedeutung. Auf Geräusche ist zu achten, um nicht plötzlich den Einbrecher im Rücken zu haben und vor allem das Absichern der Kollegen untereinander.

Man muss sich auf ihn verlassen können, man muss besonders vorsichtig sein, nicht unbedacht in ein Objekt hineinstürmen, denn letztlich ist die Person, die sich in der Dunkelheit befindet, viel eher in der Lage, ihren Vorteil zu nutzen, als der Polizeibeamte, der den unbekannten Ort erst betreten will.

Diese und andere Gefahrenpotentiale wurden uns damals und werden erst recht heute allen Polizeibeamten nahe gebracht. Im eigenen Interesse sollte man gerade dieser Thematik mit großer Aufmerksamkeit folgen und Ratschläge ernsthaft berücksichtigen.

Eines der für mich schlimmsten Ereignisse war der Tod meines Kollegen L., mit dem ich schon bei der Mordkommission zusammengearbeitet hatte und der gerade wegen fehlender Eigensicherung sein Leben lassen musste.

Er fuhr gemeinsam mit seinem Kollegen nach Charlottenburg, um dort einen Räuber festzunehmen. Da er diesen Täter schon aus früheren Ermittlungsverfahren kannte, erklärte er seinem mitfahrenden Kollegen, dass er alleine in die im vierten Stock gelegene Wohnung gehen würde, um den Mann abzuholen. L. traf den Räuber auch an, erklärte ihm, dass es mal wieder soweit sei, er seine Sachen zusammenpacken und die eigene Wohnung gegen das Gefängnis eintauschen müsse. Und dann geschah das Unverständliche.

L. ließ zu, dass der Tatverdächtige die Wohnung verschließen und hinter ihm her laufen konnte. Was er nicht wusste, eine Durchsuchung der Sachen des Räubers hatte er fatalerweise unterlassen, war die Tatsache, dass der Mann eine Waffe bei sich hatte und davon auch Gebrauch machte. Er schoss dem Kollegen von hinten in den Kopf, rannte an dem tödlich Getroffenen vorbei, die Treppe herunter, benutzte den hinteren Ausgang, kletterte im Hinterhof über eine Mauer und war vorerst verschwunden. Der andere Kriminalbeamte, der von dem Schuss auf seinen Kollegen in seinem Fahrzeug nichts mitbekommen hatte, lief, nachdem Hausbewohner nach der Polizei schrien, in das Haus und stand dann völlig fassungslos vor seinem erschossenen Kollegen. Er hat sich nicht nur in diesem Moment, sondern auch Jahre später bitterste Vorwürfe gemacht, nicht mit nach oben in die Wohnung des Räubers gegangen zu sein. Aus diesem Kollegen ist in ganz kurzer Zeit ein alter Mann geworden.

Raub, so hatte ich sowohl in meiner Ausbildung als auch in der Praxis gehört, ist die Wegnahme einer fremden beweglichen Sache mit Gewalt gegen Personen oder unter Anwendung von Drohungen mit gegenwärtiger Gefahr für Leib oder Leben. Soweit war die Rechtslage zum einfachen Raub klar. Die Unterschiede zwischen dem einfachen Diebstahl, der beispielsweise mit Freiheitsstrafe bis zu fünf Jahren oder mit Geldstrafe und der Raub mit einer Freiheitsstrafe nicht unter einem Jahr bestraft wird, waren mir natürlich aus der Theorie bekannt. Wie gravierend unterschiedlich sie in der Praxis sein können und auf wie wenig Verständnis die Strafauslegung in der Bevölkerung stoßen kann, konnte ich am folgenden Beispiel feststellen:

Eine 67 Jahre alte Frau lief, wie jeden Morgen, durch die Reichenberger Straße in Kreuzberg, um einkaufen zu gehen. Sie hatte ihre Einkaufstasche und darin ihr Portemonnaie locker in der Hand, als sich ihr von hinten ein Radfahrer näherte. Er nahm ihr die Tasche ohne Gegenwehr weg und fuhr davon.

Obwohl sie sogleich um Hilfe rief, konnte der Täter, den sie in ihrer Aufregung nur ungenügend beschreiben konnte, entkommen (einfacher Diebstahl stellte das Gericht später fest).

Wenige Tage später fuhr der offensichtlich selbe Täter wieder durch eine Straße Kreuzbergs und hielt sich an die gleiche Vorgehensweise. Er wartete auf sein Opfer, auch dieses Mal eine Frau, die für wenig Gegenwehr sprach, fuhr mit seinem Rad an die alte Dame heran und versuchte auch hier, die Einkaufstasche zu entwenden. Die Frau aber entwickelte ungeahnte Kräfte, hielt die Henkel der Tasche fest umklammert und ließ erst los, als der Täter sie mit brutaler Gewalt auf den Gehweg schleuderte. Anwohner hatten das Vorgehen beobachtet und konnten den Mann wenig später vom Fahrrad holen und der Polizei übergeben. Was vorher strafrechtlich als Diebstahl bewertet werden musste, führte in diesem Fall zur Verurteilung wegen Raubes.

Was in der Presse meist nur eine kleine Meldung wert ist, hat oft gravierende Folgen für die Opfer. Die zuletzt Überfallene hatte sich beim Sturz auf den Gehweg einen Oberschenkelhalsbruch zugezogen und musste wochenlang im Krankenhaus zubringen. Wir hatten die Tat dem Weißen Ring »angedient«, der auch sofort eine erste Opferbetreuung übernahm, was sich nicht nur finanziell, sondern auch psychologisch wohltuend auf das Opfer ausgewirkt hat.

Oftmals müssen Geschädigte jedoch jahrelang darum kämpfen, Entschädigung zu erhalten, weil sie den Nachweis erbringen müssen – und es in ihrer Hilflosigkeit oftmals nicht können -, dass der Oberschenkelhalsbruch tatsächlich die Folge eines Überfalls war. Dieser Thematik haben sich in den letzten Jahren vor allem der Weiße Ring und die kriminalpolizeiliche Beratungsstelle angenommen und sich dafür eingesetzt, dass älteren Menschen zunächst einmal ein Vorsorgeprogramm zum Thema »So schützen Sie Ihr Alter« angeboten wird.

Die Mitarbeiter gehen dabei hinaus in Seniorenheime, halten dort und anderenorts Vorträge und vermitteln weiter an Organisationen, die sowohl in Rechts- als auch in Opferentschädigungsfragen hilfreich zur Seite stehen können.

Fachhochschule und Große Streife

Die guten Leistungsbeurteilungen des Rauschgifts- und Raubdezernats befähigten mich, nachdem die anderen Voraussetzungen ja bereits durch die Bewertungen anderer Dienststellen sowie durch den Abschluss der Fachoberschule geschaffen waren, die Fachhochschule zu besuchen.

Wieder unterrichtete uns mein Lieblingslehrer Resch in Kriminalistik und Kriminologie und andere in Straf- und Prozessrecht, Gerichtsmedizin, Beamtenrecht, Polizei- und Verwaltungsrecht, Politwissenschaft, Psychologie und Soziologie, während der Sport durch mehrere Polizeilehrer wahrgenommen wurde.

Leichtathletik, Turnen und Judo standen wie immer an erster Stelle dieses Bereichs, so dass es mir weder schwer gefallen ist, damals das Sportabzeichen in Bronze und später mit Erreichen des 50. Lebensjahres das Sportabzeichen in Gold zu erwerben.

Den Rechtsfächern wurde eine immense Bedeutung zugemessen und im Vergleich zu den Lehrgängen davor, insbesondere im allgemeinen und besonderen Teil des Strafrechts sowie das Staats- und Verfassungsrecht noch mehr vertieft.

Da ja auch die Strafprozessordnung in Teilen, vor allem aber das Verwaltungsrecht einer Neuerung unterzogen worden war, bedeutete dies eine Umstellung auf gesetzliche Verordnungen, wie sie die Polizei so noch nie erlebt hatte. Wesentlich mehr Rechte wurden dem Bürger eingeräumt und immer mehr Pflichten und Einschränkungen veranlassten die Polizei, sich intensiv damit auseinander zu setzen.

Spannend waren aber für mich die Stunden mit Resch, mit der Gerichtsmedizin und all dem, was die Kriminalistik, was die Kriminologie, was die Psychologie zu bieten hatte.

Der menschliche Körper und seine Funktionen, die Lehren von den Ursachen des Todes, Stadien des Todes, Scheintod, Möglichkeiten der Reanimation, Fragen der Organentnahme gehörten ebenso dazu wie das Leichenwesen, die Todesart und ihre Ursachen, sichere und unsichere Todeszeichen, Leichenveränderungen, Identifizierung unbekannter Toter, Arten des gewaltsamen Todes (stumpfe Gewalt, z.B. Hammer; scharfe und spitze Gewalt, z.B. Messer), Erwürgen, Erdrosseln, Schüsse und Explosionen.

Erneut Vernehmungstechnik und -taktik und natürlich die Kriminologie. Die Unterteilung in die Sparten Kriminalätiologie, Phänomologie, Prävention, Kriminalprognosen, die Viktimologie und alle Facetten, die sich daraus für uns und unsere spätere Arbeit vor allem als Führungskraft ergaben.

Fasziniert war ich schon damals von der Viktimologie, der Lehre vom Opfer nämlich, die Entwicklung, die Opfertypologien, das

Opfer und das Dunkelfeld, die Stellung des Opfers im Strafverfahren, der Opferschutz sowie die Opferentschädigung und letztlich die Konsequenzen, d.h. die viktimologischen Erkenntnisse für die Arbeit der Polizei.

Ein mehr als interessantes »Programm«, wobei die hier nur kurz angeführten Passagen nicht verdeutlichen können, wie intensiv die Ausbildung innerhalb der Fachhochschule tatsächlich gewesen ist. Auf jeden Fall hat mir die Theorie gerade in dieser Phase viel für meine weitere Berufsausbildung gebracht und mich mit diesem Wissen noch entscheidungsfreudiger gemacht. Sie hat aber auch mein Verantwortungsgefühl gegenüber anderen Menschen entscheidend gestärkt.

Am 24. November 1974 fand ich mich um 7.30 Uhr in der Gothaer Straße in Schöneberg, damals die Zentrale der Kripo, ein, in der bis auf die Mordkommissionen und dem Polizeilichen Staatsschutz alle Spezialdienststellen untergebracht waren. Ich stellte mich dem dortigen Inspektionsleiter Conny Rein vor, der in den Jahren zuvor mit seiner Dienststelle Furore gemacht hatte, weil er mit seiner »Großen Streife« – ein Team aus Kriminalbeamten bestehend, das zur Vollstreckung von Haftbefehlen eingesetzt war – wesentlich zur Festnahme vieler gesuchter Straftäter beigetragen hatte.

Nicht zuletzt dieser Erfolge wegen nannte man die Inspektion auch »Die Rein-Armee«. Ich war neugierig auf meinen neuen Job, der so ganz anders sein würde, als das, was ich bisher erlebt hatte. Vor allem aber war ich gespannt, wie es mir gelingen würde, von nun an Menschen zu führen, sie zu motivieren und sie hoffentlich davon zu überzeugen, dass ich dazu auch in der Lage war.

Nachdem wir uns in den nächsten Tagen entsprechend abgetastet und unter die Lupe genommen hatten, ließ ich mir erklären, was bisher an Aufklärungsarbeit und Fahndungserfolgen erzielt worden war und legte dann meinerseits fest, wie ich mir unsere gemeinsame Arbeit in Zukunft vorstellte. Schwerkriminelle und mit Haftbefehl gesuchte Straftäter waren in der Folgezeit unsere Klientel.

Wir observierten ersteren Personenkreis und lieferten Anhaltspunkte für andere Dienststellen, wo wir ihnen mitteilten, an welcher Stelle sich der verdächtige Kriminelle, in welche Lokale, in welche Häuser, in welche Wohnungen während unserer Observation sie sich begeben hatten und trugen dadurch dazu bei, ein Bild von Kontaktpersonen herzustellen.

Da die Aufträge anderer Dienststellen mich aber nicht befriedigten und unser Fahndungspotential nicht ausschöpften, trug ich Rein mein Anliegen vor, die »Große Streife« wieder aufleben zu lassen. Wir fuhren zu den unterschiedlichsten Zeiten die miesesten Quiesen (finstere Lokale) Berlins an, überprüften, oft mit Widerstand, die anwesenden Personen und nahmen fest, was in der Fahndungsliste mit Haftbefehl gesucht wurde. Unsere Erfolge waren in den ersten drei Monaten enorm. Wir füllten die Zellen der Polizei und die der Justiz und waren in der Szene in kürzester Zeit mehr als unbeliebt. Viele der mit Haftbefehl Gesuchten verschwanden deshalb zunächst einmal aus ihrem so geliebten Umfeld und suchten sich andere Domizile, was uns veranlasste, für einige Zeit mit der Überprüfung der Lokale innezuhalten, und dann erneut zuzuschlagen.

Diese Arbeit brachte meinen Kollegen und mir sehr viel und ließ unser Team sehr schnell zusammenwachsen.

Im Laufe meiner weiteren Tätigkeit habe ich im Übrigen immer wieder feststellen können, dass die meisten Kollegen immer dann zu motivieren waren, wenn sie sinnvolle und auch erfolgreiche Arbeit zu erledigen hatten. Ließ man sie andererseits in ihrer Ruhe schmoren und kamen keine Impulse von Vorgesetzten, um sie aus ihrer Lethargie herauszuholen, konnte man sie auf Dauer »vergessen«. Der Schlendrian verbreitet sich schnell, und es bedarf schon einer starken Hand, die Eingeschlafenen auch wieder aufzuwecken. Uns aber machte die Arbeit Spaß. Sie wurde dann allerdings von einem Ereignis überschattet, das die ganze Stadt in Aufruhr versetzte.

Am 27. Februar 1975 ereilte uns die Nachricht, dass der Präsident des Berliner Abgeordnetenhauses, Peter Lorenz, von Terroristen der »Bewegung 2. Juni« entführt worden sei.

Zur Vorgeschichte: Protestbewegung Ende der 60er Jahre

In der Bundesrepublik Deutschland hat es zahlreiche Protestbewegungen gegeben wie die »Ohne-mich«-Bewegung der 50er Jahre, die Ostermarschbewegung, vor allem aber die Protestbewegungen der 60er Jahre, aus denen sich die Studentenbewegung bzw. die antiautoritäre Bewegung entwickelten.

Die studentische Protestbewegung reagierte auf Verkrustungen und mangelnde Mitbestimmung an den Universitäten und Hochschulen. Sie machte darüber hinaus Demokratiedefizite in der Gesellschaft aus und richtete sich gegen die 1968 verabschiedeten Notstandsgesetze. Auch das militärische Engagement der USA in Vietnam trug zur weiteren Politisierung und Radikalisierung der Protestbewegung bei.

Die außerparlamentarische Opposition (APO) unter Führung des SDS brachte zunächst Aktionsformen wie »Sit-in« und »Go-in« hervor. Sie provozierte die Staatsmacht jedoch zunehmend durch den Einsatz von Gewalt, die sich ihrerseits beim Einsatz ihrer Gewaltmittel nicht zimperlich verhielt.

Obwohl die Protestbewegung, die ursprünglich von Berlin ihren Ausgang nahm, seit 1969 schrittweise auseinanderbrach, hat sie Bewusstseinsveränderungen in der Bevölkerung und einen kulturrevolutionären Umbruch bewirkt.

Im Laufe der nächsten Monate und Jahre entwickelten sich aus den radikalsten Elementen der systemkritischen Opposition terroristische Gruppierungen, die, wenn auch politisch bemäntelt, in extremer Form kriminelle Gewalt einsetzten.

Wie verlief nun diese Entwicklung in Berlin?

Bei der ersten Aufsehen erregenden und politisch noch sehr heterogen zusammengesetzten Demonstration gegen den Vietnamkrieg am 5. Februar 1966 war die Führung der Stadt nicht in der Lage, flexibel auf die Demonstrationsteilnehmer einzugehen. Zudem wollte sie auch nicht hinnehmen, dass Protestkundgebungen gegen die Schutzmacht USA durchgeführt wurden.

Am 2. Juni 1967 luden die Allgemeinen Studentenausschüsse (ASTA) in mehreren Großstädten zu öffentlichen Diskussionsveranstaltungen ein, um die Situation in Persien kritisch zu erörtern. An diesem Tag sollten der Schah Reza Pahlewi und die Schahbuna Farah Diba zu einem Staatsbesuch in der Bundesrepublik eintreffen. Viele Redner ergriffen die Gelegenheit, die Zuhörer über Polizeiverhöre, die Massaker des Militärs, über Folter, Korruption und Ausbeutung der Menschen in Persien zu informieren, so dass nahezu alle Zuhörer der Meinung waren, dass der Empfang des Herrscherpaares in Deutschland unangemessen, ja unmoralisch sei.

Dem Schah eilten per Flugzeug von München nach Berlin 50 Landsleute, Angehörige des Persischen Geheimdienstes Savak, voraus. Sie standen bei der Ankunft des Schahpaares am Rathaus Schöneberg vor den Absperrgittern der Polizei als »Jubelperser«. Als sie ungestraft auf Demonstranten mit Stahlruten und Holzlatten einschlagen durften, heizte sich die Stimmung gefährlich auf.

Am Abend fuhren die Ehrengäste dann gemeinsam mit den »Jubelpersern« zur Oper. Während die Ehrengäste, der Regierende Bürgermeister, der Innensenator und der Polizeipräsident den Klängen des Orchesters lauschten, eskalierte die Situation und fand ihren traurigen Höhepunkt mit dem Tod des Germanistik-Studenten Benno Ohnesorg. Er starb am 2. Juni 1967 durch einen Schuss aus der Dienstpistole eines Berliner Kriminalobermeisters in der Krummestraße in Berlin-Charlottenburg.

Die Auseinandersetzungen vor der Deutschen Oper, die Willi Liesegang und ich gemeinsam mit anderen Kollegen im Einsatz erlebten, sind auch heute nicht bis ins Detail geklärt. Der Kriminalbeamte behauptete in der Gerichtsverhandlung, durch junge Leute in die Enge getrieben worden zu sein und in dieser Situation aus Notwehr geschossen zu haben.

Am 4. November 1968 verübte der Rechtsextremist Josef B. ein Attentat auf Rudi Dutschke, wobei dieser, Mitglied des Sozialistischen Deutschen Studentenbundes, durch Schüsse in die rechte Wange, die rechte Brustseite und in den Kopf getroffen zusammenbrach. Die nur wenige Minuten später eintreffende Feuerwehr übernahm die Rettung des Schwerverletzten, während die eintreffende Funkstreife den Schützen festnehmen konnte.

Mit dem Attentat auf Rudi Dutschke am Gründonnerstag 1968 entwickelten sich die Ostertage zu Straßenschlachten, wobei allein in Berlin Tausende Polizisten im Dauereinsatz waren. Darüber hinaus hatte die politisch motivierte Gewaltbereitschaft eine Qualität erreicht, wie wir sie nie zuvor gekannt hatten, und die in Brand- und Sprengstoffanschlägen ihren Höhepunkt fand.

Bedeutsamer noch als diese Verbrechen erwies sich für die kommende Entwicklung des Terrorismus in Deutschland jedoch ein Brand in einem Kaufhaus Anfang April 1968 in Frankfurt/Main.

Unter den Verhafteten, die einen erheblichen materiellen Schaden angerichtet hatten, befanden sich der aus München stammende Andreas Baader sowie die schwäbische Pfarrerstochter Gudrun Ensslin, die die Brandstiftung als »politische Aktion« deklarierte und aussagte, diese aus Protest gegen die Gleichgültigkeit, mit der die Menschen den Völkermord in Vietnam hinnahmen, begangen zu haben. Baader und Ensslin wurden im Oktober 1968 zu drei Jahren Haft verurteilt, jedoch bereits im Juni 1969 wegen eines Revisionsantrages aus der Haft entlassen. Sie kehrten nach Ablehnung dieses Begehrens nicht in die Haftanstalt zurück, sondern tauchten unter.

Erst 1970 konnte die Berliner Polizei Baader bei einer Verkehrskontrolle festnehmen, während Gudrun Ensslin endgültig in den Untergrund ging, um das »kapitalistische System in der Bundesrepublik« mit Gewalt zu bekämpfen. Dazu sollte jedoch Baader befreit werden. Gudrun Ensslin und Ulrike Meinhof, die sich in Berlin kennen gelernt hatten, bereiteten die Befreiung vor.

Am 14. Mai 1970 holten sie Baader gewaltsam aus der Bibliothek des Instituts für soziale Fragen in Berlin-Dahlem heraus, in die er sich zuvor vom Gefängnis aus hatte bringen lassen und fügten einem Institutsangestellten eine schwere Schussverletzung zu.

Neben Ensslin und Baader hatte auch Ulrike Meinhof den Weg in die Illegalität beschritten und als sich ihnen auch noch Horst Mahler anschloss, sorgten sie in ganz kurzer Zeit als »Baader-Meinhof-Bande« für Schlagzeilen. Sie gab sich zudem den programmatischen Namen »Rote Armee Fraktion«, nachdem sie in einem palästinensischen Camp in Jordanien paramilitärisch ausgebildet worden waren.

Nachdem im Oktober 1970 bereits Horst Mahler festgenommen werden konnte, endeten die verbrecherischen Karrieren von Andreas Baader, Holger Meins und Jan Carl Raspe am 1. Juni 1972 in Frankfurt/Main mit ihrer Festnahme durch die Polizei. Als RAF-Mitglieder konnten ihnen mehrere Attentate nachgewiesen werden, die Tote und Verletzte gefordert hatten, außerdem Banküberfälle und Sprengstoffanschläge.

Als nur wenige Wochen später, am 7. Juni 1972, Gudrun Ensslin in Hamburg und am 15. Juni 1972 Ulrike Meinhof und deren Begleiter Gerhard Müller festgenommen werden konnten, hatte man die Hoffnung, den Kern der RAF zerschlagen zu haben.

Bewegung 2. Juni

Im Gegensatz zur RAF, die sich zur hierarchisch strukturierten Kaderorganisation mit marxistisch-leninistischer Ausrichtung entwickelt hatte, blieb die »Bewegung 2. Juni«, die sich diesen Namen wegen der Auseinandersetzungen am 2. Juni 1967 gegeben hatte, lange Zeit ein lockerer Verband kleiner und weitgehendst autonomer Gruppen. Mitglieder waren Ralf Reinders, Fritz Teufel, Juliane Plambeck, Inge Viett, Andreas Vogel und Gabriele Rollnick, um nur einige zu nennen.

Ihre Straftaten reichten, angefangen vom Bombenanschlag auf den englischen Yachthafen vom 2. Februar 1972, bei dem ein Mann getötet wurde, über Bankraubzüge, die Ermordung des Anarchisten Ulrich Schmücker durch ein Hinrichtungskommando am 5. August 1974, die Ermordung des Kammergerichtspräsidenten Günther von Drenkmann am 10. November 1974, die Entführung des Berliner Parlamentspräsidenten Peter Lorenz am 27. Februar 1975 und die damit verbundene Freipressung der inhaftierten Terroristen der RAF Verena Becker, Gabriele Kröcher-Tiedemann, Ralf Pohle, Ina Siepmann und Rolf Heisler. Sie wurden in Begleitung des ehemaligen Bürgermeisters von Westberlin und Pfarrers Heinrich Albertz ausgeflogen.

Die Entführung des Parlamentspräsidenten Peter Lorenz

Am 27. Februar 1975 wurde der Präsident des Berliner Abgeordnetenhauses morgens kurz nach halb neun wie üblich von seinem Kraftfahrer an seiner Wohnung in Berlin-Zehlendorf abgeholt. Die Fahrt im Dienstwagen ging durch den Villenvorort in Richtung Stadtautobahn. Gegen 8.50 Uhr wurde sein Wagen auf den nur wenig befahrenen Quermatenweg durch einen einbiegenden Kleinlastwagen blockiert. Als sein Fahrer scharf bremste, fuhr von hinten ein roter Fiat auf, dessen Fahrerin, offensichtlich schockiert im Wagen sitzen blieb. Der Fahrer von Peter Lorenz aber stieg aus, um sich den Schaden anzusehen und wurde in diesem Moment mit einem Eisenrohr, das mit Isolierband umwickelt war, von hinten niedergeschlagen.

Im gleichen Moment fielen mehrere Männer über Peter Lorenz her und zerrten den sich heftig Wehrenden heraus, legten ihm Handschellen an und trugen ihn in das Entführungsfahrzeug.

Während der Wagen in rasender Fahrt zur Autobahn fuhr, gelang es Peter Lorenz die Windschutzscheibe mit den Füßen zu zertreten. Danach erhielt er jedoch eine Beruhigungsspritze, so dass er für kurze Zeit außer Gefecht gesetzt war.

In einer Tiefgarage in Berlin-Charlottenburg wurde Peter Lorenz in den Kofferraum eines Golfs gezwängt, anschließend bei einem erneuten Fahrzeugwechsel an einem Friedhof in Berlin-Kreuzberg in eine große Kiste gesteckt und mit einem Ford-Transit zur nahegelegenen Schenkendorfstraße, ebenfalls in Kreuzberg, gebracht. Beim Raustragen öffnete sich die Kiste ein wenig, so dass er einen Blick auf die Häuserfront werfen konnte. Diese Kriterien waren später unerhört wichtig bei unserer Suche nach dem »Lorenz-Versteck« und führten letztendlich auch zur Auffindung dieses, wie die Terroristen es nannten, »Volksgefängnisses«.

Die dann anlaufenden Fahndungsmaßnahmen waren als einmalig zu bezeichnen. Eine Sonderkommission, bestehend aus 133 Kriminalbeamten, übernahmen diesen Part der Ermittlungen, während Hunderte von Schutzpolizisten im Stadtgebiet unterwegs waren, um das Versteck von Peter Lorenz ausfindig zu machen. In diese Ermittlungstätigkeit hinein kam die erpresserische Forderung der Terroristen, »Peter Lorenz – Gefangener der Bewegung 2. Juni«, wird nur freigelassen, wenn, wie bereits erwähnt, die Inhaftierten Verena Becker und andere in ein noch zu benennendes Land ausgeflogen werden würden. Als Heinrich Albertz sich dann nach der Auslieferung der Terroristen in Berlin der Öffentlichkeit stellte, ließen die Terroristen Peter Lorenz frei.

Nachdem die ersten Vernehmungen von Peter Lorenz abgeschlossen, Fahndungsaufrufe der Polizei an die Bevölkerung ergangen waren, begann die Hochzeit der Ermittlungen und Observationen. Wir erhielten jede Menge Anfragen und Aufträge vom Staatsschutz und waren nahezu rund um die Uhr mit Observationen eingedeckt.

Da auch Ermittlungsaufträge damit verbunden waren, wurde unsere Zusammenarbeit mit dem Staatsschutz von Tag zu Tag intensiver.

Observationskräfte, die aus dem Bundesgebiet zu unserer Unterstützung nach Berlin abkommandiert worden waren, waren u.a. auch in der Birkbuschstraße in Steglitz eingesetzt, weil es Hinweise auf einen Laden gegeben hatte, in dem sich »immer so viele junge Leute« aufhalten sollten. Nun ist das ja kein Verbrechen, aber es interessierte uns schon, wer da so ein- und ausging. Und als einer der Observanten glaubte, dann letztlich Ralf Reinders erkannt zu haben, und auch andere Kollegen dieser Meinung waren, schlug das Sondereinsatzkommando (SEK) zusammen mit dem Staatsschutz zu und hatte Erfolg.

Ralf Reinders, Inge Viett und Juliane Plambeck wurden am 9. September 1975 in diesen Räumen verhaftet. Der Staatsschutz stellte bergeweise Beweisgegenstände, Schlüssel und Papiere, sicher, von denen meine Dienststelle einige zur Auswertung bekam. Als darunter die Brieftasche von Peter Lorenz gefunden wurde, war klar, dass die Festgenommenen mit der Entführung des Parlamentspräsidenten zu tun gehabt haben müssen.

Im Oktober 1975 machten wir eine Wohnung am Fränkelufer in Kreuzberg ausfindig, in der wir Unterlagen von Terroristen sowie Gegenstände vorfanden, die ganz offensichtlich eine große Rolle bei der Lorenz-Entführung und dem »Volksgefängnis« gespielt hatten.

Manfred Ganschow, als Referatsleiter des Staatsschutzes, war einerseits froh, dass wir diesen Erfolg erzielt hatten, andererseits sauer, dass es uns und nicht seiner Dienststelle gelungen war. Sei es drum.

Von diesem Tage an war ganz offensichtlich für Manfred Kittlaus, dem Leiter des Staatsschutzes, klar, dass ich, sollte ich mein Einverständnis geben, ein Terrorkommissariat übernehmen würde. Da die Aufgaben in diesem Bereich so spannend für mich waren, stimmte ich nur allzu gern zu und wurde am 24. November 1975 übernommen.

Als ich meine neue Dienststelle beim Staatsschutz betrat und mich zunächst bei Kittlaus und Ganschow vorstellte, übergaben sie mir nach einer umfangreichen Einweisung das 2. Terrorkommissariat. Auch hier das Übliche, wie in allen anderen Bereichen auch. Ich wurde begutachtet, erst einmal auf den Prüfstand gestellt und irgendwann im Laufe der Zeit auch akzeptiert.

Meine Mitarbeiter waren äußerst engagierte Kollegen, die natürlich über ganz andere Erkenntnisse aus dem terroristischen Bereich verfügten als ich. Ich las mich deshalb erst einmal in die Materie ein, hatte bald die Namen aller bekannten Terroristen und deren Sympathisanten drauf, so dass ich nach relativ kurzer

Zeit doch nicht mehr ganz neu im »Geschäft« war. Hinzu kamen natürlich meine Erfahrungen aus einer örtlichen Kriminalinspektion, aus einer Mordkommission, einem Raubkommissariat und nicht zuletzt auch aus der Observation.

Die Vorgehensweise in den Terrorkommissariaten des Staatsschutzes, der ebenso eine Abteilung der Kriminalpolizei ist, wie beispielsweise die für Mord, Raub, organisiertes Verbrechen oder Betrug, nur das hier politisch motivierte Straftaten bearbeitet werden, war eine ganz andere als in den Mordkommissionen.

Bildeten die Mordkommissionen ein Team, wo jeder auf jeden angewiesen ist und nur die Gesamtleistung zählt, musste ich diese Art der Vorgehensweise erst meinen neuen Kollegen beim Staatsschutz vermitteln. Es waren einfach zu viele »Einzelkämpfer«, die diese Art des Zusammenarbeitens nicht kannten.

Hinzukam, dass bei einem Tötungsdelikt und sei es politisch motiviert, ohnehin die Mordkommission das Sagen hatte, und so ist es auch heute noch. Denn sie verfügt über die besten Voraussetzungen, eine adäquate Tatortarbeit bei einem Tötungsdelikt zu leisten. Der Staatsschutz wird natürlich über diese Ermittlungsarbeit informiert, um schnell erste Erkenntnisse über die Todeszeit, die Todesart u.ä., in die Ermittlungsarbeit einfließen lassen zu können und arbeitet dann mit seinen Möglichkeiten im Bereich des Rechts-, Links- oder Ausländerterrorismus weiter.

Meine Vorstellungen der Arbeitsbewältigung und der Vorgangsbearbeitung entsprachen nicht immer denen meiner Mitarbeiter, was in der ersten Phase zunächst für Unmut sorgte. Als sie aber feststellten, dass nicht nur schöne Sprüche hinter meinen Anweisungen steckten, wurden wir »handelseinig«. Eine Bearbeitung der Vorgänge, wie ich sie bei der Mordkommission erlernt hatte, gab es in dieser Form nicht, so dass ich in Absprache mit Kittlaus, Ganschow und Schwichtenberg ganz schnell dafür sorgte, dass einige meiner Kollegen für drei Monate in einer Mordkommission hospitierten.

Kittlaus und Ganschow waren zwei im positiven Sinne »Verrückte«, »Besessene«, um es vielleicht noch präziser auszudrücken.

Während Kittlaus ein ständiger Ideenproduzent war, untersuchte Ganschow sie auf deren Machbarkeit. Aber hatte man sich dann einmal entschlossen, diese Idee umzusetzen, dann gab es auch kein Pardon. Nahezu ständig erlebte ich Kittlaus in Hochform, der in fast allen Phasen, in denen ich mit ihm zusammenarbeitete, niemals unfair wurde, trotz der überaus starken Belastung, die ihn und uns täglich forderten. Ganschow war da ganz anders. Hektisch von Hause aus, rannte er stets mit wehenden Rockschößen durch das Präsidium, von Besprechung zu Besprechung, von Zimmer zu Zimmer. Ruhe vermochte er nie auszustrahlen. Aber das war nun mal sein Naturell. Er war jedoch ein hervorragender Kriminalist. Nahm er sich einen Vorgang zur Hand, auch wenn er noch so dick war, las er ihn relativ schnell quer und entdeckte meistens die Schwächen der Ermittlungsergebnisse. Man war deshalb gut beraten, sorgfältig vorzugehen, was allerdings auch meinem Arbeitsstil entsprach.

Was meine Arbeit ansonsten beim Staatsschutz anbelangte, musste ich feststellen, dass niemand der Sachbearbeiter, aber auch keiner der Vorgesetzten, am Tatort Handschuhe trugen. In diesem Zusammenhang erinnere ich mich eines Einsatzes unserer Mordkommission, wo wir, die Staatsanwaltschaft und Schwichtenberg alarmiert worden waren, zum Tatort fuhren und alle, bis auf den Staatsanwalt, Handschuhe trugen. Oberstaatsanwalt H., ein äußerst engagierter und netter Mann, betrat den Raum, stützte sich an der Eingangstür ab und setzte natürlich seine Fingerspur. Als ich ihn darauf aufmerksam machen wollte, legte »Schwichte« seinen Zeigefinger auf die Lippen und bat mich, auf diese Weise mir nichts anmerken zu lassen, vor allem aber den Staatsanwalt vorerst nicht zu informieren.

Er ließ dann in einem geeigneten Augenblick die Fingerspur durch den Erkennungsdienst sichern und übersandte sie einen Tag später an Herrn H. mit der Bemerkung: »Wir haben den Täter ermittelt. Es handelt sich um Oberstaatsanwalt H.!« Der Mann hatte Lebensart. Dass ihm dieses Versehen unterlaufen war, war ihm peinlich.

Er entschuldigte sich auf galante Art und Weise bei »Schwichte« und unserem Team und bat mit einer Flasche Sekt um Vergebung. Der Staatsanwalt hat diese Begebenheit ganz sicher nie vergessen und wie man sieht, geht es mir nicht viel anders. Diese »Belehrung« durch »Schwichte« war für alle Beteiligten so nachhaltig, dass man noch lange darüber sprach. Und da ich gerade den Erkennungsdienst erwähnt habe, möchte ich vor allem auf die hervorragende Zusammenarbeit hinweisen, die immer zwischen ihm und der Mordkommission bestanden hat.

Ich lernte dabei Hänschen Wachsmann kennen, den wir nur »Doktor« nannten. Wenn er uns sagte, es gäbe keine Fingerabdrücke, dann konnten wir wirklich davon ausgehen, das dem so war. Er war ein akribischer Mann, der sich am Tatort zunächst einmal in die Psyche des Täters hineinzusetzen versuchte und dann vom Eindringen in die Wohnung, über das Anfassen bestimmter Gegenstände, das Benutzen der Tatwaffe, bis hin zum Verlassen des Tatortes, aber auch jede Möglichkeit ausschöpfte, um Spuren zu sichern.

Ich erwähnte schon, dass das SEK und der Staatsschutz am 9. September 1975 Ralf Reinders, Juliane Plambeck und Inge Viett festgenommen hatten. Hinzu kam wenige Wochen später ein weiterer Erfolg im Bezirk Wedding. Der Staatsschutz, ich war zu diesem Zeitpunkt noch bei der Observationsgruppe, hatte eine konspirative Wohnung in der Weddinger Koloniestraße ermittelt.

Das SEK übernahm sofort die Besetzung der Wohnung, die zum Zeitpunkt des ersten Aufsuchens ohne Mieter war, aber auf jeden Fall den Eindruck vermittelte, dass sich hier Personen aufhielten. Wenige Tage später wurde dann auch die Festnahme der Terroristen Gabriele Rollnick und Fritz Teufel vermeldet. Beide trugen schussbereite Pistolen im Hosenbund und Fritz Teufel ein abgesägtes Schrotgewehr in einem Rucksack. Er war also nicht nur der Politclown, der er so gerne vorgab zu sein.

Als ich dann meine Tätigkeit als Leiter des 2. Terrorkommissariats beim Staatsschutz übernommen hatte, wurden eine Woche später in Absprache mit dem Staatsanwalt sämtliche bisher inhaftierten Angehörigen der »Bewegung 2. Juni« zu einer Gegenüberstellung aus der Untersuchungshaft mit Zeugen zum Tempelhofer Damm gebracht. Diese Aktion zog sich mehrere Tage hin, da nicht alle Zeugen, es waren schließlich unterschiedliche Straftaten zu klären, zur gleichen Zeit zur Verfügung standen.

Ich erinnere mich aber sehr genau daran, dass Fritz Teufel, der am ersten Tag der Gegenüberstellung noch über lange krause Haare verfügte, beim nächsten Mal völlig kahl geschoren war und er sich die Glatze mit schwarzer Schuhcreme eingerieben hatte. Durch diese Aktion, mit der er bei einigen von uns zunächst ungläubiges Erstaunen und dann doch so etwas wie Heiterkeit auslöste, war die Gegenüberstellung mit ihm natürlich geplatzt. Danach aber verliefen alle anderen Maßnahmen reibungslos, ohne dass es zu einem weiteren Eklat gekommen wäre.

Die Festnahmen von Roland Fritzsch und Gerald Klöpper waren noch vor der Festnahme der anderen Terroristen in der Birkbuschstraße auf interessante Art und Weise gelungen.

Ein Hinweis aus der Bevölkerung hatte den Staatsschutz auf eine Garage in der Schloßstraße in Berlin-Tegel aufmerksam gemacht, in der sich ein Pkw befand, der ganz offensichtlich mehrere Monate lang nicht genutzt worden war.

Bei Überprüfung des Kfz-Kennzeichens stellte sich heraus, dass der Halter dieses Fahrzeuges in einem ganz anderen Bezirk wohnte. Und als man die Wohnanschrift dieses Mannes überprüfte und ihn schließlich aufsuchte, fand man einen gleichartigen Wagen mit den gleichen Nummernschildern, so dass davon auszugehen war, dass es sich bei dem in der Garage in der Schloßstraße abgestellten Pkw um eine sogenannte Dublette handelte.

Dubletten fuhren zum damaligen Zeitpunkt entweder Schwerstkriminelle oder aber, was für uns in diesem Fall wahrscheinlicher war, Terroristen bzw. deren Sympathisanten.

Es war also davon auszugehen, dass erstens irgendwann Straftäter auftauchen würden, um das Fahrzeug abzuholen, es war aber zweitens auch nicht auszuschließen, dass sie die Garage und das Auto bereits aufgegeben hatten, weil sie befürchten mussten, dass die Polizei bereits fündig geworden war.

Kittlaus und Ganschow entschieden sich für die erste Variante und ließen die Garage durch das SEK rund um die Uhr observieren. Zu diesem Zweck hatten sich die Spezialisten ein unbewohntes Haus ausgesucht, aus dem sie unbemerkt die Überwachung vornehmen konnten. Nach tagelanger, zunächst erfolgloser Observation, stellte das SEK fest, dass Obdachlose in die unterste Etage eingezogen waren und vermuteten deshalb, dass man das Spezialteam über kurz oder lang entdecken würde. Als dann auch noch eine Matratze brannte und die Feuerwehr alarmiert werden musste, baten die Kollegen des SEK darum, die Observation abbrechen zu können. Wir waren auch nicht mehr so ganz davon überzeugt, dass sich hier noch mal was Positives tun könnte, was Kittlaus absolut nicht beeindruckte. In Absprache mit dem Polizeipräsidenten Klaus Hübner wurde die weitere Observation, sehr zum Verdruss der SEK-Kollegen, angeordnet.

Dann, kaum einer von uns hatte ernsthaft noch damit gerechnet, meldeten die SEK-Kollegen verdächtige Wahrnehmungen an der Garage, dann zwei Personen, die sich an der Tür zu schaffen machten, und wenige Minuten später die Festnahme zweier bewaffneter, männlicher Personen. Ein voller Erfolg, der eigentlich nur der Beharrlichkeit Kittlaus' zu verdanken war und einmal mehr zeigte, mit welch langem Atem dem Terrorismus begegnet werden musste.

Nicht viel anders lag die Festnahme von Heinz Herlitz und Harry Stürmer am 12. Mai 1977 im Tegeler Forst. Spaziergänger hatten durch Zufall ein Depot entdeckt, in dem Terroristen Waffen und Ausweispapiere hinterlegt hatten. Kittlaus forderte auch hier das SEK an und ließ die künstliche Höhle durch das SEK aus einem Unterstand heraus, das es sich selbst gegraben hatte, überwachen.

Nachdem 14 Tage vergangen waren, ohne dass sich etwas tat, machte sich Unmut breit, zumal die Spannung von Tag zu Tag immer mehr nachließ und damit die Motivation in Richtung null abglitt. Die Nächte waren kühl und immer nur im Wald zu liegen und darauf zu hoffen, dass irgendwann ein Terrorist kommen könnte, ermüdete schon sehr. Kittlaus war aber auch in diesem Falle nicht zu erweichen und ordnete die weitere Überwachung an.

Am 12. Mai 1977, sechzehn Tage waren seit der Entdeckung inzwischen vergangen, dann der plötzliche Erfolg. Zwei Männer näherten sich mit Spaten dem Depot und als sie dabei waren, dem Lager etwas zu entnehmen, erfolgte der für sie mehr als überraschende Zugriff. Herlitz und Stürmer wurden festgenommen und für unsere Dienststelle eingeliefert. Aufgrund dieses Erfolges war die Terroristenszene um zwei weitere Terroristen geschrumpft.

Eigentlich war die Birkbuschstraße, in der Reinders, Viett und Plambeck festgenommen werden konnten, für die weiteren Ermittlungen mehr als nur eine Fundgrube. Wir ermittelten aufgrund der dort erlangten Erkenntnisse im gesamten Stadtgebiet, allerdings ohne immer gleich Erfolg zu haben.

Dennoch gelang uns ein weiterer Schlag.

Meine Kollegen hatten festgestellt, dass unter einem bestimmten Namen in der Schöneberger Steinmetzstraße eine Wohnung angemietet worden war, in der sich, so durch Befragen der Hausbewohner ermittelt, schon lange niemand hatte sehen lassen. Zuvor sollte diese im Souterrain gelegene Wohnung aber häufig durch sehr freundliche junge Leute frequentiert worden sein.

Da der Verdacht bestand – die eigentliche Wohnungsmieterin war längst aus Berlin ausgereist und trotzdem wurde unter ihrem Namen ständig die Miete bezahlt – , dass hier eine Wohnung konspirativ genutzt wurde, wurde in Absprache mit der Staatsanwaltschaft ein Durchsuchungsbeschluss beim Richter angeregt, der unseren Intentionen auch folgte. Als wir die Wohnung öffneten, fanden wir nicht nur Papiere, sondern auch eine kleine Werkstatt vor, die darauf hindeutete, dass hier Straftaten geplant und von dort aus auch durchgeführt worden waren. Wir ließen alle Gegenstände zum Tempelhofer Damm abtransportieren. Es war eine ganze Lkw-Ladung voll, und baten das SEK, die Wohnung zu besetzen.

Es dauerte zwei Tage, bis wir die Meldung bekamen: »Zwei männliche Personen, eine davon mit Schusswaffe im Hosenbund, festgenommen«. Es stellte sich schnell heraus, dass einer der Festgenommenen Andreas Vogel war, einer der meistgesuchtesten Terroristen der »Bewegung 2. Juni«. Eberhard Dreher, denn kein anderer war die zweite Person, wurde von uns eher der Sympathisantenszene, denn der eigentlichen Terrorszene zugerechnet. Deshalb waren wir nicht wenig überrascht, ihn in Begleitung Vogels festgenommen zu sehen.

Wie erfolgreich die ganze Aktion letztlich gewesen war, zeigte sich wenige Stunden später. Die bei Vogel sichergestellte Waffe, entpuppte sich als diejenige, mit der auf den Kammergerichtspräsidenten, Günther von Drenkmann, am 10. November 1974 geschossen und dieser dabei getötet worden war.

Mit der Festnahme von Andreas Vogel und Eberhard Dreher konnten zwei weitere Haftbefehle vollstreckt werden. Und als 1977 Herlitz und Stürmer festgenommen wurden, hörte die terroristische Vereinigung »2. Juni« auf zu existieren.

Wenngleich viele Bundesländer in die jahrelange Suche nach diesen Straftätern involviert waren, war das Fahndungsergebnis in erster Linie ein Erflog der Berliner Polizei. Vor allem aber der des Manfred Kittlaus, der durch sein unermüdliches Engagement und Durchsetzungsvermögen viele Polizisten in unserer Stadt motivieren und mit ihnen diese wirksamen Effekte erzielen konnte.

Zwei DDR-Flüchtlinge verhaftet

Eine andere Episode möchte ich im Zusammenhang mit der Suche nach den Terroristen schildern, die einer gewissen Tragikomik nicht entbehrt. Wir erhielten einen Hinweis auf eine Wohnung in der Kreuzberger Admiralstraße, in der sich junge Leute aufhalten sollten, die sehr selten, wenn überhaupt, die Wohnung verließen und nur unter besonderer Absicherung, was immer das bedeuten sollte, die Wohnungstür öffneten. Auf jeden Fall war dies ein Hinweis, dem wir mit großem Interesse nachgingen.

Nachdem wir das Haus und die Wohnung einige Tage observiert hatten, bestätigten sich die bisher gemachten Angaben, so dass wir uns in Absprache mit der Staatsanwaltschaft entschlossen, die Wohnung durch das SEK stürmen zu lassen, zumal zwei verdächtige männliche Personen dort anwesend waren.

Ein Angehöriger des SEK stellte sich mit einem gepanzerten Schutzschild vor die Tür, während der zweite diese blitzschnell öffnete. Unmittelbar darauf waren mehrere SEK-Beamte in der Wohnung und wir, die wir hinterhergingen, konnten nur noch feststellen, dass zwei männliche Personen »gefaltet« und gefesselt auf dem Boden lagen.

Nachdem die jungen Männer abtransportiert worden waren und wir sie uns zur Vernehmung geholt hatten, ergab sich folgender Sachverhalt: Die beiden jungen Männer, es waren Musiker, hatten nur wenige Tage vor ihrer Festnahme durch das SEK die DDR mit einem Schlauchboot, mit dem sie in einer Nacht- und Nebelaktion über die Ostsee gerudert waren, verlassen und waren überglücklich an westlichen Gefilden gestrandet. Nachdem man sie von dort aus zur Polizei gebracht und Bekannte in Berlin über die geglückte Flucht unterrichtet hatte, wurden sie von diesen abgeholt und durch sie in die Admiralstraße in Berlin-Kreuzberg vorübergehend untergebracht.

Da sie in den nächsten Tagen von Westberlin aus ins Bundesgebiet ausgeflogen werden sollten, verließen sie aus Angst, von der Stasi entdeckt zu werden, nur unter den bereits geschilderten »konspirativen« Umständen die Wohnung. Als das SEK sie festgenommen und gefesselt hatte, waren sie der festen Annahme, dass die Stasi sie wieder eingefangen hätte und sie wiederum nach Ostberlin gebracht werden würden. Aufgrund der Tatsache, dass wir ihnen den Ablauf der vorangegangenen Ermittlungen schildern und ihre deshalb erfolgte Festnahme aus unserer Sicht darlegen konnten, waren sie keineswegs frustriert, sondern nur noch heilfroh, dass die gesamte Aktion für sie letztlich doch noch glücklich ausgegangen war.

Nach den überaus erfolgreichen Jahren der Terrorismusbekämpfung bot sich mir dann aber eine erneute Chance, die Karriereleiter noch weiter zu erklimmen.

Kittlaus und Ganschow schlugen mir deshalb vor, mich für den höheren Dienst zu bewerben, was ich auch unverzüglich tat.

Meine Ehe war in der Zwischenzeit schon fast zerrüttet, mag es am Dienst oder an Dingen, die vorher schon nicht gestimmt hatten, gelegen haben, auf jeden Fall war der weitere geplante Lehrgang dann auch schon fast das Aus. Ich stürzte mich noch mehr in das Geschehen, diesmal in das theoretische, und absolvierte nach einem entsprechenden Auswahlverfahren vor der gesamten Polizeispitze unterhalb des Polizeipräsidenten zunächst das erste Studienjahr in Berlin, und dann ging es nach Hiltrup/Münster zur Führungsakademie der Polizei. Der Studienplan für die einheitliche Ausbildung der Anwärter des höheren Polizeivollzugsdienstes aus dem gesamten Bundesgebiet war und ist ein recht anspruchsvoller, wenngleich nicht alle Dozenten diesem hohen Niveau entsprachen, aber das ging den Dozenten vermutlich nicht viel anders mit einigen ihrer Studenten.

Die Grundlage des Studiums ist ein Bund-/Länderabkommen über die einheitliche Ausbildung der Anwärter des höheren Polizeivollzugsdienstes und über die Polizei-Führungsakademie vom 28. April 1972, in der Neufassung vom 8. November 1991.

Zum Studienziel ist anzuführen, dass der Studierende die Fähigkeit erwirbt, größere Polizeieinheiten zu führen, in Führungsstellen den Einsatz der Polizei zu leiten, besondere Aufgaben in Zentralbehörden des Bundes und der Länder und in Obersten Bundes- und Landesbehörden wahrzunehmen und bei der Aus- und Fortbildung der Polizeivollzugsbeamten mitzuwirken.

Im Leitgedanken zur Ausbildung des höheren Dienstes der Polizei wird zum Ausdruck gebracht, dass die tiefgreifenden gesellschaftlichen, wirtschaftlichen und technischen Entwicklungen im nationalen und internationalen Bereich die Anforderung an polizeiliches Handeln qualitativ und quantitativ verändert habe.

Da die Polizei im demokratischen Rechtsstaat eine Bürgerpolizei ist, darf der Bürger auch professionelle Polizeiarbeit erwarten, deren Legalität und Legitimität überzeugend begründet ist. Ethische Handlungsmaxime der Führungskräfte bei der Wahrnehmung ihrer Aufgaben und der Mitarbeiterführung prägen die Rolle der Polizei im Staat und in der Gesellschaft. Kriminalitätsformen mit zunehmend internationaler Verflechtung sowie hohe Massenkriminalität bedingen innovative Bekämpfungsstrategien und -taktiken.

Dieses Ziel soll durch ein zwei Jahre dauerndes Studium erreicht werden. Diese zwei Jahre müssen zeitlich aufeinander folgen, inhaltlich aufeinander aufbauen und in Berlin bzw. in Hiltrupp absolviert werden.

Während wir uns in Einsatzlehre mit der polizeilichen Aufgabenerfüllung in Abhängigkeit von Strukturen der Dienststellen in Bund und Ländern, mit dem Vorschriftenwesen, der Zusammenarbeit mit anderen Behörden und Organisationen, der Einsatzplanung, Führung geschlossener Einheiten und ähnlichem beschäftigten, wurden wir in Kriminalistik mit dem aktuellen Stand der kriminologisch/kriminalistischen Forschung, der Kriminalitätslage, der Grundlage der Kriminalstrategie und in Kriminologie mit den aktuellen Forschungsschwerpunkten der Kriminologie, der Kriminalitätserklärung, speziellen Methoden der Kriminologie usw. konfrontiert.

Verkehrslehre, Grundfragen der Personalführung, Organisationen als Gestaltungsprozess, Grundlage der Stabs- und Planungslehre, standen ebenso auf dem Plan wie die Gesellschaftswissenschaften (Grundlagen der Kommunikation, Rethorik, Stressbewältigung, Anwendung empirischer Forschungsmethoden), die Rechtswissenschaften (Methodik der Rechtsanwendung), Staats- und Verfassungsrecht, Eingriffsrecht, Öffentliches Dienstrecht sowie die Polizeitechnik. Ein Studium, das allerdings in einigen Fällen von Dozenten vorgetragen wurde, die, was die praktische Arbeit anbelangte, mitunter jenseits von gut und böse waren.

Sie unterrichteten teilweise ein Fachwissen, über das ich aufgrund meiner jahrelangen praktischen Erfahrung mit Schwerstkriminalität oft nur müde lächeln konnte.

Das galt z.B. bei Einsätzen gegen Terroristen, wo einerseits tagelange Observationen, andererseits nur wenige Minuten blieben, sofort zuzuschlagen, um die Täter auch ergreifen zu können. Kein tagelanges Diskutieren, sondern Entscheidungen wurden erwartet.

Wie zum Beispiel anlässlich der Entführung einer jungen Frau aus Ungarn und deren Verschleppung nach Berlin. Wir ermittelten, dass Araber sie in eine Wohnung in Kreuzberg eingesperrt haben sollten.

Bei vorsichtiger Erkundung des Wohngebietes stellten wir zunächst keinerlei Bewegung innerhalb der Wohnung fest. So war die Entscheidung zu treffen, in die Wohnung einzufallen und auf gut Glück darauf zu hoffen, die junge Frau dort anzutreffen oder zu observieren. Ich entschied mich gemeinsam mit meinen Kollegen und dem SEK zunächst zu warten und der Observation den Vorrang zu geben.

Tatsächlich trat wenig später ein südländisch aussehender Mann aus dem Haus heraus, der aus der relevanten Wohnung gekommen sein musste, setzte sich in sein Auto und fuhr in Richtung Bahnhof Zoo. Ein Großteil der Observationskräfte blieb unmittelbar an dem Mann dran, während ein weiteres Fahrzeug für alle Fälle in der Nähe der Kreuzberger Wohnung blieb. Unser Mann fuhr jedenfalls durch halb Westberlin, stellte ca. eine halbe Stunde später sein Auto in einer kleinen Straße im Bezirk Spandau ab, betrat ein Wohnhaus und verließ nur wenige Minuten später gemeinsam mit zwei weiteren südländisch aussehenden Männern und einer Frau das Haus.

Die Fahrt ging in Richtung City. Während mir die Observationskräfte berichteten, dass die junge Frau dem Aussehen nach unserem von der ungarischen Polizei übersandten Foto entsprach, gab ich die Anweisung, das Auto an der für die Einsatzkräfte besten Zugriffsmöglichkeit zu stoppen, die Männer festzunehmen, die junge Frau zu befragen bzw. aus der Gewalt der Männer zu befreien.

Das taten die Kräfte dann auch, verhafteten die drei Männer, Araber, wie sich später herausstellte, und befreiten die junge Frau aus den Händen ihrer Entführer. Als Prostituierte sollte sie in Berlin »eingesetzt« werden.

Die ganze Aktion spielte sich in nur wenigen Stunden ab. Keine Zeit für Netzplantechnik, d.h. größere Terminplanung und Überwachung eines Großprojektes, kein langes Theoretisieren, sondern kurzentschlossenes, effektives Handeln.

Die Stärken der Ausbildung in Hiltrupp liegen auf der Hand, das ergibt sich allein schon aus dem umfangreichen Fachwissen, das angeboten wird und vor allem darin, dass man Kollegen aus anderen Bundesländern kennen lernt, zu denen dann oft über Jahre der sogenannte »kurze Draht« bestand.

Die Schwächen aber liegen zweifelsohne darin, dass Theoretiker oftmals nur Theoretiker bleiben und Entscheidungsfreude und Verantwortung nur selten antrainiert werden können. Aber das gilt ja für viele Bereiche unseres täglichen Lebens.

Ein weiteres Moment war die »hervorragende« Unterkunft, die in einem ehemaligen Kloster Eingang gefunden hatte. Mein Zimmer, ca. 4,50 m hoch, 2,50 m breit und ca. 3,50 m lang, war, zumal ich noch ein kleines Waschbecken in meinem Zimmer hatte, noch eines der besseren. Ich hatte Kollegen, die sich täglich nur auf der Toilette und in dem dort vorhandenen Handwaschbecken waschen und rasieren konnten. Wie das Ellen Karau, die einzige Frau unter 130 Männern, überstanden hat, ist mir ein Rätsel geblieben, aber sie hat dieses Studium mit Bravour gemeistert. Nun gut, letztlich haben auch andere Generationen überstanden, was wir jetzt durchmachen mussten, und mittlerweile sind die Unterbringungsmöglichkeiten in Hiltrup so gestaltet worden, dass man sie als außerordentlich gut bezeichnen kann.

Was mich bewogen hat doch zu bleiben, will ich nur ganz kurz darlegen. Zum einen hatte ich schon so viel geistiges Kapital investiert, Strapazen auf mich genommen, die ich über anderthalb Jahre durchlebt hatte, zum anderen wollte ich nicht einfach hinwerfen, wofür ich eigentlich angetreten war. Nämlich das Studium abzuschließen und mir damit Möglichkeiten zu verschaffen, selbst auf bestimmte Dinge innerhalb der Polizei einwirken zu können. Irgendwie schaffte ich es dann doch, schloss das Studium erfolgreich ab und bekam letztlich mein Zertifikat, mit dem ich dann in Berlin wieder beim Staatsschutz landete.

Wieder beim Staatsschutz

Kittlaus und Ganschow übertrugen mir 1979 die 3. Inspektion, in der ich es mit Rechtsextremismus, Ausländerkriminalität und einem Teil des linken Spektrums zu tun bekam.

Da sich aber in Berlin gerade die »Wiking-Jugend« zu etablieren begann und sich wenige Zeit später islamische türkische Fundamentalisten der Heilspartei (MSP), der »Grauen Wölfe«, einer rechtsextremistischen Gruppierung der MHP und linke türkische Studenten auf Berlins Straßen heftige Auseinandersetzungen lieferten, war diese Dienststelle genau die richtige für mich.

Mein Stellvertreter wurde Willi Liesegang, der vor Jahren mein Kommissariatsleiter auf dem RKB 105 gewesen war. So loyal, wie ich mich damals verhalten habe, so loyal war er jetzt auch mir gegenüber. Wir verstanden uns wie damals und was das Wichtigste für mich war, ich konnte mich hundertprozentig auf ihn verlassen.

Während er für die Bereiche des Linksextremismus zuständig war, verfolgten Siegfried Konnerth im Rechtsbereich und Willibald Gilch im Ausländerbereich die politisch motivierten Straftaten.

Im Rechtsbereich musste ich feststellen, dass sowohl in der Öffentlichkeit als auch in der Wissenschaft bzw. deren Publikationen die unterschiedlichsten Bezeichnungen zum Begriff »Rechtsextremismus«, »Neo-Faschismus«, »Neo-Nazismus«, »Rechte« u.a.m. kursierten, die entweder zu eng oder zu weit gefasst waren.

Als ideologische Besonderheit des Rechtsextremismus, darin waren sich wiederum alle Fachleute einig, ist die Überbewertung ethnischer Zugehörigkeit und dem daraus resultierenden Nationalismus und Rassismus anzunehmen, bei der die eigene »Nation« oder die eigene »Rasse« zum obersten Kriterium für Identität erhoben wird.

Daraus lässt sich ableiten, dass die eigene Gruppe für diese Klientel wertvoller ist, als die als geringschätzig einzuordnenden Menschen anderer Nationen oder Rassen. Prioritäten gegenüber anderen Menschen werden gesetzt und zugleich eine Abwertung Andersdenkender vorgenommen.

Im Namen dieses Herrschaftsdenkens und des angeblichen Interesses der Nation an diesen Thesen werden die Individualrechte anderer nach Belieben außer Kraft gesetzt.

Mit einer dieser Gruppen, der 1952 aus dem Zusammenschluss der »Reichsjugend«, der »Deutschen Unitarischen Jugend« und der »Vaterländischen Jugend« entstandenen »Wiking-Jugend« bekam ich es dann 1979 in Berlin zu tun. Die »Wiking-Jugend« definierte sich als »volkstreue nordländische Jugendbewegung« für Fahrt und Lager, Körperertüchtigung sowie für angeblich geistige und handwerkliche Weiterentwicklung. Sie hatte ihr Domizil in der Gitschiner Straße in Berlin Kreuzberg unweit der Alexandrinenstraße.

Sie setzte sich in Berlin überwiegend aus Jungen im Alter von 10 – 17 Jahren zusammen, deren Eltern – zumindest ein großer Teil – ahnungslos waren, was die wirklichen Ziele dieser Gruppierung waren. Andere wiederum hatten eine derart verkrustete Vergangenheit, dass die braune Farbe aus allen Poren zu kommen schien.

Den ahnungslosen, vielleicht auch unbedarften Eltern machten wir klar, dass die »Wiking-Jugend« nicht der »Verein« war, der ihre Kinder allein zu Pfadfindern ausbildete, sondern eine braune Bewegung darstellte, deren Habitus und deren Rituale an die Hitlerjugend erinnerten und deren Absicht es war, diese Jugendlichen im Geiste des Nationalsozialismus sowie zum Dienst am Volk und zur Volksgemeinschaft zu erziehen.

Unsere Aktion, mit der Staatsanwaltschaft abgesprochen, sowie unsere Aufklärung der Eltern führte dazu, dass wir diesen braunen Sumpf austrockneten und ihr Vorsitzender es vorzog, Berlin zu verlassen.

Danach war, zumindest was die »Wiking-Jugend« in unserer Stadt anbelangte, für sie die »Luft« raus.

Am 10. November 1994 verbot der Bundesminister des Inneren die »Wiking-Jugend« wegen ihrer Wesensverwandtschaft zur NSDAP und der Hitlerjugend.

Erheblicher Anstrengung bedurfte es auch noch in anderen Bereichen, nämlich dem der politisch motivierten Ausländerkriminalität und da bereiteten uns gerade die Türken erhebliche Kopfschmerzen. Angehörige der MSP, der Heilspartei, der MHP (meist »Graue Wölfe«) und des linken türkischen Spektrums lieferten sich rund um das Kottbusser Tor in Kreuzberg regelrechte Straßenschlachten, bei denen die Fundamentalisten auf die Linken mit Ketten einschlugen und diese umgekehrt mit allem, was sich bot zurückschlugen. Auch Messer wurden eingesetzt. Was letztlich zum Tode eines »linken« Lehrers führte.

Die Fundamentalisten hatten die Linken stark attackiert und dabei den Lehrer mit einem Messerstich so erheblich am linken Oberschenkel verletzt, dass eine Arterie getroffen worden war und Blut in Strömen austrat. Statt den Mann nun zur Seite zu tragen und die Feuerwehr zu alarmieren, rannten die Studenten mit dem Lehrer bis hoch zur Kottbusser Brücke. Dabei hatte er so viel Blut verloren, dass ihm einfach nicht mehr zu helfen war. Das tragische Ende eines Mannes, herbeigeführt durch Fanatiker, die sich in Berlin auszutoben versuchten. Sie wollten regeln, was im eigenen Lande offensichtlich nicht zu regeln ging.

Während in der 3. Inspektion das »Leben tobte«, war in der 2. Inspektion die vorübergehende Ruhe eingetreten, die aber, wie sich recht schnell rausstellte, nur trügerisch war.

Anschlag auf das »Maison de France«

Kurfürstendamm/Ecke Uhlandstraße. Gegen 11.20 Uhr des 25. August 1983 detonierte im »Maison de France« eine kurze Zeit zuvor im 4. Stock neben dem Fahrstuhl abgelegte hochbrisante Sprengladung mit militärischem Sprengstoff.

Die dadurch verursachte Druckwelle brachte die Decke zwischen dem 3. und 4. Stock zum Einsturz, scherte einen »Doppel-T-Eisenträger« und riss große Teile eines Baugerüstes, das sich wegen Renovierungsarbeiten direkt am Haus befand, ab. Die Trümmer, die umherflogen, begruben im 3. Stock und dort im französischen Generalkonsulat Mitglieder der Friedensgruppe »Fasten für das Leben«, die gegen die Atomversuche der Franzosen im Pazifik (Mururoa-Atoll) protestieren wollten.

Dabei wurden ein Mensch getötet und insgesamt 23 Personen zum Teil schwer verletzt. Während die Leiche des jungen Mannes, die unter Schutt und Gebäude lag, äußerlich kaum Zerstörungen aufwies, erlitten fünf weitere Personen, die in seiner unmittelbaren Umgebung standen, erhebliche Verletzungen an Armen und Beinen und durch herumfliegende Splitter Schürfwunden sowie Quetschungen im Kopfbereich durch herabfallende Gesteinstrümmer und schwerste massive Einwirkungen im Lendenwirbelbereich.

Darüber hinaus wurde ein Bauarbeiter, der in der dritten Etage mit Fassadenarbeiten am »Maison de France« gearbeitet hatte, durch die Explosion vom Gerüst in einen Baum geschleudert. Dieser Baum verhinderte zwar den Aufprall auf die Straße, der Mann erlitt dennoch eine Fraktur an der Schulter sowie einen Hörsturz und ist seit dieser Zeit nicht mehr schmerzfrei. Seinen Beruf kann er nicht mehr ausüben.

Ein weiterer Unschuldiger erlitt beim Überqueren der Uhlandstraße durch herabstürzende Steine ein Schädelhirntrauma, Rippenbrüche und Prellungen am Thorax und ist seit dieser Zeit zu 80 Prozent schwerbehindert.

»Gasexplosion« sei die Ursache hieß es zunächst beim Staatsschutz. Aber sehr schnell wurde für uns klar, dass wir es mit einem Terroranschlag zu tun hatten.

Kittlaus und Ganschow übertrugen mir, da der Leiter der 2. Inspektion im Urlaub war, die Sonderkommission und dann ging es zum Tatort.

Nachdem wir uns einen ersten Überblick über das Geschehen verschafft hatten, und die Feuerwehr die Verletzten ins Krankenhaus transportiert hatte, kümmerten wir uns zunächst um den Toten und dann um die Ursachenerforschung. Wir tat dies gemeinsam mit Kollegen der Polizeitechnischen Untersuchung. Das Ausmaß des Schadens war ebenso wie die verwendete Sprengstoffmenge gewaltig.

Unsere Ermittlungen ergaben recht schnell, dass das Ablegen des Sprengstoffes durch einen Mann südländischen Aussehens, bekleidet mit einem weißen Anzug, durchgeführt worden war. Wir ließen aufgrund glaubwürdiger Zeugenaussagen durch unsere Polizeizeichner eine Phantomzeichnung anfertigen und gingen damit in die Öffentlichkeit. Trotz vieler Hinweise aus der Bevölkerung stagnierten nach einigen Wochen unsere Ermittlungen. Vieles deutete darauf hin, dass sich der Täter nach Ost-Berlin und von dort ins Ausland abgesetzt hatte.

Anfang Oktober 1983 ging bei der Deutschen Botschaft in Jeddah/Saudi-Arabien ein Brief mit einem Bekennerschreiben des seit Jahren international gesuchten Terroristen »Carlos« ein, in dem er zum Ausdruck brachte, dass »wir am 25. August um 11.50 Uhr das Französische Konsulat in West-Berlin zerstört haben«. Das Schreiben trug die Unterschrift sowie die Abdrücke des rechten und linken Daumens des Illich Ramirez Sanchez, genannt »Carlos«. Zudem war eine Skizze des vierten Obergeschosses des »Maison de France«, in welcher der Ablageort des Sprengstoffes markiert war, beigefügt.

»Carlos«, mit bürgerlichem Namen Illich Ramirez Sanchez, wurde am 12. Oktober 1949 in Venezuela geboren, wo sein Vater Rechtsanwalt und glühender Anhänger des Kommunismus war. Dieser schickte ihn 1969 nach Moskau, wo sich »Carlos« zunächst an der Lumumba-Universität einschrieb. Er interessierte sich für Politik und war fasziniert von seinen arabischen Kommilitonen, die über den tobenden Freiheitskampf der Palästinenser berichteten.

Wegen ungebührlichen Benehmens flog »Carlos« von der Universität und begab sich, gerade mal 20 Jahre alt, nach Beirut, um sich dort bei der Volksfront für die Befreiung Palästinas zu melden.

Erste Attentate in London und Paris, Unterstützung der Aktionen der japanischen »Rote Armee Fraktion« in Den Haag, der Anschlag auf den Pariser Flugplatz Orly, der Überfall auf die Opec-Konferenz 1975, Kidnapping einer Air France-Maschine aus Tel-Aviv 1976 trugen ebenso die Handschrift dieses Mannes, die immer Menschenleben kostete, wie der Anschlag auf das »Maison de France« in Berlin.

Französische Polizeibeamte spürten »Carlos« dann im Sudan auf. Der Sudan und Frankreich wurden sich, was die Festnahme des »Carlos« anbelangte, aus politisch nachzuvollziehenden Gründen handelseinig, was die Festnahme des Mannes ausmachte. Man verständigte sich darauf, die Festnahme durch sudanesische Polizisten vornehmen zu lassen. Die warteten auf eine günstige Gelegenheit und als sich »Carlos« in einem Krankenhaus in Khartum einer Behandlung unterziehen musste, gaben ihm die Ärzte eine überhöhte Dosis Schmerz- und Beruhigungsmittel, so dass der berüchtigte Killer in den frühen Morgenstunden, noch immer fest schlafend, von Sicherheitskräften ohne Probleme festgenommen werden konnte.

Man brachte ihn in ein Flugzeug, das am 15. August 1994 in Paris landete und steckte ihn sofort ins Gefängnis.

1997 begann gegen ihn der Prozess in Paris. Das Gericht brauchte jedoch nicht lange, um das Urteil zu fällen, da er bereits in Abwesenheit wegen dreifachen Mordes in Paris zu lebenslanger Haft verurteilt worden war. Dieses Urteil wurde deshalb nur noch einmal bestätigt.

1984 durchsuchte der Ungarische Geheimdienst eine konspirative Wohnung in Budapest und fand neben zahlreichen Unterlagen auch einen Brief, den der gesuchte Terrorist Johannes Weinrich, ein enger Vertrauter des »Carlos«, an diesen geschrieben und in dem er über die geglückte Operation in Berlin berichtet hatte. Elf Jahre dauerte es, bis Weinrich aufgrund eines Haftbefehls des Landgerichts Berlin festgenommen und letztlich angeklagt werden konnte. Wenngleich Weinrich nicht der Ableger des Sprengstoffpaketes war, so wurde ihm doch vom Gericht nachgewiesen, dass er die Tat geplant, organisiert, den Sprengstoff beschafft und sie einem Mittäter, der bisher nicht ermittelt werden konnte, übergeben hatte. Das Gericht war deshalb der Meinung, dass er des Mordes, des fünffachen versuchten Mordes, in Tateinheit mit der Herbeiführung einer Sprengstoffexplosion schuldig sei und verurteilte ihn zu einer lebenslangen Freiheitsstrafe.

In den folgenden Wochen und Monaten wurden einige Veränderungen in unserem Hause am Platz der Luftbrücke vorgenommen. Ich erhielt die 2. Inspektion und war nun für die Terrorismusbekämpfung zuständig.

Polizeipräsident Hübner übertrug Kittlaus das Amt des Landeskriminaldirektors und damit fehlte die Seele unseres »Geschäfts«.

Obwohl er in Gedanken ganz sicherlich immer noch beim Staatsschutz war, war seine Aufgabenstellung jetzt zwangsläufig eine andere, eine größere nämlich. An diesen Umstand mussten wir uns erst einmal gewöhnen und Ganschow hatte, trotz seiner kriminalistischen Qualitäten, nicht die Ausstrahlung eines Kittlaus. Dennoch war Ganschow als Chef nicht der Schlechteste, was sich insbesondere bei den nun folgenden schweren Anschlägen durch arabische Terroristen zeigte.

Terroristische Anschläge auf die Deutsch-Arabische Gesellschaft und auf die Diskothek »La Belle«

Ich hatte mich schon auf das Osterfest im März 1986 eingestellt, als mich gegen 21.20 Uhr die Nachricht von einem Sprengstoffanschlag auf die Deutsch-Arabische Gesellschaft in Berlin-Kreuzberg, Adalbertstraße 4, erreichte.

Ich bat den Dauerdienst, meinen Stellvertreter Arnold Fischer und dessen Mitarbeiter zu alarmieren und fuhr mit meinem Privat-Pkw direkt nach Kreuzberg.

Als ich an dem so genannten neuen Kreuzberger Zentrum, einem zwölfgeschossigen Geschäfts- und Mietshaus ankam, und mich bis zum Büro der Deutsch-Arabischen Gesellschaft im 1. Stock durchgefragt hatte, bot sich mir folgendes Bild: Vor dem rechten Fenster des Vereinslokals war eine nahezu quadratische Öffnung mit einer Seitenlänge von ca. 1 m zu erkennen. Durch den freiwerdenden Druck der Sprengstoffvorrichtung war die Betongehwegplatte so weit herausgerissen worden, dass man durch diese Öffnung das darunter liegende Lokal sah. Alle Fenstereinfassungen und Scheiben der Vereinsräume waren demoliert und der Raum sowie dessen Innenausstattung vollkommen verwüstet. Meine Fragen beim Einsatzleiter der Schutzpolizei nach Toten oder Verletzten ergaben, dass dieser alle verletzten Personen - Tote gab es Gott sei Dank nicht -durch die Feuerwehr bereits hatte ins Krankenhaus bringen lassen.

Infolge der Detonation waren die zum Zeitpunkt des Sprengstoffanschlages anwesenden Vereinsmitglieder zum Teil schwer, andere wiederum nur leicht verletzt. Gleiches galt für die Bewohner einer über dem Tatort liegenden Wohnung, die lediglich durch umherfliegende Glassplitter verletzt worden waren. In der darunter liegenden Gaststätte waren neben den zerstörten Fensterscheiben umfangreiche Beschädigungen durch die Druckwelle und herabstürzende Deckenteile und an dem gesamten zwölfstöckigen Gebäudekomplex bis hoch zur 12. Etage an allen Fensterscheiben entstanden.

Als meine Kollegen gemeinsam mit den Spezialisten der Polizeitechnischen Untersuchung (PTU) am Tatort eintrafen, war unsere Arbeit darauf ausgerichtet, neben der Befragung von Zeugen, vor allem Rückschlüsse auf Art und Beschaffenheit der verwendeten Sprengstoffeinrichtung erhalten zu können. Der Umfang der Schäden sowie das Spurenbild ließen schnell die Annahme zu, dass die Täter einen hochbrisanten Sprengstoff verwendet haben mussten.

Mit diesen ersten Erkenntnissen konnte ich auch den Polizeipräsidenten Hübner informieren, der nur wenige Zeit nach mir am Tatort erschienen war und sich ein Bild vom Geschehen machte. In der Folgezeit wurden umfassende Abklärungen vorgenommen.

Wir befragten die Zeugen, die schwere Verletzungen innerhalb der Büroräume erlitten hatten, befragten die Anwohner nach möglichen Beobachtungen zu dem Täter oder den Tätern. Wir suchten nach Resten des Sprengstoffs und taten dies gemeinsam mit den Spezialisten der PTU, die die gesicherten Spuren auswerteten.

Wir machten Aufnahmen vom Tatort und den angrenzenden Häusern, baten die behandelnden Ärzte der Verletzten in den Krankenhäusern um ihre Mitarbeit bei der Suche nach fremden Gegenständen und ferner darum, blutige Bekleidung nicht wegzuwerfen, da diese zur Identifizierung der Opfer beitragen konnten.

Wir baten die Bevölkerung in Rundfunk und Fernsehen um ihre Mithilfe bei der Suche nach den Verbrechern und wiesen darauf hin, dass auch der geringste Hinweis zur Aufklärung der Tat führen könnte. Wir baten die Presseberichterstatter, die uns fragten, auf Spekulationen in ihren Berichten zu verzichten, was die Frage nach den Tätern, ob rechts, links oder Ausländer anbetraf, um die Bevölkerung nicht durch eine unbewiesene Behauptung in eine verkehrte Richtung zu schicken.

Gefährlich sind deshalb auch Aussagen von Polizeibeamten, die sofort nach einem Anschlag Behauptungen aufstellen, die erst noch durch eine intensive Ermittlungsarbeit bewiesen werden müssen und Äußerungen wie: »Es waren Ausländer« oder »Es waren Rechte« oder »Es waren Linke« in falsche Richtungen führen. Nicht selten haben Zeugen, die tatsächlich hätten konkrete Angaben machen können, sich deshalb nicht mehr bei der Polizei gemeldet, weil diese z.B. bereits von Ausländern gesprochen hatte, ihre eigenen Beobachtungen aber auf deutsche Jugendliche hindeutete. Sie unterließen deshalb den Anruf bei der Polizei, weil diese, wie sie erklärt hatte, vermutlich bessere Ermittlungsrichtungen hatte. Damit war der Fall fast schon »gestorben«.

Wir arbeiteten nahezu ununterbrochen an diesem Fall und waren infolgedessen kaum zur Ruhe und zum Schlaf gekommen, als mich in der Nacht zum 5. April 1986 die Mitteilung eines erneuten Sprengstoffanschlages, diesmal auf eine Diskothek in

Berlin-Schöneberg, Hauptstraße 78-79, erreichte. Völlig übermüdet und noch im Halbschlaf zog ich mich an und fuhr mit meinem Pkw zum Tatort, wo sich mir ein chaotisches Bild bot.

Die Diskothek »La Belle« – ein einziger Trümmerhaufen, Feuerwehrleute, Rettungsdienste und Polizisten in pausenlosem Einsatz, eine Vielzahl von Personen laut schreiend, in Angst und Panik, mit zum Teil zerrissener, blutiger und stark verschmutzter Kleidung hin und her laufend und Ärzte, die die Verletzten versorgten. Taxifahrer, Privatpersonen, Polizei, Feuerwehr und Hilfsorganisationen hatten bereits zahlreiche Verletzte in die naheliegenden Krankenhäuser gebracht, darunter auch zwei junge US-Amerikaner.

Einem erst 21-jährigen amerikanischen Soldaten waren bei der Explosion der linke Unterarm und der linke Unterschenkel abgerissen sowie die Genitalien zerfetzt worden. Er starb kurz danach wegen des erheblichen Blutverlustes im Krankenhaus. Ein anderer 25-jähriger US-Amerikaner, dem bei der Explosion beide Unterschenkel aufgerissen und durch die dem Sprengstoff beigemischten Metallteile schwerste Verletzungen und Verbrennungen zugefügt worden waren, durchlebte ein zwei Monate währendes Martyrium. Nach Amputation beider Beine verstarb er am 7. Juni 1986 im »Benjamin-Franklin«-Krankenhaus in Berlin-Steglitz.

Der Sprengsatz hatte um 1.40 Uhr mit einem dumpfen Knall gezündet, die elektrische Beleuchtung innerhalb einer Sekunde nach der Explosion ausgeschaltet, zahlreiche Gäste durch den Explosionsdruck zu Boden geschleudert bzw. durch die herabstürzende Zwischendecke verschüttet. In der sich ausbreitenden Panik wurden viele der am Boden liegenden von den zum Ausgang flüchtenden Personen regelrecht überrannt.

Da der Trümmerstaub darüber hinaus akute Atemnot verursachte, verloren viele der Besucher kurzzeitig das Bewusstsein.

In der ca. 200 m^2 großen Diskothek, deren Tanzfläche etwa 150 m^2 betrug, war der Boden auf etwa 1 m^2 zum darunter liegenden Keller aufgerissen, die gesamte Inneneinrichtung zerstört und die Vorderfront der Diskothek auf die Straße gedrückt worden. Sämtliche Fensterscheiben und deren Rahmen lagen umher. Ein an der Fassade stehendes Gerüst war zuvor eingeknickt, aber zum Glück noch nicht zusammengestürzt.

Eine 28-jährige türkische Staatsangehörige, die die Diskothek erst wenige Minuten vor der Explosion betreten und der der Sprengsatz den linken Augapfel heraus gerissen und den linken Unterschenkel zerfetzt hatte, lag durch herabgestürzte Deckenteile verschüttet, tot in der Nähe der Bar.

Von den insgesamt 284 Besuchern und Angestellten, darunter 150 Deutsche, 97 Amerikaner, 37 britischer, irischer, libanesischer, norwegischer, pakistanischer und türkischer Nationalität, wurden 231 verletzt, 53 von ihnen schwer.

Trommelfelle waren geplatzt, andere hatten Schnittverletzungen im Gesicht und am Körper, großflächige Verbrennungen im Gesicht und am Körper erlitten und teilweise hing ihnen die Haut in Fetzen herunter, so dass Hauttransplantationen erforderlich wurden.

Wieder andere Besucher der Diskothek erlitten so schwere Verletzungen, dass Gliedmaßen amputiert werden mussten und sie, ebenso wie weitere Gäste des Lokales, noch heute unter erheblichen physischen und psychischen Beeinträchtigungen leiden. Ein Verbrechen war geschehen, wie es heimtückischer nicht sein konnte.

Die Diskothek »La Belle«, die zum Zeitpunkt des Anschlages seit acht Jahren mit wechselnder Beliebtheit beim Publikum existierte, war in den letzten beiden Jahren zu einem stadtbekannten »Renner« geworden und das nicht zuletzt der farbigen amerikanischen Soldaten wegen. An den Wochenenden zählte man nicht selten bis zu 350 Personen auf engstem Raum, wobei es sich in der Mehrzahl um amerikanische Soldaten, Türken, Araber und vor allem deutschen Gäste handelte, deren Altersstruktur sich zwischen 17 und 30 Jahren bewegte.

Diese Beliebtheit resultierte nach Zeugenaussagen vor allem aus den tänzerischen Leistungen der amerikanischen Besucher, einer hervorragenden Musik und den regelmäßig stattfindenden Tanzwettbewerben. »La Belle« war neben den deutschen und anderen Gästen vor allem aber Stammlokal amerikanischer Schutzmachtangehöriger.

Dass die Diskothek zum Zeitpunkt der Detonation um 1.50 Uhr mit 270 Gästen und 14 Angestellten äußerst gut besucht war, lag nicht zuletzt daran, dass die Besucher, vor allem in einer Nacht zum Wochenende, erst nach 1.00 Uhr ins »La Belle« gegangen und zu dieser Uhrzeit wegen der Schließung der amerikanischen Clubs die Mehrzahl der farbigen Soldaten eingetroffen waren.

Was die Getöteten der Diskothek »La Belle« anbelangt, so handelte es sich, ich berichtete ja schon davon, um eine Türkin und um zwei US-Militärangehörige. Die junge Frau, die sich zum Zeitpunkt der Explosion in der Nähe der Theke aufgehalten hatte, wies überwiegend massive stumpfe Verletzungen der linken Gesichtshälfte auf. Aufgrund der erheblichen Zerstörung ihres Gesichtes war eine Gegenüberstellung zwecks Identifizierung weder so, noch mittels Lichtbildern Angehörigen oder Freunden zumutbar. Ein schreckliches Bild, das man den Angehörigen nicht vor Augen führen konnte.

So war zunächst die Bekleidung ein wesentliches Identifizierungsmerkmal, dann der fast völlig erhaltene Zahnstatus, der innerhalb von 24 Stunden die endgültige Identifizierung ermöglichte. Auch für den jungen farbigen US-Soldaten galten diese Kriterien, denn die Verletzungen im Gesicht ließen nur eine eingeschränkte Identifizierung zu. Die Identifizierung erfolgte letztlichüber den Zahnstatus und als primärer Identifizierungsanhalt über die Erkennungsmarke.

Das dritte Opfer, das im Krankenhaus aufgrund seiner schweren Verbrennungen höllische Qualen durchlebte, bevor es nach zwei Monaten dort verstarb, wurde anhand der Erkennungsmarke und durch einen Vorgesetzten identifiziert.

Was dieses bzw. ähnlich gelagerte Verbrechen anbelangt, gibt es eine strikte Abgrenzung zwischen der Tätigkeit der Mordkommissionen und der Terrorkommissariate des Polizeilichen Staatsschutzes. Während die Mordkommissionen für das Todesermittlungsverfahren zuständig sind und die Ergebnisse mit der Gerichtsmedizin abgestimmt werden, arbeitet der Polizeiliche

Staatsschutz mit diesen Ermittlungsergebnissen weiter und übernimmt seinen Part der Extremismusbekämpfung.

Unsere Tatortarbeit, mit der wir gegen 3.25 Uhr begannen, gestaltete sich infolge des hohen Zerstörungsgrades und überall herumliegender Trümmer extrem schwierig und wegen der akuten Einsturzgefahr mussten erhebliche Sicherungsmaßnahmen durchgeführt werden.

Um nach Möglichkeit Hinweise auf Aufbau und Beschaffenheit der Sprengstoffvorrichtung erhalten zu können, stellte die Schutzpolizei Kräfte einer technischen Einsatzbereitschaft zur Verfügung, die gemeinsam mit uns tonnenweise Schutt einsammelte und sicherstellte und auch später mit uns in einer Sisyphusarbeit gemeinsam das Durchsieben nach Spurenelementen vornahm. Neben der Sprengstoffsuche wurden zahlreiche Gegenstände aus dem Besitz von Besuchern der Diskothek gefunden, die später an die Eigentümer ausgehändigt werden konnten.

Makaber dann für viele Einsatzkräfte das Auffinden von Knochenteilen und Hautfetzen sowie einer menschlichen Hand, die später durch die Gerichtsmedizin einer verstorbenen Person zugeordnet werden konnte. Was die Suche nach Überresten der Sprengstoffvorrichtung anbelangte, so blieb diese weitestgehend erfolglos.

Obwohl aus den Körpern mehrere Kleinstteile herausoperiert werden konnten, handelte es sich in den meisten Fällen um Knochensplitter anderer Diskothekenbesucher und um Partikel, die noch nicht zuzuordnen waren. Wir konnten deshalb auch keinen unmittelbaren Tatzusammenhang zum Sprengstoff herstellen.

Lediglich ein kleines Stückchen Kupferfeindraht, 8 mm lang und 0,1 mm im Durchmesser, herausoperiert aus der linken Hand eines der getöteten Opfer, wies nach Ansicht der Polizeitechnischen Untersuchungsstelle darauf hin, dass das Teil die Zündleitung der Sprengstoffvorrichtung gewesen sein könnte. Beim Durchsieben des Schuttes, der im Keller des Gebäudes unterhalb des Detonationstrichters gefunden worden war, stellten wir die Überreste einer zerfetzten weißen Plastiktüte mit blauem

Aufdruck sicher. Da sie sich weder der Diskothek noch der Umgebung zuordnen ließ, hätte es sich um einen Teil des Transportbehältnisses, indem die Sprengstoffvorrichtung zum Tatort gebracht worden ist, gehandelt haben können. Ein echter Nachweis ist uns jedoch nicht gelungen.

Aufgrund des Schadensbildes, der Lage des Detonationszentrums und einer später durchgeführten Rekonstruktion des ursprünglichen Zustandes des relevanten Bereiches ließen sich Rückschlüsse ziehen, die uns vermuten ließen, dass die Vorrichtung auf der letzten Sitzbank unterhalb der Durchreiche abgestellt worden war. Dafür sprachen auch Art und Lage der Verletzungen bei den getöteten Opfern.

Dass die Täter einen brisanten Sprengstoff verwendet hatten, ließ sich ferner aus dem Vorhandensein einer ausgeprägten Malmzone, einem Bereich, in dem feste Materie praktisch verschwunden war, ersehen. Schmauchspuren, die auf Rückstände bei der Umsetzung des Sprengstoffs hätten schließen lassen, fanden unsere Spezialisten hingegen nicht. Um Rückschlüsse auf die Sprengstoffmenge ziehen zu können, ließen wir uns unter Beteiligung der Bundesanstalt für Materialprüfung (BAM) eine Ladungsmengenberechnung erstellen und kamen unter Berücksichtigung des Schadensbildes auf eine verwendete Menge von ca. 1,5 kg hochbrisanten Sprengstoffs. Ein Wahnsinn – angerichtet von Verbrechern, die aus sicherer Entfernung beobachten oder einfach nur über die Medien erfahren konnten, welch »grandioses« Werk sie angerichtet hatten.

Wir bildeten sofort eine Sonderkommission und stellten zugleich auch eine Verbindung zum Anschlag auf die Deutsch-Arabische Gesellschaft her. Denn schließlich waren zwei Sprengstoffattentate, begangen von unterschiedlichen Gruppierungen, mehr als ungewöhnlich und doch war es so, wie wir recht bald feststellen mussten.

Die Arbeit der Sonderkommission war unglaublich intensiv und effektiv und zog sich über mehrere Monate hin. Wir hatten über 400 Personen vernommen, zum Teil mehrfach, Polaroidfotos mit deren Einwilligung gefertigt und sie auf großen Tafeln ausgehängt. Jedes Mal, wenn wir einen Zeugen vernahmen, baten wir ihn, uns mitzuteilen, wo und neben wem er in der Diskothek gestanden hatte.

Dadurch ergab sich für uns relativ schnell ein Bild vom Aufenthaltsort eines jeden Gastes, konnten wir Personen, die in der Nähe des Detonationsortes gestanden hatten, noch intensiver befragen und vor allem Hinweise auf Personen erhalten, die als Ablegende des Sprengstoffes in Betracht gezogen werden konnten.

Den Geschädigten wurde, wie in ähnlichen Fällen üblich, von der Politik unbürokratische Hilfe versprochen. Erhalten haben sie sie jedoch nie.

Unabhängig von Parteien werden derartige Floskeln nach einem gravierenden Ereignis sehr gern der Öffentlichkeit und vor allen Dingen den Geschädigten vorgegaukelt, und es hört sich ja auch beeindruckend an, was da so erzählt wird. Wenn es jedoch tatsächlich zur Sache gehen soll, wird dieses Ereignis von anderen überschattet und zurück bleiben Menschen, die sich zurecht fragen, wo denn nun die versprochene Hilfe, wo die Humanität bleibt. Deshalb muss ein Gesetz, ein Fond geschaffen werden, dass Schadensansprüche regelt und Ressourcen freimacht, die eine finanzielle Regelung sofort ermöglicht.

Sprengstoff am Londoner Flughafen Heathrow

Am 18. April 1986, unsere Ermittlungen nach den Tätern verliefen weiter auf Hochdruck, erreichte uns aus London ein Fernschreiben, aus dem sich ergab, dass man am 17. April 1986 im Zuge der Passagierabfertigung eines Linienfluges der israelischen Fluggesellschaft »El AI« von London um 9.40 Uhr nach Tel-Aviv auf dem Londoner Flughafen »Heathrow« die Tasche einer irischen Staatsangehörigen einer genauen Kontrolle unterzogen hatte. Dabei stellten die Sicherheitsbeamten fest, dass sich unter einem doppelten Boden der Tasche eine Sprengstoffvorrichtung befand, die knapp 1600 g des tschechischen militärischen Explosivstoffes »Semtex« enthielt. Als Zeitverzögerungsvorrichtung war ein umgebauter Taschenrechner installiert worden, der den Sprengstoff um 13.04 Uhr des selben Tages zur Explosion gebracht und damit zum Absturz der Maschine geführt hätte. Zu diesem Zeitpunkt wäre das Flugzeug über griechischem Hoheitsgebiet in zehntausend Meter Höhe auseinander geflogen.

Ermittlungen von Scotland Yard ergaben, dass die hochschwangere junge Frau die Tasche am Tage zuvor von ihrem 32-jährigen jordanischen Freund Nezar Hindawi erhalten hatte. Hindawi war 1954 in Jordanien geboren worden, und er wollte seine Freundin angeblich in Israel heiraten und dort mit ihr die Flitterwochen verbringen. Da es ihm aufgrund seiner Nationalität nicht möglich wäre, mit der israelischen EI-AI-Maschine zu fliegen, wollte er in Paris mit einem anderen Flugzeug nach Israel fliegen. Die Angaben der fassungslosen jungen Frau schienen der englischen Polizei glaubhaft, so dass sie sofort eine Fahndung nach dem Jordanier einleitete. Nachdem sie Hinweise erhalten hatte, dass der flüchtige Hindawi mehrmals in Berlin war und hier eine Kontaktperson namens »Hasi« in Berlin-Tempelhof haben sollte, baten sie uns über das Bundeskriminalamt um unsere Unterstützung.

Noch ein gravierendes Ereignis, diesmal im Ausland, und nicht auszudenken, was geschehen wäre, wären die Sicherheitskräfte der israelischen Fluggesellschaft nicht so aufmerksam gewesen.

Obwohl wir reichlich mit unseren beiden Sprengstoffanschlägen zu tun hatten, unterstützten wir gern und suchten in Absprache mit der Staatsanwaltschaft die Wohnung des »Hasi« in Berlin-Neuköln auf, zumal nicht auszuschließen war, dass sich Hindawi. inzwischen nach Berlin abgesetzt haben könnte. Wir stießen nicht auf Hindawi, wohl aber auf »Hasi«, der, wie sich schnell herausstellte, ein Bruder des Erstgenannten war. Obwohl »Hasi« nicht für den geplanten Anschlag auf das israelische Flugzeug in Betracht kam, verhielt er sich doch so merkwürdig, dass wir ihn unter die Lupe nahmen und letztlich, nachdem er sich laufend in Widersprüche verwickelte, seine Wohnung durchsuchten.

Er hatte uns zunächst erklärt, einen Mann namens Hindawi nicht zu kennen, wusste nichts von einem Sprengstoffanschlag auf die Deutsch-Arabische-Gesellschaft, konnte sie angeblich nicht örtlich zuordnen, obwohl er, wie durch Zeugen bestätigt, mehrmals dort Besucher war, in seiner Wohnung Pläne dieses Büros von uns gefunden wurden und sein Alibi, das er uns gegeben hatte, von uns durch Befragen seines unmittelbaren Bekanntenkreises »zerpflückt« werden konnte.

Dabei wurden Beweismittel gefunden, die einen Tatverdacht in Bezug auf die Anschläge der Deutsch-Arabischen Gesellschaft wahrscheinlich erschienen ließen und zunächst auch auf die Diskothek »La Belle« nicht ausschlossen. In seiner Wohnung fanden wir verschiedene Handskizzen, die, so vermuteten wir, die Zugänge zu den Vereinsräumen der Deutsch-Arabischen Gesellschaft in der Kreuzberger.Adalbertstraße darstellten sowie Fragmente, die vage auf den relevanten Bereich der Diskothek »La Belle« hindeuteten. Wir nahmen ihn deshalb fest, brachten ihn zur Dienststelle und versuchten erste Anhaltspunkte seiner möglichen Tatbeteiligung an einem der Anschläge zu erfragen.

In der Zwischenzeit war es auch Scotland Yard gelungen, den Jordanier festzunehmen. Er gab zu, seine Freundin als unwissendes Werkzeug benutzt zu haben. Sie wäre, und so war es auch von ihm vorgesehen, mit allen anderen unschuldigen Passagieren und Besatzungsmitgliedern getötet worden.

»Hasi« leugnete in Berlin zunächst jede Tatbeteiligung an irgendeinem Terrorakt. Dann aber, er saß bereits 14 Tage in Untersuchungshaft, entschloss er sich am 30. April 1986 eine Aussage zu machen und benannte seinen jordanischen Landsmann Farouk Salameh als Mittäter.

Sein Bruder, der in England festgenommene Jordanier Hindawi, hatte ihn mehrere Wochen zuvor in Berlin besucht und war mit ihm u.a. auch in den Vereinsräumen der Deutsch-Arabischen Gesellschaft in Kreuzberg. Aus ihm, »Hasi«, zunächst unbekannten Gründen soll es zwischen den Vereinsmitgliedern und seinem Bruder zu einem erheblichen Disput gekommen sein, in dessen Verlauf er wutentbrannt die Räume verlassen hatte.

Später hatte er ihm erklärt, dass diese Gesellschaft pro-israelisch sei und sie deshalb vernichtet werden müsse. Von diesem Tag an galten Hindawis Rachegedanken einzig und allein diesem

Verein. Er suchte Verbündete für sein Vorhaben, zunächst in Libyen, später in Syrien, und steigerte sich so weit in sein Vorhaben rein, dass er schließlich »Hasi« von England aus den Auftrag erteilte, die Vereinsräume in die Luft zu sprengen.

Die Ermittlungen ergaben, dass sich Nezar Hindawi 1985 seinem Bruder »Hasi« gegenüber als Angehöriger einer »Groß-Revolutionären-Bewegung« ausgegeben hatte, deren Ziel es sei, den König von Jordanien zu stürzen.

Im Sommer 1985 hatten dann »Hasi«, Salameh und Hindawi sowie ein im Raum Hannover ansässiger Palästinenser eine dreiwöchige Reise nach Libyen unternommen und sich dort einer politischen Schulung unterziehen lassen.

Da in der Folgezeit keine Unterstützung der Libyer hatte, reiste Hindawi 1986 nach Syrien, wo er mit hohen syrischen Persönlichkeiten zusammen getroffen sein will.

Im Anschluss an diese Reise hat Hindawi erstmals dem »Hasi« gegenüber geäußert, dass man die »Deutsch-Arabische-Gesellschaft« mit einer Bombe hochgehen lassen müsse.

Anfang Februar 1986 kam Hindawi nach Berlin und reiste von hier aus, zusammen mit Salameh für eine Woche nach Damaskus, wo diese nach eigenen Angaben mit der Funktion einer Sprengvorrichtung vertraut gemacht worden waren und ferner den Auftrag erhielten, »Hasi« davon zu unterrichten, dass dieser einen Anruf erhalten werde und sich daraufhin sofort in die syrische Botschaft in Ost-Berlin zu begeben habe.

Nachdem der Anruf tatsächlich erfolgte, fuhr »Hasi« dorthin, stellte sich unter seinem Decknamen vor und erhielt in der Botschaft einen Koffer mit einer Sprengstoffvorrichtung, den er zunächst in die Gepäckaufbewahrung im Ostbahnhof in Ost-Berlin bringen sollte. Was er letztendlich auch tat.

Eine Woche später, »Hasi« hatte eine Eintagesfahrt in die DDR angemeldet, holte er auf einem Umweg den Koffer aus Ost-Berlin ab, fuhr damit zur Raststätte an der Autobahn in Michendorf, wo er sich mit dem Transitreisenden Salameh traf, diesem den Sprengstoff übergab und dieser ihn ohne Schwierigkeiten nach West-Berlin transportieren konnte.

Das Abholen des Sprengstoffes aus Ost-Berlin und gleichzeitige Überqueren der Sektorengrenze nach West-Berlin hatte für »Hasi« zu viele Risiken und Unwägbarkeiten beinhaltet, so dass er sich für den bereits beschriebenen Weg entschlossen hatte.

Wenige Tage später fuhren beide mit dem Pkw des »Hasi« zur Adalbertstraße in Kreuzberg. Hier legten sie die Sprengstoffvorrichtung ab und warteten 15 Minuten auf die Detonation. Da sich aber nichts ereignete, holten sie das Paket wieder ab und fuhren zurück zur Wohnung des »Hasi«.

Hier setzte er sich telefonisch mit dem syrischen Verbindungsoffizier in Verbindung, erklärte ihm die für ihn eingetretene Misere und ließ sich einige Tipps geben, wie die Vorrichtung »scharf« gemacht werden könnte. Ohne irgendeine Ahnung von der potentiellen Sprengwirkung der Bombe zu haben, bastelte er wie vorgegeben daran herum und fuhr erneut mit Salameh zu den Vereinsräumen und legte das Sprengstoffpaket ab. Aber auch diesmal erfolgte keine Detonation. Wieder nahmen sie das Paket mit zurück in die Wohnung und erneut setzte sich »Hasi« mit dem Offizier in Verbindung. Diesmal kam dieser selbst nach West-Berlin und machte das Sprengstoffpaket funktionstüchtig.

Mit dieser nun eingestellten Sprengstoffvorrichtung fuhren sie ein drittes Mal zur Adalbertstraße und erst jetzt erzielten sie den bereits beschriebenen »Erfolg«. Als wir diese Geschichte von »Hasi« hörten, glaubten wir zunächst in einem »schlechten Film« zu sein. Als uns dann letztlich auch Salameh diese Version erzählte, wussten wir, nur so konnte es gewesen sein.

Nachdem meine Kollegen und ich uns zusammengesetzt und über die Gefahr gesprochen hatten, die von den beiden Verbrechern, nicht nur für die Deutsch-Arabische-Gesellschaft, sondern auch für Verkehrsteilnehmer, die unmittelbar neben dieser »Zeitbombe« gestanden hatten, ausgegangen war, hörten wir am 30. April 1986 im Hintergrund Nachrichten im Radio.

In diesen teilte der Sprecher mit, dass der syrische Staatspräsident Assad unserem damaligen Außenminister Genscher versichert hatte, dass Syrien sich an keinen terroristischen Aktionen gegen Deutschland beteiligen würde.

»Hasi« war der bislang einzigste Araber, der in Deutschland ein Sprengstoffattentat gestanden hatte und das verdanken wir nicht unwesentlich den Engländern. Mit ihrem Ermittlungsersuchen in eigener Sache (versuchter Anschlag auf die El-Al-Maschine in London) haben sie uns auf eine Spur gesetzt, auf die wir so schnell vermutlich nicht gekommen wären.

Wir schickten natürlich auch Beamte von uns nach London, um Näheres über die Motive des festgenommenen Jordaniers erfahren zu können. Als dann mein Stellvertreter Fischer diesem Mann im Gefängnis gegenüberstand, erklärte ihm dieser, dass er nur mit gleichrangigen Persönlichkeiten sprechen würde. Und als Fischer ihn fragte, wer denn seiner Meinung nach für ihn ein adäquater Gesprächspartner sein könnte, erklärte er: »Ihr Bundeskanzler«.

Nun war der Jordanier zweifellos nicht ganz »dicht im Kopf«, aber gefährlich allemal. Und dass er darüber hinaus für seine nebulösen Ziele auch skrupellos genug war, Menschen zu töten, hatte er ja auch auf sehr drastische Art und Weise unter Beweis gestellt.

Was die Festnahme und die Aussagen des »Hasi« für uns darüber hinaus bedeuteten, will ich in kurzen Zügen darlegen.

Da nicht auszuschließen war, dass »Hasi« und Salameh auch für den Anschlag auf die Diskothek »La Belle« in Betracht zu ziehen waren, mussten wir, bevor die Presse am nächsten Tag die Bilder der Männer veröffentlichte, eine Gegenüberstellung mit den Zeugen aus der Diskothek in die Wege leiten. Im Klartext hieß das, noch in den Nachmittags- und Abendstunden so viele Zeugen wie nur möglich ranzuholen und sie den beiden Männern und entsprechenden Vergleichspersonen gegenüberzustellen.

Wir hatten für die Abendstunden rund 150 Zeugen gebeten, an dieser Aktion teilzunehmen, und sie kamen alle fast ausnahmslos.

Was das organisatorisch bedeutete, alle Zeugen in nur wenigen Stunden zu informieren, sie zu bitten, zur Dienststelle zu kommen sowie die Gegenüberstellung so vorzubereiten, dass sie weder durch die Staatsanwaltschaft noch durch die Verteidigung zu beanstanden waren, versteht vielleicht nur der, der einmal in einer ähnlichen Situation gewesen ist.

Ohne diese Maßnahmen wären unsere Zeugen am nächsten Tag durch die Veröffentlichung der Lichtbilder unserer Festgenommenen in der Presse in Sachen »Deutsch-Arabische-Gesellschaft« zweifellos beeinflusst worden und hätten vielleicht Angaben gemacht, die nicht zu verantworten gewesen wären.

Tatsache war dann ja auch, dass nur acht unserer Zeugen glaubten, »Hasi« als Besucher der Diskothek »La Belle« wiedererkannt zu haben, waren sich aber nicht absolut sicher.

Die Hintergründe für den Anschlag auf die Deutsch-Arabische-Gesellschaft konnten wir relativ schnell klären, die für das Verbrechen auf die Diskothek »La Belle« erst Jahre später.

Unsere Ermittlungen, die in einem ständigen Auf und Ab verliefen, konzentrierten sich in der Anfangsphase neben der Spurensuche und der Zeugenbefragung auf zwei wesentliche Punkte. Erstens, wer steckte hinter diesem Anschlag und wer waren zweitens die beiden offensichtlich deutschen Frauen, die in unmittelbarer Nähe der Diskothek »La Belle« ein Taxi bestiegen und die arabischen Worte: »Jallah, Jallah« (schnell, schnell) gerufen hatten. Obwohl uns der Taxifahrer die Fahrt der beiden Frauen bis zur im Wedding gelegenen Luxemburger Straße beschreiben konnte, verlor sich hierzu zunächst einmal ihre Spur.

Was die Hintermänner des Attentats anbelangte, deutete vieles darauf hin – und dies wurde von amerikanischen Dienststelle auch immer wieder unterstrichen –, dass der libysche Revolutionsführer Gaddafi dahinter steckte.

Präsident Reagan versicherte seiner Nation und der Welt, dass die Beweise, die die amerikanische Regierung für ihre Behauptung haben, direkt, präzise und unwiderlegbar seien. Überzeugende Belege blieb er jedoch schuldig. Dennoch ließ er am 15. April 1986, nur wenige Tage nach dem Attentat auf die Diskothek, sowohl die Hauptstadt Tripolis als auch die Hafenstadt Bengasi in Libyen bombardieren.

Vier Jahre später stellte sich heraus, dass der Vorwurf der USA nicht aus der Luft gegriffen war.

Drehscheibe des Terrors war nach den Informationen, die uns durch die Alliierten übermittelt wurden, das »Volksbüro der Sozialistischen Libyschen Arabischen Volksjamahiriya« in Ostberlin.

Libysche Geheimdienstagenten, getarnt als Diplomaten, pendelten zwischen Ost- und Westberlin hin und her. Da auch Bilder dieser Männer zur Verfügung gestellt wurden, konnten wir damit agieren, sie zum Teil den Zeugen vorlegen und hatten insofern Erfolg damit, dass ein gewisser Yassir Chraidi, staatenloser Palästinenser, als mehrmaliger Besucher der Diskothek erkannt worden war.

Noch kein Beweis für einen Tatzusammenhang, aber immerhin ein Indiz und ein weiteres Detail in unserem Ermittlungspuzzle.

Warum aber musste ausgerechnet eine Diskothek in Berlin Ziel dieses terroristischen Anschlages sein?

Im Jahre 1969 hatte sich Gaddafi an die Staatsspitze Libyens geputscht, was die Amerikaner zunächst nicht als Bedrohung ihrer politischen Interessen im nordafrikanischen Raum registrierten.

Erst als im Jahre 1973 Gaddafi eindeutig terroristische Handlungen unterstützte, brachen die USA ihre diplomatischen Beziehungen ab, was zugleich die weltpolitische Isolierung Libyens bedeutete.

In den frühen 80er Jahren kam es dann zu ersten Kampfhandlungen im Mittelmeerraum, wobei ein libysches Kampfflugzeug ein amerikanisches Aufklärungsflugzeug beschoss, ohne es jedoch zu treffen.

Am 19. August 1981 wurden erneut zwei amerikanische Flugzeuge durch die libysche Luftwaffe beschossen, die diese jedoch verfehlten. Als Reaktion schossen die Amerikaner zwei libysche Flugzeuge ab.

1983 verstärkten die USA ihre Militärpräsenz im Mittelmeerraum, wobei insbesondere Aufklärungs- und Kontrollflüge, vor allem im Grenzbereich zum Sudan durchgeführt wurden, um den libyschen Flugverkehr zu beobachten.

Am 17. April 1984 erschossen Libyer aus ihrer Botschaft in London heraus die englische Polizistin Yvonne Fletcher, nachdem es zuvor zu einer gegen Libyen gerichteten Demonstration vor deren Botschaftsgebäude gekommen war.

Die britische Regierung verwies darauf hin sofort alle Angehörigen der Botschaft des Landes, die sich aber wenig später in der libyschen Botschaft in Ostberlin wiederfanden.

Am 24. März 1986, die 6. US-Flotte hielt sich noch immer in der »Großen Syrte« (Mittelmeer) auf, erteilte Gaddafi den Befehl, mit Lenkwaffen US-Jagdbomber anzugreifen, die jedoch abgewehrt werden konnten. Aufgrund dieses Angriffs, schlugen die Amerikaner zurück und vernichteten einige Schnellbote, Radaranlagen und Raketenstellungen der Libyer.

In den dann folgenden Tagen erhielten amerikanische Sicherheitsstellen Informationen, dass mit einem terroristischen Gegenschlag Gaddafis auf amerikanische Einrichtungen in Westeuropa gerechnet werden müsse, woraufhin insbesondere die in Westberlin stationierten US-Soldaten in erhöhte Alarmbereitschaft versetzt wurden.

Obwohl die Amerikaner verstärkte Patrouillen in Westberlin einsetzten, konnte der Anschlag nicht verhindert werden, zumal ein konkreter Hinweis auf ein bestimmtes Objekt fehlte. Als dann am 5. April 1986 in Berlin die Sprengstoffbombe explodierte, wussten wir zwar nicht definitiv, wer die Verbrecher waren, doch vieles deutete aufgrund der bisherigen Erkenntnisse auf libysche Terroristen hin.

So hatten sich die kriegerischen Auseinandersetzungen zwischen Amerika und Libyen in der »Großen Syrte« auf die unschuldigen Diskothekenbesucher in Westberlin verlagert.

Die Mauer in Berlin, eines der schrecklichsten »Bauwerke der Moderne«, war nicht nur eine Beton- und Stacheldrahtzaunbarriere für alle Berliner, sie war zugleich auch Begrenzung für jedwede Kommunikation.

Selbst bei schwersten Verbrechen wie Mord, Totschlag oder Raub gab es schon seit langem keine Möglichkeiten mehr der

Zusammenarbeit zwischen den kriminalpolizeilichen Dienststellen in Ost- und Westberlin.

So war es auch nicht verwunderlich, dass die DDR-Regierung keinerlei Anstalten machte, uns bei der Aufklärung des Anschlages behilflich zu sein, was, wie sich später herausstellte, die Stasi-Machenschaften ans Tageslicht gebracht hätte.

Am 18. September 1986 mussten wir deshalb zunächst einmal unsere Sonderkommission auflösen und alle Mitglieder, die so konsequent mitgewirkt hatten, gingen zurück zu ihren Dienststellen.

Unser gemeinsamer Abschied erfolgte in gemütlicher Runde, was für mich bedeutete – und deshalb weiß ich auch das Datum noch so genau – vom nächsten Tag an nicht mehr zu rauchen. In den letzten Wochen und Monaten zuvor hatte ich so viele Zigaretten konsumiert und meiner Gesundheit erheblichen Schaden zugefügt, dass nur ein strikter Bruch die Sucht unterbinden konnte. So hörte ich von Heute auf Morgen auf, habe viele Tage des schmerzlichen Entzugs durchlebt, bin aber Gott sei Dank nie wieder rückfällig geworden.

Vier Jahre nach dem Anschlag, die Mauer wurde in der Zwischenzeit demontiert, und ich hatte bereits meine neue Dienststelle, die Brandinspektion, in der Keithstraße übernommen, ermittelte der Polizeiliche Staatsschutz im ehemaligen Ostberlin und durchforstete dort die Unterlagen der Stasi.

Relativ schnell wurde klar, dass als Diplomaten getarnte libysche Geheimdienstagenten eine angeheuerte Killertruppe eingewiesen und Sprengstoff und Waffen nach Westberlin geschmuggelt hatten.

Bereits Ende Januar 1987 lag ein von der Stasi-Hauptabteilung II (Spionageabwehr) verfasster Bericht über den »Stand der Erkenntnisse über die Vorbereitung und Durchführung des Terroranschlags auf die Diskothek ›La Belle‹« vor, ohne dass wir auch nur einen Bruchteil dessen erfuhren, was Verantwortliche des SED-Staates schon lange wussten.

Hauptakteur – und hier deckten sich die Tatsachen mit unseren damaligen Vermutungen – war der staatenlose Palästinenser

Jussuf Salim, alias Jassir Chraidi. Er war im Auftrag des libyschen Geheimdienstes Organisator und Inspirator des Attentats.

Ali und Verena Chanaa, der Libyer Musbah Eter und Chraidi waren es dann, die die Voraussetzung für den Anschlag schufen. Nachdem der Sprengstoff nach Westberlin geschmuggelt worden war, wurde er in der Wohnung der Verena Chanaa in der Kreuzberger Lindenstraße in Gegenwart der drei Araber zusammengesetzt.

Andrea Häusler, Schwester der Verena Ch., wusste angeblich nichts von der Bombe, als sie am 5. April 1986 mit ihr zur Diskothek »La Belle« fuhr, und wo Verena Ch. die Bombe ablegte und die Zündung einstellte. Anschließend verließen beide die Diskothek, liefen zu einem Taxi, wobei die Worte: »Jallah, Jallah« fielen.

Die Folgen dieses Verbrechens habe ich bereits beschrieben.

Chraidi, der damals als Angestellter des libyschen Volksbüros gearbeitet hatte, wurde 16 Jahre nach der Tat in Berlin wegen Beihilfe zum Mord und zum versuchten Mord lediglich zu 14 Jahren Haft verurteilt.

Der Libyer Eter, der enge Kontakte zur libyschen Botschaft in Ostberlin unterhalten hatte und vermutlich auch Mitarbeiter des libyschen Geheimdienstes war, erhielt 12 Jahre Haft, ebenso der Bürgerkriegsflüchtling aus dem Libanon, Ali Chanaa, damaliger Ehemann der Verena, der die Ostberliner Araberszene für die Stasi ausgeforscht hatte.

Andrea Häusler wurde vom Gericht freigesprochen, weil nicht nachzuweisen war, dass sie von der Bombe gewusst hatte.

Einzig und allein Verena Chanaa wurde wegen dreifachen Mordes und 104fachen versuchten Mordes verurteilt. Aber auch sie erhielt keine lebenslange, sondern eine nur 14-jährige Haftstrafe, weil sie unter Depressionen litt.

Während Andrea Häusler wegen der »erlittenen« Untersuchungshaft Haftentschädigung erhielt, gingen alle »La Belle«-Opfer bisher »leer aus«.

Ich habe mit einigen Opfern 16 Jahre nach dem Attentat gesprochen und die Bitterkeit, über das, was ihnen zwar vollmundig versprochen, »Ihnen wird unbürokratisch geholfen«, aber nie eingehalten wurde, sitzt tief.

Und wenn ein Amtsarzt einem ehemaligen Opfer auf dessen Hinweis, es habe Tinnitus und das Ohrklingen sei mitunter unerträglich, antwortet: »Machen Sie sich nichts daraus, Sie sind ja die Einzige, die das hört«, dann zeigt das doch wie unsensibel und töricht manche Menschen reagieren und für mich erhebt sich dabei die Frage, ob ein solcher Amtsarzt nicht vielleicht einer anderen Tätigkeit nachgehen sollte.

Der Anschlag, so sagte Richter Peter Marhofer, in seiner Urteilsbegründung im November 2001, sei, dafür spreche einiges, durch Libyens Staatschef Gaddafi angeordnet worden.

Sicher habe es sich im Prozess dennoch nicht klären lassen. Dafür gab er vor allem deutschen Behörden die Schuld, deren Diplomaten schon vor dem Urteil darauf hingewiesen hatten, dass es zu erheblichen Verwicklungen zwischen Libyen und Deutschland kommen könnte, sollte es zu einer juristischen Schuldzuweisung an Libyen kommen.

Die Welt hat sich seit 1986 verändert.

Gaddafi hat sich angeblich vom Terrorismus abgewendet und wird heute von den Deutschen hofiert, denn Libyen ist zur Zeit der wichtigste außereuropäische Erdöllieferant der Bundesrepublik und Deutschland der zweitwichtigste Warenlieferant für Libyen.

Die Bundesregierung hat nach dem Urteil Libyen zwar aufgefordert, die Opfer des »La Belle«-Anschlags zu entschädigen, und sie hat auch das ihr zugegangene Urteil des Berliner Landgerichts als rechtsstaatliche Antwort auf das menschenverachtende Attentat »begrüßt« und den Opfern erneut ihr Bedauern und ihr Mitgefühl ausgedrückt, ihnen finanziell geholfen hat sie allerdings bis jetzt immer noch nicht.

Dass es überhaupt zur Anklage hat kommen können, ist sicher ein ganz großer Verdienst des Oberstaatsanwaltes Detlev Mehlis, der Kollegen des Polizeilichen Staatsschutzes und hier insbesondere des Kriminalbeamten Stephan Chmielorz, der sich wie kein zweiter in die Aufklärung gestürzt hat und dabei fast einem Herzinfarkt erlegen wäre.

Großbritannien hat nach der Tötung eines ihrer Staatsbürger, der Polizistin Fletcher, massiven Druck auf Libyen ausgeübt und erreicht, dass Entschädigungen in beträchtlicher Höhe gezahlt wurden.

Gleiches gilt für Frankreich, das nach dem Terroranschlag auf ein Flugzeug der französischen Fluglinie UTA, bei dem 170 Menschen den Tod fanden, ebenso massiv gegen Libyen vorgegangen ist und Geldforderungen für die Angehörigen der Opfer durchgesetzt hat.

Warum dies bisher der Bundesrepublik nicht gelungen ist, bleibt nicht nur den Opfern ein Rätsel.

Der Umgang mit Opfern

Ein großes Problem unserer Gesellschaft ist der Umgang mit den Opfern und deren Angehörigen, wozu vor allem auch das Alleingelassenwerden gehört. Oft sind es nur noch die Verwandten, die bereit sind, hier Unterstützung zu gewähren.

Über die Tage des geschehenen Verbrechens hinaus, sind die Betroffenen jedoch meist auf sich selbst angewiesen, kommen neben der Trauer auch finanzielle Schwierigkeiten ins Haus, werden Familienmitglieder aufgrund der Tatsache, dass ihnen vielleicht das Liebste auf dieser Welt gewaltsam entrissen worden ist, krank, können sie keiner Arbeit nachgehen und verlieren recht schnell das Verständnis ihrer Kollegen, erst recht das der Versicherungen. So fallen sie immer tiefer in das einmal aufgerissene Loch, finden keinen Halt, bis die endgültige Zerstörung am Boden erfolgt, es sein denn, es fängt sie jemand auf.

Diese Erkenntnis, die eigentlich bei allen Kapitalverbrechen, allen Großschadensereignissen, erst recht einer Katastrophe, zumindest denjenigen kommen müsste, die mit der Bearbeitung zu tun haben, ist so bedeutungsvoll, dass sie nicht oft genug erwähnt werden kann. Egal welches Tötungsdelikt, welches Sexualverbrechen, welche Schadensereignisse meine Mitarbeiter oder ich zu bearbeiten hatten, fast immer ließen wir Menschen zurück, von denen zunächst nur wir wussten, welch schwerer Schicksalsschlag sie gerade getroffen hatte.

Und weil wir es wussten, war es gleichermaßen unsere Pflicht, neben der des Aufklärens, auch die des Betreuens durch andere anzubieten, und sie nicht sich selbst zu überlassen.

Nach Überbringung einer Todesnachricht, war es mir immer wichtig zu wissen, dass nächste Angehörige zur Verfügung standen, die sich der Trauernden annahmen, oder dass ein Seelsorger, so er denn erwünscht war, gerufen wurde, um in der zunächst so ausweglos erscheinenden Situation, zumindest tröstend zur Verfügung zu stehen.

Nicht selten habe ich Kollegen erlebt, die sehr gerne getröstet hätten, aber einfach nicht wussten, wie sie es »anstellen« sollten. Ich denke, dass die Lösung für sie, einen Psychologen, einen Pfarrer hinzuziehen zu können, eine Erleichterung darstellte und sie, ohne ein schlechtes Gewissen zu haben, weiter ermitteln konnten.

Ein Mord in Lichtenberg

Ich sehe noch die Kollegen einer Mordkommission vor mir, die ein Tötungsdelikt in Lichtenberg zu bearbeiten hatten, bei dem eine junge Frau ums Leben gekommen war und meine Mitarbeiter später mit den Eltern über den gewaltsamen Tod ihrer Tochter reden mussten, aber in diesem Moment eine Psychologin zur Verfügung stand und ihnen durch Wort und Tat Unterstützung anbieten konnte.

Eine junge Psychologiestudentin war gegen 23.00 Uhr von einer kleinen Feier nach Hause gekommen, als sie in der nur spärlich beleuchteten Straße von einem jungen Mann, den sie aus dem Nachbarhaus kannte, angesprochen und sogleich in den Hausflur gezerrt wurde. Ohne zunächst Forderungen zu stellen, stach er sofort auf sie ein und forderte die stark blutende Frau auf, mit ihm in seine im vierten Stock des Hinterhauses gelegene Wohnung zu kommen.

Sie redete trotz ihrer Schmerzen beruhigend auf den Mann ein und brachte ihn dazu, vor dessen Wohnung erst einmal eine Zigarette zu rauchen und ihn trotz erheblichen Blutverlustes in ein Gespräch zu verwickeln.

Letztendlich halfen all ihre Worte nichts, sie musste mit ihm in die Wohnung, wo er sie aufforderte, sich zu duschen und sich hinzulegen. Als sie völlig ermattet auf das Bett fiel, vergewaltigte er die junge Frau und brachte sie, die ohnehin an Leib und Seele geschwächt war, im Anschluss daran ohne Erbarmen mit einem Messer um. Dann nahm er sich deren Wohnungs- und Autoschlüssel, durchsuchte die Wohnung seines Opfers im anderen Haus nach Wertgegenständen und Geld, lief nach unten auf die Straße und fuhr mit dessen Auto raus aus Berlin.

Nachdem das Benzin am nächsten Tag aufgebraucht war, ließ er den Wagen in der Nähe eines Bahnhofs stehen, setzte sich in einen Zug, wo ihn der Bundesgrenzschutz (BGS) aufgrund unseres Fahndungsfotos, das wir inzwischen veröffentlicht hatten, festnahm. Wie war es aber zu dieser Fahndung gekommen?

Anwohner hatten vor der Tür des Mannes das viele Blut entdeckt und die Polizei darauf aufmerksam gemacht. Sie öffnete daraufhin mit Gewalt die Tür des Wohnungsinhabers und fanden in der Wohnung die ermordete junge Frau.

Viel intensiver als diese Bilder, waren für die Kollegen, die dann die Tatortarbeit zu machen hatten, aber die Augenblicke, als sie den Eltern gegenüberstanden. Diese waren, als sie ihre Tochter telefonisch nicht erreicht hatten, und auch Freunde nicht sagen konnten, wo sie sich zur Zeit aufhalten könnte, von Schwerin nach Berlin gereist, um der Polizei bei der Suche nach der Vermissten durch Informationen behilflich sein zu können. Voller Sorge, gleichzeitig aber auch noch voller Hoffnung, trafen sie in Berlin ein, wo sie auf meine Kollegen stießen und durch sie mit dem Tod ihrer Tochter konfrontiert wurden.

In dieser Situation, in der alle Gefühlsschranken brachen, konnte unsere Psychologin, die ebenfalls am Tatort erschienen war, die Eltern zunächst einmal »auffangen«, sich um sie kümmern und ihnen einfühlsam für die ersten Wege zur Verfügung stehen, die zwangsläufig erfolgen mussten.

Dienststellenleiter, die nicht erkennen, dass es zu ihrer Aufgabe gehört, Mitarbeiter ihres Bereiches auf solche Situationen vorzubereiten und ihnen zu erklären, welche Verantwortung sie neben ihrer Ermittlungstätigkeit in derartigen extremen Lagen, vor allem gegenüber den Angehörigen haben, sollten sich um einen Job in der Roboterindustrie bemühen, damit sich Gefühllosigkeit durch Gefühllosigkeit ergänzt.

Für einen Bereich, in dem »Delikte am Menschen« behandelt werden, sind sie jedoch völlig ungeeignet.

Zeit für die Opfer

Ein sechsjähriger Junge, der dabei stand, als ein eifersüchtiger Lebensgefährte mit einem Messer auf seine Mutter einstach und diese blutüberströmt nahezu vor seinen Füßen zusammenbrach, dort verblutete und verstarb, saß zunächst völlig teilnahmslos auf unserer Dienststelle, bis sich unsere Krankenschwester, die die Polizeibehörde für die Betreuung misshandelter und sexuell missbrauchter Kinder eingestellt hatte, um ihn kümmerte und ihn in Absprache mit der Mordkommission zur psychiatrischen Betreuung brachte.

Der Sachverhalt ist, was das Tötungsdelikt anbelangt, für eine Mordkommission schnell abgehandelt. Der Täter bekannt, festgenommen, vernommen und dem Richter zum Erlass eines Haftbefehls vorgeführt. Fast eine Routineangelegenheit, wäre da eben nicht dieses Kind gewesen, für das wir vorübergehend Verantwortung zu übernehmen hatten und eigentlich nur wir Fachleute wissen, dass Angehörige diesen schweren seelischen Schock des Kindes meist nicht allein auffangen können.

Und wenn wir diesem Kind eine Chance für sein weiteres Leben nach diesem so tiefen seelischen Schmerz geben wollen, müssen wir dafür sorgen, dass andere jetzt durch ihre fachliche Kompetenz zur Verfügung stehen.

Nachdem ich die zunächst acht Mordkommissionen im Oktober 1991 übernahm, hatte ich Kommissionsleiter, die mit Angehörigen von Mordopfern auch noch nach Jahren sprachen. Denn diese Angehörigen kamen immer mal wieder zur Mordkommission, um sich mit derjenigen oder demjenigen unterhalten zu können, der die letzte Verbindung zum geliebten Menschen war und vielleicht Details nach dem »Warum?« erklären konnte. Ein

Gespräch, das nicht verweigert werden darf, nimmt man diesen Beruf ernst, und Zeit gibt es dafür allemal, auch wenn es mitunter nur eben die »fünf Minuten« sind, die der Angehörige erbittet.

Machogehabe gehört nicht in diesen Bereich und meist sind die, die vorgeben, die coolsten aller Männer zu sein, diejenigen, die umfallen, wenn sie einen Toten zu Gesicht bekommen, lassen sich Vorgesetzte, ich habe es nicht nur einmal erlebt, per Handy aus einem Vortrag herausrufen, wenn die Bilder, die ich ihnen zu zeigen hatte, manchmal wirklich ganz grässlich waren.

Nun bin ich ein strikter Vertreter der These, dass nicht jeder Polizeibeamte fähig sein muss, Tötungsdelikte zu bearbeiten. Zumal es ganz andere Bereiche innerhalb der Kripo gibt, in denen Delikte zu bearbeiten sind, bei denen eine hohe, ganz andere Qualifikation gefordert wird.

Aber wer sich entschlossen hat, Sexualverbrechen, Kindesmisshandlungen, Brand- und Tötungsdelikte zu bearbeiten, muss wissen, dass er dies vermutlich über viele Jahre tun wird. Nur Vorgesetzte, die keine Ahnung von dieser Materie und deren Bearbeitung und dem erforderlichen Einfühlungsvermögen haben, sollten nicht anderen Mitarbeitern gegenüber so tun, als sei diese Art der Bearbeitung von Kriminalfällen die gleiche, wie bei jedem anderen Delikt. Das ist sie eben nicht.

Der Weiße Ring

Gäbe es nicht den »Weißen Ring«, man müsste ihn erfinden. Dennoch haben gerade die Mitglieder dieser Institution oft viele Schwierigkeiten mit den Behörden, den Versicherungen, um wenigstens einen Teil dessen durchzusetzen, was als Minimalforderung erreicht werden muss. Deshalb muss, wie in vielen anderen Fällen auch, ein Fond geschaffen werden, aus dem geschöpft werden kann, um finanzielle Sorgen soweit wie möglich einzugrenzen. Aber auch dies ist wieder ein Thema, über das sich an anderer Stelle zu streiten und zu kämpfen lohnt.

Ich habe immer großen Wert darauf gelegt, dass meine Mitarbeiterinnen und Mitarbeiter enge Kontakte zu den Mitglieder des Weißen Ringes aufnahmen, um Opfern oder aber deren Angehörigen zu helfen. Und für mich galt diese Tuchfühlung erst recht. Das Engagement vieler Mitglieder des »Weißen Ringes« habe ich kennen und schätzen gelernt und denke, dass man nicht oft genug darauf hinweisen kann, wie wichtig diese Organisation ist.

Der »Weiße Ring« hilft, wenn es notwendig ist, erst einmal mit einem Beratungsscheck für einen Anwalt, dann auf jeden Fall bei finanzieller Notlage mit Geld, erst recht aber durch Gespräche oder bloßes Zuhören, um Ängste abzubauen und Wege aufzuzeigen, die begangen werden müssen. Und sie sind Begleiter der Opfer von Schwerstkriminalität über einen längeren Zeitraum, damit sie den Weg in die Normalität zurückfinden können. Dies hat der »Weiße Ring« und hier insbesondere in der Person von Frau Helga N. in einem Fall getan, der sich im August 1995 ereignete.

Überfall in einer Villa

Simone B. war eine 28-jährige fröhliche, aufgeschlossene und sehr hilfsbereite junge Frau, die den Beruf einer Friseurin erlernt hatte, sich aber durch ihre Ersparnisse und durch Jobben ihren zweiten Berufswunsch einer Krankengymnastin erfüllen wollte. Sie half während ihrer Ausbildung zur Krankengymnastin bei einem gutsituierten älteren, bettlegerischen Geschäftsmann aus. Zum Zeitpunkt, als sie einem schweren Verbrechen zum Opfer fiel, stand sie vier Wochen vor ihrem Abschlussexamen, das sie nach Angaben der Schulleitung mit »Glanz« bestanden hätte.

Am 26. August 1995 wurden in dem Haus des Geschäftsmannes M. sowohl Simone B., als auch er selbst mit schwersten Kopfverletzungen und blutüberströmt durch das ablösende Pflegepersonal aufgefunden.

Während Herr M. im Koma lag und nach zwei Wochen, ohne nochmals aufgewacht zu sein, verstarb, wurde Simone, die ein schweres Schädelhirntrauma, Hämatome, Blutungen zwischen Groß- und Kleinhirn, mehreren Frakturen am Schädel und im gesamten Gesichtsbereich erlitten hatte, im Benjamin-Franklin-Krankenhaus in Berlin-Steglitz behandelt.

Zwei Monate lang lag sie dort zunächst im Koma. Ihre Eltern besuchten sie jeden Tag nach der Arbeit, saßen bis in den späten Abend hinein an ihrem Bett und redeten mit der Bewusstlosen und trugen vermutlich dazu bei, dass ihre Tochter wieder aus dem Koma erwachte.

Da wir zunächst nicht wussten, wer als Tatverdächtiger in Betracht zu ziehen war, ließen wir die junge Frau rund um die Uhr durch die Polizei bewachen, wozu insbesondere zwei Kollegen der 2. Mordkommission gehörten, um zu verhindern, dass der Täter, der nun ja die Aussage einer Zeugin zu befürchten hatte, den Versuch in eine vollendete Tat umsetzen würde.

Zu den Besuchern der Simone zählte auch ihr ehemaliger Verlobter Anthony D., vor dem sie sich jedoch, als sie endlich zu Bewusstsein gekommen war, ganz eindeutig fürchtete. Ihm wurde daraufhin das Besuchsrecht entzogen, was ihn zu Wutausbrüchen veranlasste. Dennoch blieben Ärzte und Polizei konsequent und ließen den Mann fortan nicht mehr an das Bett der Simone.

Die Ärzte des Benjamin-Franklin-Krankenhauses hatten ein kleines Wunder an der jungen Frau vollbracht. Das Gesicht, durch die Tat erheblich entstellt, konnten sie wieder richten und brachten durch ihre fürsorgliche Behandlung, unterstützt natürlich durch die Liebe der Eltern, die junge Frau dahin, dass sie sich mehr und mehr erholte und erinnerte. Mit der bruchstückhaften Erinnerung kamen auch die Geschehnisse vom 26. August 1995 wieder zurück, so dass sie konsequent und letztlich auch ausführlich ihren ehemaligen Verlobten als Täter bezeichnete.

Anthony D., der im Laufe seines Zusammenlebens mit Simone B. sehr schnell erkannt hatte, dass sie überaus sozial eingestellt war, nutzte sie rücksichtslos aus, borgte sich laufend Geld von ihr, um seine selbstverschuldete finanzielle Situation halbwegs auf die Reihe zu bekommen.

Nachdem er jedoch Mietschulden ohne Ende hatte, kündigte man ihm die Wohnung auf, so dass er Simone bat, ihn doch vorübergehend in ihrer kleinen Wohnung aufzunehmen. Auf diesem kleinen Bereich zusammenlebend, verlobte sie sich mit ihm, musste jedoch recht bald feststellen, dass er weiterhin reichlich Schulden machte und sie darüber hinaus auch noch mit anderen Frauen betrog. Als sie ihm daraufhin Vorhaltungen machte, wurde er handgreiflich und schlug auf sie ein. Simone, die sich ihrem Vater anvertraute, nahm Anthony D.'s Sachen, ließ sich ihren Schlüssel von ihm zurückgeben und setzte ihn und seine Habseligkeiten vor die Tür. Für D. eine unmögliche Situation, da schließlich nur er als Mann das Sagen hatte und nicht diese Frau. Und wenn eine Beziehung als beendet zu bezeichnen war, dann doch durch ihn und nicht durch Simone. So überlegte er sich eine Vorgehensweise, die einerseits seine Rachegelüste befriedigen, ihn andererseits nicht als Täter ausweisen würde.

Er fuhr deshalb zu einem Zeitpunkt, da er seine Ex-Verlobte in dem Haus des Geschäftsmannes vermutete, dorthin, nahm sich einen Knüppel mit und schlug, als sie ihm die Tür öffnete, erbarmungslos so lange auf ihren Kopf und ihr Gesicht ein, bis er glaubte, sie getötet zu haben.

Der Geschäftsmann, der sich bettlegerisch über eine Lautsprecheranlage, die in der gesamten Wohnung bzw. im gesamten Haus zur Kontaktaufnahme für den Kranken installiert war, bemerkbar gemacht hatte, wurde schließlich das zweite Opfer, da keine unliebsamen Zeugen am Leben gelassen werden sollten. So lief D. nach oben und schlug so heftig auf den Mann ein, dass dieser, wie bereits erwähnt, zwei Wochen später im Krankenhaus verstarb.

Anthony D., der aufgrund der Aussage seiner Ex-Verlobten festgenommen werden konnte, wurde am 13. Februar 1997 wegen Mordes bzw. versuchten Mordes zu lebenslänglicher Haft verurteilt. Das Verfahren wurde jedoch erneut aufgerollt und D. später frei gesprochen. Dagegen legte die Staatsanwaltschaft Widerspruch ein und erklärte, dass das Gericht an diesem Tage einen Mörder freigesprochen habe. Zur Zeit läuft das Verfahren erneut gegen D., wobei im Vorfeld ein Verfahren wegen gefährlicher Körperverletzung gegen ihn angestrengt worden war, weil er einer jungen Frau, mit der er nach seiner Haftentlassung zusammen gelebt hatte, brutal am Straßenrand mit dem Kopf auf das Kopfsteinpflaster geschlagen hatte und dort von der Polizei, die gerade in einem Einsatzwagen vorbei fuhr, festgenommen werden konnte.

Die Betreuung und Begleitung durch den »Weißen Ring« und besonders Frau N. war und ist als einmalig zu bezeichnen. Frau N., die wie die meisten Mitarbeiter des »Weißen Ringes« dort ehrenamtlich tätig ist, hat sich zunächst um die Eltern gekümmert, damit diese wiederum der Tochter zur Seite stehen konnten. Sie hörte den Eltern über Wochen allein mit dem Ziel zu, dass sich diese, ihre Sorgen von der Seele reden konnte.

Sie war Seelsorgerin, ohne Pfarrerin zu sein. Sie war da, als es erforderlich war, und sie half, wo immer sie konnte. Manchmal, so erzählte sie mir und meiner Frau, rief sie der Vater der Simone einfach nur so von unterwegs an, um mit ihr zu reden, weinte dabei und schämte sich der Tränen nicht, brauchte dieses Gespräch wiederum in diesem Moment, zumal Kollegen und Bekannte auf Dauer auch nicht mehr auf dieses Thema eingehen wollten. Zu oft und zu viel hatten sie bereits davon gehört. Es galt, Hindernisse bei den Behörden zu überwinden, um z.B. die Anerkennung der Schwerbeschädigung von Simone zu erreichen, denn schließlich konnte von einer Genesung noch lange keine Rede sein. Einen Schritt vor und zwei Schritte zurück, so beschrieb sie es und seit 1995 ist sie Seelsorgerin dieser Familie. Ohne die Unterstützung von Frau Neumann wäre die Familie B. vermutlich heute immer noch nicht dort, wo sie jetzt nach diesem schweren Verbrechen immerhin schon wieder ist.

Simpel erscheinende Dinge mussten reguliert werden, wie das Rausschaffen eines Bettes, in dem Simone mit D. über Monate geschlafen hatte. Sie konnte es einfach nicht mehr ertragen, in diesem Bett zu liegen. Dann kamen plötzlich erhebliche Nachforderungen des Sozialamtes für Unterbringungskosten in einer Behinderteneinrichtung auf die Familie zu, für die das Amt einen Zuschuss gezahlt hatte.

Die Ersparnisse von Simone waren längst aufgebraucht und die der Eltern ebenfalls, so dass auch hier der »Weiße Ring« einsprang. Alles zu schildern, was in diesem Falle getan worden ist, hieße, den Rahmen zu sprengen.

Aber da ich wegen dieses schweren Verbrechens nie den Kontakt zu Frau N. habe abreißen lassen, war ich immer ganz gut informiert und als es später darum ging, der Simone für den weiteren Prozess auch einen erfahrenen Opferanwalt zur Seite zu stellen, konnte ich zumindest mit einem adäquaten Namen aufwarten. Ich weiß daher sehr genau, dass den Verteidigern des Anthony D. ein zumindest gleichwertiger Rechtsanwalt des Opfers gegenübersteht.

Was hier geleistet wurde und immer noch geleistet wird, geht weit über eine ehrenamtliche Tätigkeit hinaus. Und sicher kann auch nicht jedes Opfer so intensiv betreut werden wie dieses. Allerdings sind auch nicht alle Fälle derart tragisch.

Aber, wenn Mordkommissionen, »Weißer Ring« oder Pfarrer nach einem solchen Ereignis immer so gut zusammenarbeiten würden wie bei diesem Verbrechen, hätten Verbrechensopfer auch in Zukunft eine echte Chance.

Wieder in der Keithstraße

Als ich in die Keithstraße 1989 zurückkehrte, unterstanden meiner Obhut zu diesem Zeitpunkt zwei Brandkommissariate, eine Vermisstenstelle sowie das Leichenschauhaus in der Invalidenstraße.

Ich traf auf vertraute Gesichter, vor allem auf das Gesicht von Werner Breitfeld, der das zweite Brandkommissariat leitete und mit mir am 1. Juni 1956 bei der Berliner Bereitschaftspolizei angefangen hatte. Seine Klappe war noch genauso groß wie damals und was seine fachliche Qualifikation anbelangte, war diese nicht minder groß. Er hatte nicht nur hervorragende kriminalistische, sondern erst recht die für diesen Job erforderlichen kriminologischen Voraussetzungen.

Er kannte die Täterklientel wie kein zweiter und war darüber hinaus auch in der Lage, sein Wissen anderen auf eloquente und humorige Art und Weise zu vermitteln.

Er vergaß nie, sozialkritisch mit der ihm vertrauten Materie umzugehen und hatte vielfach ein Herz für diesen oft chaotischen Tätertypus. Ein Gewinn für die Kriminalpolizei. Mit der Übernahme dieser Dienststelle lernte ich eine völlig neue Materie und Kollegen im Brandbereich kennen, die einen Schadensort zu untersuchen, die Brand- bzw. Explosionsausbruchstellen zu ermitteln, Spuren und Beweismittel zu sichern, das Schadensausmaß zu dokumentieren, Zeugen, Geschädigte und Hinweisgeber zu befragen, die Brand- bzw. Explosionsursache und ihre Verursacher zu ermitteln, das gesamte Ergebnis strafrechtlich aufzuarbeiten und es letztlich der Justiz (Staatsanwaltschaft und Gerichte) zuzuführen hatten. Sie waren zuständig für unpolitische Explosions- und Brandkriminalität und übernahmen die Ermittlungen dann, wenn der Verdacht kriminellen Handelns bestand und Menschen durch Brände oder Explosionen getötet worden waren.

Wir hatten es mit Geschädigten und Opfern, mit Tätern zu tun, die depressiv, verzweifelt, ausgeflippt, vereinsamt, gelangweilt, frustriert, lebensmüde, labil, alkoholisiert, psychisch krank, aber eben auch eiskalte Verbrecher waren.

Jeder vierte Serien- bzw. Wiederholungsbrandstifter leidet zur Brandlegungszeit unter seelischen Störungen, hat psychische Defekte oder ist alkoholkrank. Sehr schnell wurde mir klar, und mir vor allem durch Breitfeld auch vermittelt, dass es den typischen Brandstifter nicht gibt und der Serienbrandstifter kein unbekanntes und geheimnisvolles Wesen ist, das sein Persönlichkeitsbild an Konturen gewonnen hat. Selten waren Einzelursachen tatauslösend, wie ich noch anhand von Beispielen darlegen werde. Meist kamen Motivbündel und Problemketten in Betracht, ein Konglomerat, wie Breitfeld es beschrieb, persönlicher Probleme, die oft in der Kindheit und im Elternhaus begannen und sich in Schule, Beruf und bei der späteren Lebensgestaltung fortsetzten.

Häufig, so habe ich es bei einigen dieser Brandstifter erlebt, waren sie nicht in der Lage, Konflikte zu bewältigen, übten sie sich in Selbstmitleid, fühlten sie sich von der Gesellschaft benachteiligt, suchten sie die Schuld für ihr vermeintliches Unglück stets bei anderen, obwohl sie sich ihren Ausstieg aus dieser Gesellschaft meist selbst zuzuschreiben hatten.

Ich erlebte einen jungen Menschen, der nach getaner Arbeit als Bauhelfer täglich mit seiner Mutter »Wettsaufen« veranstalten musste und regelmäßig zweiter wurde, da sie ihn buchstäblich unter den Tisch soff. Frustriert, alkoholisiert und angeekelt zog er um die Häuser und legte Brände, was Breitfeld später auswertete und dabei trefflich formulierte: »Er brauchte eine Frau, die kochen konnte wie seine Mutter, hatte aber eine Mutter, die saufen konnte wie der Vater!«.

Bei den ersten größeren Bränden, die ich zu Beginn meiner Tätigkeit erlebte, fuhr ich mit raus, zog mir einen Overall über, Stiefel an, setzte mir einen Helm auf und schippte da, wo ich gebraucht wurde mit, um an den Brandherd zu gelangen.

Dieses verwüstete Etwas musste man erlebt haben, um erkennen zu können, unter welch schwierigen Umständen die Kriminalbeamtinnen und Kriminalbeamten Ursachenerforschung, und darin lag auch der Sinn meines Handels, betrieben. Das verkohlte Holz vom Löschwasser der Feuerwehr durchtränkt, die eingestürzten Wände, die von vielen spitzen Gegenständen ausgehenden Gefahren, es war einfach chaotisch.

Hinzu kam der fast unerträgliche Brandgeruch, der in die Nase ging und wenn dann noch ein verkohlter Mensch unter all diesen verrußten, verdreckten und durchnässten Sachen lag, war das auch für die »abgebrühtesten« Ermittler nicht immer ganz einfach. Man stank am ganzen Körper, musste die Klamotten sofort in die Reinigung geben und war froh, nach einem Bad wieder »auferstanden« zu sein. Kaum vorstellbar für Außenstehende, mit welchen Problemen die Ermittlungen behaftet waren. Wenn meine Mitarbeiter im Winter in einem abgebrannten Dachstuhl herumkraxelten, wurde das Wasser, in eisiger Kälte gefroren, zur Rutschbahn und damit zu einer zusätzlichen Gefahrenquelle.

Hotelbrand am Kurfürstendamm

Es war der 19. Dezember 1989 als ich in den frühen Morgenstunden zu einem Hotelbrand am Kurfürstendamm gerufen wurde. Lichterloh stand das riesige Gebäude in dieser Prachtstraße in Flammen.

Die Feuerwehrleute kamen aufgrund der örtlichen Situation, sehr breite Gehwege und Baumbepflanzung, mit ihren Drehleitern nicht mehr nahe genug an die Häuserfront ran, so dass die Löscharbeiten nicht so durchgeführt werden konnten, wie man es sich gewünscht hätte. Die Rettungsarbeiten innerhalb des Hauses gingen einerseits rasant voran, andererseits wurden sie blockiert durch eine Flammenwand von unvorstellbarer Hitze.

Menschen versuchten sich in Sicherheit zu bringen, rannten zu den Brandtüren und mussten in ihrer Panik feststellen, dass ihnen die Rettungswege durch verschlossene Türen versperrt waren.

Meine Vermisstenstelle war ebenso im Einsatz wie mein zweites Brandkommissariat und beide hatten in der Folgezeit eine Menge zu tun. Anfragen über Anfragen bei der Vermisstenstelle und dem Auskunftstelefon der Berliner Schutzpolizei, das sofort besetzt worden war und rund um die Uhr für besorgte Angehörige aus Berlin, Deutschland und dem Ausland zur Verfügung stand.

Nachdem der Brand gelöscht werden konnte und die meisten Hotelgäste gerettet worden waren, begann die Suche nach den Toten, wurde der völlig zerstörte Gebäudekomplex durch die technische Einsatzbereitschaft der Berliner Polizei nach und nach abgetragen und die gefundenen Toten zum Leichenschauhaus gebracht. Dort erfolgten unter der Leitung von Prof. Dr. Volkmar Schneider die Obduktionen. Wir fanden einerseits die verkohlten, aber doch in ihrer Gänze erhaltenen Körper in typischer Fechterhaltung, d.h., eine Stellung, die nach Todeseintritt durch Hitzeschrumpfung aller Muskeln entsteht, andererseits nur noch die Reste von Extremitäten in erheblich verkohltem Zustand.

Trotzdem gelang es der Gerichtsmedizin in einem dieser Fälle eine Zuordnung vorzunehmen, da das ausgesprochen gut erhaltene Gebiss zahlreiche unterschiedliche Zahnbehandlungsspuren aufwies und die allgemeinen Obduktionsbefunde zusammen mit dem Zahnstatus und den Schmuckgegenständen, übereinstimmende Befunde mit den Angaben in der Vermisstenanzeige eines gerade 23 Jahre alt gewordenen jungen Mannes ergaben. Schwieriger wurde es eine junge Frau zu ermitteln, die sich gemeinsam mit ihrem Verlobten in diesem Hotel eingemietet hatte und immer noch vermisst wurde.

Rund eine Woche nach dem Auffinden des Brandtorsos des jungen Mannes wurden im Erdgeschoss unter heruntergefallenen Balken, zunächst verdeckt, die verkohlten Überreste einer Leiche gefunden, die vom sie umgebenden Brandschutt kaum zu unterscheiden war. Äußerlich war das Geschlecht nicht mehr zu erkennen, allerdings konnten Prof. Schneider und Dr. Markus Rothschild bei der sich anschließenden Obduktion die Gebärmutter und Teile der Vagina identifizieren. Da auch die allgemeinen Organ- und Knochenbefunde für eine jüngere erwachsene Frau sprachen, deutete dieses Ergebnis zunächst einmal darauf hin, dass es sich hier um die Verlobte des bereits identifizierten jungen Mannes handeln könnte, Gewissheit hatten wir aber noch nicht.

Da das für die Identifizierung so wichtige Gebiss in Folge der erheblichen thermischen Einwirkung und der Aufprallwucht durch herunterfallende Bohlen und Gesteinsmassen fehlte, wurden durch Mitarbeiter des Landesinstituts Berlin Gewebeproben aus der Muskulatur und Blutrisse aus dem Brandtorso asserviert und mittels DNA-Technik mit Blutproben des Vaters und zweier Brüder der vermissten Frau im Bundesgebiet verglichen. Das anhand der molekular-biologischen Untersuchung angefertigte Bandmuster wurde statistisch ausgewertet und ergab mit einer Wahrscheinlichkeit von über 99,9 Prozent, dass es sich um die vermisste junge Frau handelte.

Wenngleich wir den Angehörigen dieser jungen Frau nur noch die traurige Mitteilung vom Tod überbringen konnten, waren sie dennoch jetzt im Frieden mit sich selbst, da sie nun Gewissheit hatten und die Tochter bzw. Schwester beisetzen lassen konnten.

Zum Beginn der Löscharbeiten in diesem riesigen Gebäudekomplex konnte eine Frau trotz ausgeprägter Rauchgasvergiftung lebend durch die Feuerwehr mittels Drehleiter gerettet werden. Die Identifizierung war hier problemlos, da die 92-jährige Frau selbst Angaben zu ihrer Person machen konnte und der ebenfalls aus dem Hotel gerettete Sohn ihre Angaben bestätigte. Vier Wochen nach dem Brand verstarb diese Frau jedoch an den Spätfolgen.

Bei anderen Opfern handelte es sich um eine Familie mit zwei Kindern, die für einen Kurzbesuch in Berlin weilten und deren Identifizierung noch innerhalb von 24 Stunden erfolgte. Das sechste Opfer wies zwei erhebliche thermische Zerstörungen auf. Röntgenaufnahmen des Schädels der Leiche konnten jedoch mit denen der Hausärztin verglichen und in Übereinstimmung gebracht werden, so dass auch dieses Opfer identifiziert wurde.

Neben der Sorge um die Verletzten, die Identifizierung der Toten, galt unser weiteres Interesse natürlich der Aufklärung dieses Großbrandes.

Ein Anschlag, ein »warmer Abriss«, so wurde spekuliert und schnell wurde die Öffentlichkeit auf eine Schiene gebracht, die wir so nicht befahren konnten. Nichts war in den ersten Stunden so ungewiss, wie die Tatsache, dass wir zunächst weder die eine noch die andere Richtung annehmen bzw. ausschließen konnten. Nach stundenlangen Vernehmungen der Hotelgäste, der Angestellten, des Eigentümers ergab sich ein Sachverhalt, der uns euphorisch in Bezug auf die mögliche Aufklärung werden ließ. Im Hotel gab es ein Faktotum, dass sich als »Mädchen für alles« um die Belange des Hauses kümmerte, ohne fest angestellt zu sein. Abends musste es regelmäßig das Hotel verlassen, woanders schlafen, da der Hoteleigentümer es aus verschiedenen Gründen dort nicht duldete.

Der Mann schlich sich jedoch entgegen dieser Anweisung an diesem Abend wieder in das Hotel zurück und setzte sich in das im ersten Stock gelegene Frühstückszimmer. Hier trank er mehrere Flaschen Bier, rauchte und schlief in diesem Zustand mit brennender Zigarette ein. Dabei bemerkte er nicht, dass er die Tischdecke in Brand gesetzt hatte. Als Gäste, die sich nachts auch noch in dieses Zimmer setzen wollten, die Tür öffneten, loderte durch die Luftzufuhr nicht nur die Tischdecke. Das Feuer erfasste auch Zeitungen sowie die Gardinen und binnen weniger Minuten das gesamte Zimmer.

Anstatt sofort zu löschen, rannte der Mann in seinem alkoholisierten Zustand aus dem Zimmer, ein immer größer werdendes Feuer hinter sich lassend. Während Gäste versuchten, den sich ausdehnenden Brand zu löschen, alarmierten andere die Feuerwehr und holten gemeinsam mit dem Hoteleigentümer die schlafenden Gäste aus ihren Zimmern, soweit sie sie erreichen konnten. Das Feuer fraß sich dann in Windeseile vom Frühstückszimmer aus durch den Flur und brannte sich durch die dahinter liegenden Hotelzimmer durch und von dort in die oberen Stockwerke. Zwar versuchte die Feuerwehr in stundenlangem Einsatz den

Brand zu löschen. Das um die Jahrhundertwende als unregelmäßiges Viereck erbaute Eckhaus war trotzdem nicht mehr zu retten.

Der Verantwortliche wurde relativ schnell festgenommen und zum Vorfall vernommen. Er gestand, in dem Raum gewesen zu sein und dort auch geraucht und damit das Feuer gelegt zu haben. Den Brand des Hotels wollte er ganz sicher ebenso wenig, wie den Tod der Menschen.

Er wurde letztlich dem Richter zum Erlass eines Haftbefehls vorgeführt und im Anschluss daran in die Untersuchungshaft Moabit gebracht. Das Gericht verurteilte ihn zu einer mehrjährigen Freiheitsstrafe.

Ein Serienbrandstifter

Am 22. März 1990 wurde Armin St. in Berlin-Zehlendorf festgenommen, als er an einer Bushaltestelle in der Potsdamer Chaussee/Ecke Nibelungenstraße einen mit Reet gedeckten Unterstellpilz für Fahrgäste anzündete. Eigentlich eine kaum zu erwähnende Straftat, aber sie hatte für uns alle unverhoffte Konsequenzen.

St. kam in die »Hände« von Wolfgang Bogatzki, einem seit Jahrzehnten im Umgang mit Brandermittlungen erfahrenen Sachbearbeiter, der sich zunächst vorsichtig an diesen Mann herantastete und dann bei der Frage, ob er noch weitere Straftaten begangen hätte, ebenso vorsichtig mit weiteren von ihm gelegten Bränden aufwartete.

Es war unglaublich, welche Serie von Branddelikten St. zugab. Insgesamt entlockte Bogatzki ihm rund 120 vorsätzliche Brandstiftungen, darunter zahlreiche Dachstuhl- und Kellerbrände, einen Blockhausbrand in Nikolskoje, bei dem ein Mensch den Tod fand, das Anzünden eines Bauernhofes in Berlin, wo Tiere in wilder Hast den Flammen zu entrinnen suchten, und St. sich in seiner Vernehmung noch im Nachhinein halb tot darüber lachen konnte, wie die Kühe und Schweine laut muhend und quietschend durcheinander rannten.

Bogatzki, der mich über die Aussage des Mannes ständig auf dem Laufenden hielt, erklärte mir ein wenig später: »Ich hätte ihm am liebsten eine reingehauen, als ihm die Freudentränen über das Gesicht kullerten und er nicht aufhörte, sich darüber zu freuen, wie die ›Viecher‹ so durcheinander liefen!«. Natürlich tat er es nicht, aber verstanden habe ich seine innere Reaktion sehr wohl.

St. erzählte in der Folgezeit erstaunliche Dinge. So hatte er sich Dachstühle, die er abfackeln wollte, nach ihrer Schönheit ausgesucht. »Das ist ein toller Dachstuhl, der muss weg« und so ging er dann auch vor. Natürlich mussten seine ganzen Aussagen auch auf ihre Richtigkeit überprüft werden und so fuhren Bogatzki und andere Kollegen mit dem Täter raus.

An einem Tatort, bei dem wir immer gerätselt hatten, wie der Täter überhaupt auf den Dachstuhl gekommen sein konnte, da alle Türen und Fenster verbarrikadiert und auch außen keine Treppen an dem unbewohnten Haus vorhanden waren, entwirrte er auf eine mehr als interessante Art und Weise. Er kletterte in Sekundenschnelle an der Regenrinne hoch und musste von uns festgehalten werden, da er uns ansonsten möglicherweise entwischt wäre.

Ein nahezu artistischer Mann. Seine Angaben, hier bis nach oben geklettert zu sein, das Feuer entfacht zu haben und auf dem selben Wege wieder zurückgekehrt zu sein, unterstrich er mit seiner Behändigkeit nur allzu deutlich. Er musste eigentlich nicht sehr lange in seinem Gedächtnis herumkramen, um die ganze Serie darzulegen.

Viel schwieriger war es für meine Kollegen, Akten der Staatsanwaltschaft zurückzufordern und sie mit den Aussagen des St. auch tatsächlich in Einklang zu bringen. Da das Gedächtnis dieses Mannes in Bezug auf seine begangenen Straftaten phänomenal war, war die Aufklärung jedoch auch ständig in die Reihe zu bekommen. Ich erinnere mich noch genau, wie Bogatzki zu mir kam und mir ein gemaltes Bild des St. brachte, auf dem ein Feuerteufel zu sehen war. »Das bin ich«, erklärte St., der eine Zeichnung angefertigt hatte und freute sich diebisch, auch in der

Presse, als Feuerteufel bezeichnet zu werden. Ein in der Vernehmung durchaus aufgeschlossener und nicht nur unsympathischer Zündler, aber unerhört gefährlich, was das Gericht auch entsprechend würdigte, und ihn nicht in die Justizvollzugsanstalt, sondern in die Karl-Bonhoeffer-Heilstätten einwies.

Zwei tote Feuerwehrleute

Es war der 18. März 1991, als meine Kollegen und ich zum Brand eines Hochregallagers in Britz, Gradestraße 55, gerufen wurden. »Kakao«, so hieß es, sei in Brand geraten, darüber hinaus viele weitere technische Geräte. Die Feuerwehr war noch am Löschen, als wir dort eintrafen. Hier hörten wir von einem fürchterlichen Unglück, das kurz zuvor geschehen war und das Leben von zwei Feuerwehrleuten gefordert hatte. Unsere ersten Ermittlungen, die, sich zunächst auf den Brand und die Todesursache der beiden Feuerwehrleute und noch nicht auf die Ursache konzentrierten, ergaben Folgendes: In den frühen Morgenstunden des 18. März 1991 war das Feuer in einem abgetrennten Teil des Lagers ausgebrochen, das die Feuerwehr von innen und von außen mit Löschwasser bekämpfte.

Während das Feuer innerhalb des Lagers gelöscht zu sein schien, arbeiteten sich zwei Feuerwehrleute, in einem Korb auf der ausgefahrenen Drehleiter stehend, immer weiter vor und befanden sich in Höhe des Daches und angelehnt an die Hallenkonstruktion. Plötzlich, Feuerwehrleute und der Lagerinhaber hatten sich im Inneren davon überzeugt, dass von dort aus nicht weiter gelöscht werden musste, wurde das Hallendach durch eine Druck- und Hitzewelle in die Luft geschleudert. Nachdem nun kein Halt mehr für die Seitenwände bestand, stürzte die gesamte Hallenkonstruktion zusammen, riss die beiden Feuerwehrleute mit sich und begrub sie unter sich. Beide, ein Brand- und ein Hauptbrandmeister, verstarben noch auf der Einsatzstelle.

Eine bedrückende Situation nicht nur für die Feuerwehrleute, sondern auch für alle anderen Einsatzkräfte. Was das letztendlich für die Angehörigen und für die Kollegen der Feuerwache bedeutete, werde ich in einem gesonderten Kapitel noch unterstreichen.

Wie konnte es zu dieser vor allem menschlichen Katastrophe kommen? Experten ermittelten hierzu, dass sich das Feuer in diesem sogenannten »Sandwich-Bau« innerhalb der Seitenwände und deshalb von außen nicht erkennbar nach oben und über die Sprinkleranlage hinweg durchgefressen und dadurch unter dem Dach einen solchen Hitzestau verursacht hatte, dass dieses weggedrückt wurde und das bereits geschilderte Chaos eintrat.

Nach diesem für uns alle gravierenden Ereignis, begannen meine Kollegen mit der Ursachenerforschung. »Kakao hätte sich von selbst entzündet«, wollten Laien ihnen zunächst weis machen. Der tatsächliche Hergang erklärte sich jedoch ganz anders. Bogatzki und ich suchten am nächsten Tag eine in der Nähe gelegene Kakao-Fabrik auf, wo wir uns den gesamten Ablauf der Kakao-Herstellung, von der Kakaonuss bis zur Lagerung dieses Materials in Säcken, erklären ließen.

In groben Zügen gebe ich hier nur wieder, was uns letztlich die Brandursache plausibel machte und dies für uns und die Staatsanwaltschaft nachvollziehbar war.

Die Nüsse werden gereinigt, geöffnet, zermahlen, das Öl herausgepresst und vieles andere mehr. Schließlich wird eine feste Kakaomasse zerhackt und in Mühlen, dessen Mahlwerk aus Metall besteht, zu feinstem Kakao zermahlen.

Um zu verhindern, dass glühende Metallspäne des Mahlwerks in den Kakao und schließlich in die Säcke eingebracht werden, lässt man die gesamte pulverisierte Masse nochmals durch einen durchsichtigen Behälter wirbeln und zieht mit einem Magneten eventuell vorhandene Metallteile an. Erst dann erfolgt das Einfüllen in Säcken, werden die Lagerung in der Fabrik bzw. der Abtransport in die vorgesehenen Bereiche vorgenommen. Zu verhindern ist allerdings trotz aller Vorsichtsmaßnahmen, so der Leiter der Fabrik, nicht immer, dass derartig glühende Teile in den Kakao gelangen und ihn dann über einen gewissen Zeitraum hinweg zum Glühen bzw. zum Brennen bringen. Bogatzki ließ weitere noch nicht vom Brand erfasste Kakaosäcke in der Gradestraße sicherstellen und fand in einem weiteren Sack die Bestätigung dessen, was uns zuvor auf so eindrucksvolle Art und Weise demonstriert worden war. Keine Frage, dass der verantwortliche Kakao-Lieferant, der nicht identisch war mit unserem Kakao-Fabrikanten, die Regulierung eines Großteils des finanziellen Schadens zu übernehmen hatte.

Die Mauer fällt

Am 9. November 1989 fiel die Mauer. Als ich als junger Polizeibeamter ihren Bau 1961 miterlebt hatte, blieb nur eine winzige Hoffnung, dass dieses menschenverachtende Monstrum jemals wieder fallen könnte. Um so erstaunlicher war es für uns alle, dass Schabowski am 9. November 1989 im DDR-Fernsehen erklärte, dass die Grenzen geöffnet seien und jedermann die Möglichkeit habe, in den Westen auszureisen. Wir schalteten zwischen den Fernseh- und Rundfunksendern hin und her, weil wir dachten, uns verhört zu haben und dennoch war es so. Menschen aus Ost-Berlin durften in den Westen, ohne dass man auf sie schoss, und wir durften ohne »Eintrittsgeld« und ohne größere Kontrollen nach Prenzlauer Berg, Pankow, Mitte oder sonst wohin – unvorstellbar.

Grenzer waren auf einmal sogar höflich. Der militärische Ton schien mit dem Ende der DDR eingefroren. Ich betone »eingefroren«, denn verlernt hatten sie ihn auf keinen Fall. Er war nur im Moment, und wie sich später für sie rausstellte, auch für die Zukunft nicht mehr anwendbar.

Polizeilicherseits wurden in den Monaten nach der Maueröffnung erste Kontakte von Ost nach West und von West nach Ost geknüpft, lernten wir Kriminalbeamte kennen, mit denen wir »konnten«, andere, denen wir zurückhaltend begegneten, weil es in vielerlei Hinsicht einiger Erklärung bedurfte.

Während Breitfeld und ich nach Ost-Berlin fuhren, um uns dort mit der Brandursachenkommission (BUK) in Verbindung zu setzen und erste fachliche Gespräche zu führen, sprachen Gerhard (Leiter des Referates) und Veit (Leiter der Mordkommission) mit der Morduntersuchungskommission (MUK).

Bei der »BUK« stellten Breitfeld und ich ebenso wie Werner Gerhard und Jochen Veit bei der »MUK« fest, dass sie sich, was die Brand- bzw. Mordermittlung anbelangte, nicht wesentlich von unserer Tätigkeit unterschied.

In der »BUK« waren jedoch im Gegensatz zu unseren Strukturen – strenge Teilung von Polizei und Feuerwehr – Feuerwehrleute als Brandursachenerforscher und Brandermittler tätig.

Sie waren hervorragend für diesen Bereich ausgebildet, hatten allerdings keine kriminalpolizeiliche Erfahrung, waren daher auch nicht so mit den Grundsätzen der Kriminalistik und Kriminaltaktik vertraut, wie es meine Brandermittler, die ausschließlich eine kriminalpolizeiliche Ausbildung hatten, waren.

Defizite hatten sie, und dass galt für alle Kriminalbeamten, die aus Ostberlin waren, vor allem was die Kenntnisse unseres Rechtssystems anbelangte.

So mussten in vielen Seminaren die Grundsätze des Staats- und Verfassungsrechts, des Eingriffsrechts, des Straf- und Strafprozessrechts sowie des Verkehrs- und Dienstrechtes vermittelt werden.

Es versteht sich von selbst, dass diese Seminare zunächst nur erstes Handwerkszeug zum Verständnis unseres Rechtssystems sein konnten, dass wir ihnen mit auf den Weg geben wollten. Und es war ebenso klar, und das brachte der damalige Polizeipräsident Georg Schertz mehr als deutlich zum Ausdruck, dass derjenige, der sich in der Ostberliner Polizei nach unseren Gesetzen strafbar gemacht habe oder ohne berufliche Qualifikation sei – es wurden uns Kriminalhauptleute angeboten, die nie eine Ausbildung als Kriminalbeamte erhalten hatten, dafür aber gute Köche in der Kantine waren – nichts in unserer Polizei zu suchen haben.

Eine spannende Zeit, in der fachlicher Gedankenaustausch vorgenommen wurde, wir gleichzeitig gegenseitig aber voller Misstrauen denjenigen gegenüber waren, die so lange auf der anderen Seite gestanden hatten. Die Integration der Ost-Berliner Kripo in die West-Berliner war nicht nur eine verwaltungstechnische, es war auch eine menschliche Leistung. Nachdem viele Vorurteile abgebaut, ehemalige Stasi-Mitarbeiter, sofern man sie erkannt hat, rausgeworfen worden waren, ergab sich in den folgenden Jahren ein relativ erfolgreiches Miteinander.

Wir stockten die Brandkommissariate von zwei auf drei, die Vermisstenkommissariate auf zwei, die Mordkommissionen von sechs auf acht und den Bereich der Sexualdelikte und Kindesmisshandlung von fünf auf sieben Kommissariate auf und waren nun für ganz Berlin zuständig.

Immer, wenn wir glaubten, die Dienststelle komplett mit Kräften aufgestockt zu haben, wurden wir wieder dezimiert, nämlich dann, wenn sich ein Stasi-Verdacht bestätigte. Situationen, die nicht gerade zum inneren Frieden innerhalb der eigenen Bereiche beitrugen, aber erforderlich waren, um den alten Seilschaften diesmal ihre Grenzen aufzuzeigen.

Mit der Aufstockung der Kommissariate wurden wir zum Teil der neuen Größe unserer Stadt gerecht, denn schließlich hatte sich auch die Kriminalität adäquat erhöht. Was die Brandkommissariate anbelangte, bekamen wir Fachleute dazu, die aufgrund ihrer Vorbildung und ihrer Ausbildung, z.B. auch in der Feuerwehr, hervorragend zu uns passten.

Die Mordkommissionen wurden um zwei erhöht, wobei die Leitung der 8. Mordkommission auf Vorschlag von Jochen Veit und Werner Gerhard, erstmals in Deutschland übrigens, einer Frau übertragen wurde.

Lange hat es in der Polizei gedauert, bis Frauen den »Stellenwert« ihrer männlichen Kollegen erreichten. Das lag insbesondere daran, dass in den 50er Jahren Männer wie der damalige Polizeipräsident Stumm die Meinung vertraten, Frauen seien der psychologischen Anforderung des Polizeidienstes nicht gewachsen. Bürgermeister Schreiber sprach ihnen sogar jegliche Eignung für den Dienst in der Schutzpolizei ab.

Das war ohne Zweifel das damalige traditionelle Rollenverständnis in Westdeutschland, wo die Frau an den Herd und der

Mann in den Beruf gehörte. Diese Thesen haben sich lange in der Berliner Polizei gehalten.

Noch heute gibt es genügend Beamte, die die Tradition vergangener Jahre gern fortsetzen möchten.

Innerhalb der Kriminalpolizei gab es über Jahre die Weibliche Kriminalpolizei (WKP), die in einer Inspektion zusammengefasst und nicht etwa auf andere Bereiche verteilt wurde. Der Anteil weiblicher Kriminalbeamter lag deshalb bis in die 60er Jahre hinein meist nicht höher als 5 bis 10 Prozent.

Erst zu Beginn der 70er Jahre war die Integration auch in den Fachkommissariaten möglich, nachdem sie zuvor die überwiegend traditionellen Aufgaben, wie die Verfolgung strafbarer Handlungen gegen Kinder und Jugendliche oder die Vernehmung von Opfern von Sittlichkeitsverbrechen wahrzunehmen hatten.

Deshalb waren auch die Aufstiegschancen für Frauen innerhalb der Berliner Kriminalpolizei relativ gering und der Weg zum Aufstieg in den höheren Dienst zu diesem Zeitpunkt noch völlig ausgeschlossen.

So grenzte es, obwohl wir immerhin schon das Jahr 1989 hatten, fast an ein Wunder – Frauen im höheren Dienst gab es mittlerweile – das Werner Gerhard und Jochen Veit dann nach der Wende einer Frau die Leitung einer Mordkommission übertrugen.

Ilona Scholz war damit die erste Frau in Deutschland, die eine Mordkommission leitete und dies immerhin zehn Jahre lang mit großem Erfolg.

Was die Zusammenarbeit innerhalb meiner Brandinspektion anbelangte, so wurde das Verhältnis zwischen Brandkommissariaten und Vermisstenstellen besser und es war auch erforderlich, dies insbesondere beim Hotelbrand am Kurfürstendamm, auch zu zeigen.

Ohne eine enge Kommunikation läuft gerade bei Großschadensereignissen so gut wie nichts. Im täglichen dienstlichen Allerlei ist der Arbeitsablauf zwangsläufig ein anderer und nicht selten eine Gradwanderung für die Vermisstenstelle. Täglich werden Menschen in dieser großen Stadt vermisst, die relativ schnell zu ermitteln und wieder in »die Familie« zurückzuführen sind. Erwachsene, krank an Körper und Seele, verwirrt, bedürfen gerade in den Wintermonaten recht schneller Hilfe, weil sie einfach nicht mehr wissen, wo sie hingehören, dann vielleicht irgendwo zusammenbrechen und in der Kälte erfrieren.

Andere suchen vielleicht einen Weg, um aus ihrem Alltag auszubrechen und verlassen ihre Angehörigen, nicht selten auf dubiose Art und Weise. Dann ist es nicht immer die Aufgabe der Polizei, diese Personen zu ermitteln, es sei denn, ein Verbrechen oder andere Straftaten werden vermutet.

Nicht selten aber werden Erwachsene vermisst gemeldet, um ein Verbrechen zu vertuschen und die Polizei in eine falsche Richtung zu dirigieren. Wir hatten deshalb natürlich auch Vermisstenfälle zu bearbeiten, in denen Anzeigende als Täter, als Mörder verurteilt werden konnten, obwohl der oder die Vermisste nie gefunden wurde. Eine sehr schwierige Beweisführung, dennoch keine unmögliche.

Der wohl sensibelste Vorgang ist aber der eines vermissten Kindes. Da müssen bereits in den ersten Minuten und Stunden die Alarmglocken läuten, und es ist alles zu unternehmen, um die Aufklärung voranzutreiben. Selbst wenn sich herausstellt, dass die ganze Aufregung umsonst war, weil sich das Kind wieder eingefunden hat, ist es in jedem Fall besser sich stark zu engagieren, als sich hinterher Vorwürfe machen zu müssen, nichts getan zu haben.

Der Tod eines Mädchens

Am 7. August 1991 wurde der Vermisstenstelle das Verschwinden eines 5-jährigen Mädchens namens Cordula P. gemeldet. Die Eltern hatten das Kind in Rixdorf, dem alten Dorfkern Neuköllns, gegen 18.30 Uhr auf den Spielplatz an der Drohristraße gehen lassen und beobachteten es, nur mit kleinen Unterbrechungen, ständig vom Fenster ihrer im vierten Stock gelegenen Wohnung. Als das Mädchen nicht, wie mit den Eltern verabredet, um 20.30 Uhr nach oben kam und sie es auch nicht mehr auf dem Spielplatz sahen, machten sie sich Sorgen und suchten sowohl diesen Bereich als auch die nähere Umgebung ab, jedoch ohne Erfolg. Nachdem auch ihre Nachfragen bei Bekannten und Verwandten nichts Neues erbrachten, erstatteten sie gegen Mitternacht Anzeige bei der Polizei und brachten damit eine Großaktion von Schutz- und Kriminalpolizei ins Rollen. Die Vermisstenstelle unter der Leitung von Jürgen Knobel übernahm die Ermittlungen, organisierte die Absuche des Spielplatzes in der Nacht und dann in den Morgenstunden, ohne dass sich Nennenswertes in Bezug auf das Mädchen ergab.

Ich verstärkte die Vermisstenstelle um weitere Beamte aus dem Brandkommissariat und bat meinen Referatsleiter um Unterstützung aus anderen Inspektionen, was er auch unverzüglich tat. Die Mordkommission ließen wir noch außen vor, nicht zuletzt des Umstandes wegen, die Eltern nicht noch mehr in Unruhe zu versetzen, zumal es auch noch keine Hinweise für ein Verbrechen gab. Ich hielt jedoch den Leiter der Mordinspektion, Jochen Veit, ständig auf dem Laufenden.

Die Schutzpolizei war, wie immer in solchen Fällen, mit vielen Kräften, darunter auch Hundeführern, in großer Stärke dabei. Tagelang durchsuchten sie gemeinsam mit uns Häuser, Spielplätze, Sportanlagen und Böschungen des Bahngeländes, jedoch ohne Erfolg. In der Zwischenzeit ermittelten meine Kollegen der Vermisstenstelle in der näheren Umgebung weiter, forderten die Bevölkerung über Lautsprecher um Mithilfe auf und trafen letztlich auf drei Kinder, deren Aussagen uns ebenso aufhorchen ließen, wie die zweier Erwachsener, die auf einem anderen Spielplatz einen jungen Mann beobachtet haben wollten, der dort Kinder belästigt haben sollte.

Die Aussagen der Kinder im Alter von 12 und 13 Jahren waren erstaunlich. Sie sprachen davon, einen jungen Mann auf dem Spielplatz gesehen zu haben, der sich mit ihnen, vor allem auch mit der kleinen Cordula, unterhalten hatte. Wann der Mann und das Mädchen verschwunden und ob sie beide gemeinsam weggegangen waren, das wussten sie nicht.

Die Beschreibung des Mannes, ca. 28-30 Jahre alt, ca. 1,75m – 1,80 m groß, schlank, Schnurbart, Brille und dunklem welligen Haar. Er hatte, so erzählten sie, so einen, was immer das bedeuten mochte, wippenden Gang, trug eine auffallende Uhr, Turnschuhe und Jeans und irgendwie klang seine Stimme abgehackt und merkwürdig. Aufgrund dieser präzisen Aussage zum Aussehen des Mannes ließen wir bei unserer Polizeizeichnerin eine Phantomzeichnung anfertigen, die, wie sich später herausstellte, dem Täter frappierend ähnelte. Zwischendurch hatten wir ständig persönlichen und vor allem telefonischen Kontakt zu den Eltern und zu dem Onkel des Mädchens, der sich rührend um seine Angehörigen kümmerte, manchmal dachten wir schon zu rührend, und taten ihm, wie wir feststellen mussten, dabei Unrecht.

Unser »Draht« war so intensiv zu den Eltern, dass wir ihre Gefühlsschwankungen nicht nur erkannten, sondern sie auch häufig zu erahnen schienen und jedes Telefonat mit ihnen gleichzeitig das ständige Auf und Ab, das Hoffen und Bangen, auch unsere Nerven nicht unerheblich belastete. Nichts jedoch im Vergleich zu den Eltern, die wahre Torturen zu durchleben hatten.

Obwohl wir nach nun schon fast sieben Tagen des Verschwindens kaum noch Hoffnungen hatten, das Mädchen lebend zu finden, wollten wir unsere Zweifel nicht in ihrer vollen Brutalität auf die Eltern übertragen. Wenngleich wir in unseren Gesprächen immer wieder einflechten mussten, dass eben das Verbrechen nicht ausgeschlossen werden könnte. Zu all ihrem Leid setzten ihnen Anrufer zu, die ihnen erklärten, Cordula gerade erst lebend zusammen mit anderen Männern gesehen zu haben und ein weiterer gar erpresste das Ehepaar, indem er ihnen für die Zahlung eines Lösegeldes die Tochter zurückzugeben versprach.

Nichts davon entsprach den Tatsachen, wie meine Kollegen ermittelten, und als Nebenprodukt konnten sie bei einer mit dem Erpresser vereinbarten Geldübergabe diesen festnehmen, der es jedoch, wie wir schon vermuteten, auf das Geld abgesehen hatte, aber nichts zum Verbleib des vermissten Mädchens sagen konnte.

Am 12. August gingen wir mit dem Phantombild an die Öffentlichkeit, ohne zu wissen, welchen Erfolg dieses bringen würde.

Ziemlich deprimiert und durch die lange Zeit übermüdet, unterbrach ein Teil der Sonderkommission zunächst einmal die Arbeit, während andere Kollegen die Rufbereitschaft übernahmen, um eingehende Hinweise bearbeiten zu können.

Ich selbst war vielleicht zwei bis drei Stunden zu Hause, als mich in der Nacht der Anruf eines Kollegen erreichte, der mir mitteilte, dass es mehrere Hinweise zum Phantombild, vor allem aber auf einen jungen Mann, gegeben habe, der bei seiner Mutter in Neukölln in der Karl-Marx-Straße wohnen sollte. Er fuhr in Absprache mit mir gemeinsam mit einem Kollegen zu der beschriebenen Wohnung, traf dort jedoch nur die Mutter, nicht aber den jungen Mann an. Auf seine Frage, wo sich ihr Sohn aufhalten würde, gab sie an, dass er sich in Kaulsdorf, einem Ortsteil im Osten Berlins, in einem der Familie gehörenden alten alleinstehenden Hause aufhalten müsste. Mein Kollege und ein weiterer Beamter fuhren dorthin, und trafen auf einen Mann namens Frank R., auf den, so bemerkten sie innerhalb weniger Minuten, sowohl das Aussehen als auch das Wippen und die eigenartige Sprechweise zutrafen, die die Kinder beschrieben hatten. Als sie dann in der Wohnung sowohl die Uhr als auch die Sportschuhe fanden, von denen unsere Zeugen gesprochen hatten, nahmen sie Frank R. mit zur Dienststelle.

In den frühen Morgenstunden unterrichtete ich meinen Chef und Jochen Veit, den Leiter der Mordinspektion, und bat ihn schon einmal, darüber nachzudenken, ob er sich mit einem Team in die Ermittlungen einschalten wollte. Frank R., dessen Ähnlichkeit mit der Phantomzeichnung tatsächlich mehr als frappierend war, wurde zunächst von Beamten der Vermisstenstelle vernommen. Trotz stundenlangen Verhöres war R. zunächst jedoch nicht bereit zuzugeben, dass er mit dem Verschwinden des Mädchens irgendetwas zu tun gehabt haben könnte. Er bestätigte zwar, auf dem Spielplatz gewesen zu sein und sich mit den drei Kindern, nicht aber mit einem 5-jährigen Mädchen unterhalten zu haben. Zu einer weiteren Aussage war er jedoch vorerst nicht zu bewegen.

Knobel hatte die Eltern von der Festnahme eines Mannes unterrichtet, ohne ihnen jedoch sagen zu können, ob dieser auch etwas zum Aufenthalt ihrer Tochter würde sagen können. Ich persönlich glaubte, ebenso wie meine Kollegen, fest daran, dass wir den »richtigen« Mann festgenommen hatten, bewiesen war jedoch noch gar nichts. Zudem drängte die Zeit, da wir den Mann nur dann dem Richter hätten vorführen können, wenn wir entsprechende Beweise zu einem Verbrechen gehabt hätten. Die Festnahme selbst und die von den Kindern beschriebenen Merkmale reichten schließlich nicht aus, ihm auch nur eine Straftat nachzuweisen. Der bloße Aufenthalt auf dem Spielplatz besagte noch gar nichts. So sah es aber relativ mau aus und ohne Geständnis hätten wir ihn erst einmal entlassen müssen und ganz sicher hätte er sich dann innerlich wieder so weit stabilisiert, dass kaum noch eine relevante Aussage zu erwarten gewesen wäre. Da jedoch keiner meiner Kollegen den richtigen Weg zu R. fand, um ihn zu »knacken«, bat ich Jochen Veit dies durch einen Beamten einer Mordkommission versuchen zu lassen. Sicherlich waren meine Kollegen ein wenig sauer, dass ich ihnen ihren Fall aus der Hand genommen hatte, aber hier ging's nicht ums eigene Prestige, sondern um die Aufklärung eines möglicherweise schweren Verbrechens.

So übernahm Jörg Reichert, ein Kollege, den ich schon aus meiner Sachbearbeitertätigkeit in einer Mordkommission, kennen und schätzen gelernt hatte, die Vernehmung, und das war eine gute und richtige Entscheidung. Etwa vier Stunden hatte er Zeit ein Geständnis zu erzielen, wahrlich kein großes Polster. Aber Reichert, ein Taktiker mit großer Berufserfahrung und vielen Erfolgen bei der Bearbeitung von Tötungsdelikten, hatte sich bei seinen Vernehmungen immer stark auf die Psyche seines Gegenübers einstellen können. Er wusste, wann er schweigen musste, wann er dem Beschuldigten Zeit zum Überlegen zu geben hatte, aber auch wann anzusetzen war, um die günstige Phase zu nutzen und ihn zum Reden zu bringen.

In vielen Lehrgängen wird ja darauf hingewiesen, wie die Kriminalbeamten in der Vernehmungstechnik und -taktik vorzugehen haben und das ist auch wichtig. Dennoch ist nur schwer zu beschreiben, wie ein Vernehmungsbeamter zu agieren hat, denn oftmals ist Intuition das Entscheidende, um dem Täter das Geständnis zu entlocken.

Aber Merkmale zu übersehen, wie z.B. ein aufgeregtes Zucken des Gesichtes, die trockene Kehle, die nach Wasser schreit, die plötzliche Röte im Gesicht, das Verlangen nach einer Zigarette u.a.m., kann fatale Folgen für die weitere Vernehmung haben, kann dazu führen, dass der Täter, sobald er erkannt hat, dass sein Gegenüber nichts gecheckt hat, sich wieder völlig verschließt.

Nicht immer sind es nur diese banalen Dinge, auf die man zu achten hat und nicht immer sind sie entscheidend für die Schuld des Täters. Aber außer Acht lassen, sollte man derartige Kriterien auf keinen Fall.

Reichert fuhr allein mit ihm zum Spielplatz, setzte sich mit ihm auf eine Bank und fragte ihn u.a., wann und wo er mit dem Mädchen gesprochen habe und wohin er mit ihm gegangen sei. Reichert erzählte mir später, dass er bis zur letzten Minute voller Zweifel gewesen sei, ob er ein Geständnis in der Kürze der Zeit erhalten würde. Von der Schuld des Frank R. war er ebenso wie wir felsenfest überzeugt.

Plötzlich, Reichert überlegte sich bereits eine neue Taktik, wie an den Mann ranzukommen sei, begann dieser auf einmal zu sprechen. Er schilderte dem Beamten, beim Läuten der Kirchturmglocken – zunächst nur in groben Zügen –, dass er das Mädchen, nachdem die anderen Kinder aus seinem Blickfeld verschwunden waren, zu seinem Auto gelockt und es mit Versprechungen, ihm etwas Tolles zeigen zu wollen, auch in den Wagen, von anderen nahezu unbemerkt, gebracht hatte. Irgendwie, so erzählte mir Reichert, muss das Läuten der Kirchenglocken bei R. einen »Klick« ausgelöst haben. Warum es so war, kann man schlecht nachvollziehen, aber die Situation war schon unglaublich.

Bei seinem Fahrzeug angekommen, verriegelte er die Türen und fuhr mit Cordula, der er gesagt hatte, sie solle sich auf dem Rücksitz ein wenig hinlegen, raus aus Berlin. Nach ca. einer Stunde näherte er sich einem Waldstück im Kreis Fürstenwalde, nur wenige Autominuten von Frankfurt/Oder entfernt, und ging mit ihr bis zu einer kleinen Schonung, wo er sexuelle Handlungen an dem Mädchen vornahm.

Als die Kleine zunächst wimmerte und dann lauter zu schreien begann, nahm er den Gürtel des Kindes, erdrosselte es und ließ es im Wald liegen. Dann lief er zu seinem Fahrzeug und fuhr zu seiner Wohnung nach Kaulsdorf, wo ihn die Polizei acht Tage später verhaftete.

Nachdem wir alle zunächst einmal erleichtert waren, nicht nur den Täter, sondern auch noch sein Geständnis bekommen zu haben, informierten wir ganz vorsichtig die Eltern, dass sie mit der Aufklärung eines Verbrechens und damit natürlich auch dem Tod ihres Kindes zu rechnen hätten. Dann benachrichtigten wir die zuständige Staatsanwältin und fuhren gemeinsam mit ihr, dem Täter, Angehörigen der Vermisstenstelle, der Mordkommission und der Gerichtsmedizin in Richtung Frankfurt/Oder, nicht ohne vorher die Brandenburgische Polizei über unser Vorhaben informiert zu haben, in deren Zuständigkeitsbereich letztlich der Tatort fiel. Nachdem wir ca. eine Stunde gefahren waren und R. zunächst nicht mehr ganz sicher war, wo er den Mord begangen hatte, kamen erste Zweifel bei uns auf, ob seine Aussage überhaupt der Wahrheit entsprach. Schließlich aber fand er doch den richtigen Weg, wo wir zu unserem Erstaunen auf die Frankfurter Polizei trafen. Verkettung der Ereignisse: Kurz nachdem R. den Mord gestanden hatte, fanden Pilzsucher die Leiche eines kleinen Mädchens und alarmierten die Polizei, die zeitgleich mit uns eingetroffen war. Wir übernahmen, nicht zuletzt aufgrund der resoluten Entscheidung der Staatsanwältin und letztlich mit Zustimmung der Brandenburger Kriminalpolizei, den Tatort und ließen nach entsprechender kriminalpolizeilicher Spurensuche durch die Mordkommission die Leiche des kleinen Kindes in das Leichenschauhaus in der Invalidenstraße in Berlin bringen. Die Minuten mit den Eltern, denen wir nun die endgültige Nachricht vom Tode ihres Kindes überbringen mussten, waren eigentlich die entsetzlichsten, trotz des grauenvollen Verbrechens. Zu ihnen hatten wir, wie schon erwähnt, immer den engsten Kontakt. Wir waren diejenigen, die ihnen Mut machten, die ihnen aber auch die Angst nehmen wollten, wenn es mal zu »haarig« wurde. Doch wir waren jetzt die Übermittler einer Nachricht, die die letzten aller Zweifel und Hoffnungen nehmen mussten.

Trotz aller negativer Gewissheit wollte der Vater – die Mutter war aufgrund ihrer seelischen Verfassung nicht dazu in der Lage – die Tochter noch einmal ansehen. Dies wollten wir ihm jedoch so nicht gestatten, weil das Bild für ihn einfach zu schrecklich gewesen wäre. So zeigten wir ihm lediglich die Turnschuhe und andere Bekleidungsgegenstände seiner Tochter, woraufhin er meinte: »Gott sei Dank, es sind nicht die Schuhe, die Strümpfe meiner Tochter, so dass der gefundene Leichnam auch nicht der meines Kindes sein dürfte!«. Erst beim näheren Hinsehen, entdeckte er das Kleidchen, auch wenn dieses schon ein wenig verblichen und zum Teil zerrissen war. Dennoch gehörten sie eindeutig der kleinen Cordula, wie er ein wenig später völlig niedergeschlagen eingestehen musste. Welch ein Drama.

Was den 30-jährigen Onkel des Mädchens anbetraf, bat ich ihn im Stillen um Abbitte. Sein ständiges Bemühen sich einzubringen, sein Aussehen, das der Phantomzeichnung sehr ähnlich war – und auf seiner Arbeitsstelle musste er sich zweifelnden und auch aggressiven Fragen seiner Kollegen stellen, ob er es nicht sei, den man als Täter suche – ließ zumindest auch bei uns den Verdacht gegen ihn nicht völlig ausschließen. So waren wir einerseits bestrebt, ihn so zu nehmen, wie er war, nämlich unerhört fürsorglich und jederzeit bereit, die Familie und die Arbeit der Polizei zu unterstützen, aber auch entsprechend vorsichtig mit unseren Ermittlungsergebnissen ihm gegenüber, weil wir nicht wussten, wo unser Täter zu suchen war.

Deshalb war ich im doppelten Sinne erleichtert, dass wir den Täter gefasst hatten und damit alle Zweifel in Bezug auf diese und andere Personen ausgeräumt waren und wir nicht vielleicht zu irgendeinem Zeitpunkt den »falschen Mann« verdächtigt hätten.

Hitchcocks »Falscher Mann« kam mir in den Sinn. Was für eine Horrorvision, jemanden eingesperrt zu haben, von dessen Schuld man aufgrund gravierender Fakten überzeugt gewesen wäre, ihn aber zu Unrecht eingesperrt hätte. So aber wurde ich mit dem Geständnis und der endgültigen Aufklärung dieses Falles all dieser Probleme enthoben. Ein Mordfall wurde geklärt, der mich wegen seiner ganzen Tragik auch heute noch nicht loslässt.

Aber zurück zum tagtäglichen Leben, zum tagtäglichen Wahnsinn in unserer Stadt. Im Oktober 1991 übernahm ich die acht Mordkommissionen und war deshalb zuständig für alle in Berlin anfallenden Tötungsdelikte, die das Strafgesetzbuch mit dem § 211 für Mord und § 212 für Totschlag genauestens umschreibt.

Jede Mordkommission, bestehend aus dem Leiter, seinem Stellvertreter, einer Schreibkraft und sechs weiteren Mitarbeitern, hatte die gleiche Aufgabe wie alle anderen Kommissionen, nämlich Tötungsdelikte zu klären.

In einem 14-tägigen Wechsel lösen sich die Kommissionen im Normalfall ab und übernehmen dann den Bereitschaftsdienst, in der sie jederzeit zu erreichen sein müssen.

Fällt jedoch während der Rufbereitschaft, in der sie rund um die Uhr mit einem Anruf rechnen können, ein Mord an, erscheinen sie sofort auf der Dienststelle bzw. am Tatort und die nächste Kommission übernimmt die neue Rufbereitschaft.

Je häufiger die Tötungsdelikte gemeldet werden, um so öfter wechseln die Kommissionen, werden Privattermine verschoben, Geburtstagsfeiern abgesagt u.a.m.

Rufbereitschaft bedeutet deshalb immer: Telefon besetzt halten oder Handy anschalten, keinen Alkohol während dieser Zeit, Berlin nicht verlassen, da ansonsten ein angemessenes Erreichen des Tatortes nicht zu gewährleisten ist. Kurzum – Dienstbetrieb auch in der Freizeit.

Eine Wertigkeit gibt es in Bezug auf die einzelnen Kommissionen nicht. Alle Mitglieder sind so ausgebildet, dass jedes auch in jedem anderen Kommissariat Dienst versehen könnte. Man tauscht die Mitglieder jedoch ungern, weil die Teamfähigkeit auf die Mannschaft abgestimmt ist und man sich im Laufe von Jahren auch aufeinander eingestellt hat.

Ein Außenstehender, der gewillt ist, in einem solchen Team mitzuarbeiten, muss sich zunächst einmal daran gewöhnen, dass nahezu alles miteinander ab- und besprochen werden muss, um den Erfolg, die Aufklärung eines Verbrechens nicht zu gefährden.

Ganz anders nun mein Betätigungsfeld in diesem Bereich, als ich es noch vor Jahren in der Sachbearbeitung hatte. Vernehmungen und Ermittlungen übernahmen nun andere.

Ich war für die Koordinierung, für den Zusammenhalt der »Truppe« zuständig und hatte dafür zu sorgen, dass sich die Belastung für meine Mitarbeiter in Grenzen hielt. Da ich dann in den nächsten Monaten und Jahren zu jedem Tötungsdelikt, und das waren ca. 100 pro Jahr, rausfuhr, lernte ich die Vorgehensweise meiner Kommissionsleiter kennen und konnte relativ schnell beurteilen, wo deren Stärken und Schwächen lagen. Ahnung und Motivation, dass will ich an dieser Stelle festhalten, hatten sie alle. Sie waren eben nur unterschiedlich »gestrickt«.

Und was die Leiterin der 8. Mordkommission, Ilona Scholz, anbelangte, war diese nicht nur eine gutaussehende, dynamische junge Frau, sie verstand es auch, mit ihren Kollegen sowohl innerhalb als auch außerhalb ihres eigenen Bereiches umzugehen. Sie hatte eine Art, auf andere Menschen zuzugehen, die mir gefiel und die auch meinen Intentionen entsprach, denn sie war offen und ehrlich, für manche oft zu ehrlich, was ihr nicht nur Sympathien einbrachte. Ob sie mit den Angehörigen der Opfer, mit Kollegen, mit Gerichtsmedizinern, mit Vorgesetzten oder der Presse sprach, immer fand sie einen passenden Ton. Das machte sie einerseits äußerst beliebt, ließ aber auch recht schnell andere neidisch werden und zum Teil auch eifersüchtig.

Nun muss man wissen, dass die Mordkommissionen, das ist in anderen Bereichen nicht viel anders, in einem gesunden Konkurrenzkampf miteinander liegen, wenngleich das Hauptziel von allen war und ist, die Kapitalverbrechen aufzuklären.

Dennoch wachten sie untereinander schon argwöhnisch darüber, dass sich die Popularität in der Öffentlichkeit in Grenzen hielt.

Wenn es dann, wie bei Ilona Scholz, schon deshalb mehr Medienvertreter gab, die sie sprechen und über sie berichten wollten, lag es zum einen daran, dass sie die einzige Frau in Deutschland war, die eine Mordkommission leitete. Zum anderen beruhte das Interesse auch auf den spektakulär aufgeklärten Tötungsdelikten, wie der Mord an den beiden Mädchen in Marzahn bzw. der Mord einer jungen Mutter an ihrem eigenen Kind, das sie in die Wuhle, einem kleinen Flüsschen in Berlin, vom Kinderwagen aus ins Wasser gekippt hatte.

Die anderen Kommissariatsleiter hatten sie ganz ohne Zweifel auch vorzuweisen, aber das Interesse für die Männer war nun mal ein anderes, so dass die Presse bei ihnen nicht immer ganz so schnell auf den Plan gerufen wurde. Ich machte jedoch innerhalb meiner Mordkommissionen jeden Tag die Runde, ließ mir die neuesten Ergebnisse vermitteln und teilte sie dann den anderen mit, um sie auf dem »Laufenden« zu halten. Eine wichtige Information für alle, denn letztlich wollten die Kommissionen nicht erst der Presse entnehmen, welcher Erfolg oder vielleicht auch Misserfolg zu verzeichnen war.

Und da jede Mordkommission nach einem Großschadensereignis für die Identifizierung von Toten herangezogen werden konnte, bereitete ich durch Lehrgänge innerhalb meines Hauses meine Kollegen darauf vor und verabsäumte es auch nicht, sie hin und wieder in Erste-Hilfe-Kurse zu schicken, um sie für den Eventualfall neben ihrer Normalfunktion auch für andere Dinge fit zu machen.

Ich glaube, der eine oder andere war durchaus froh, diesen Kurs wieder einmal belegen zu können, denn letztlich lag er bei den meisten doch schon viele Jahre zurück.

Der Täter verrät sich

Am 20. November 1991, ich war erst wenige Wochen Chef der Mordkommissionen, wurden die Schülerinnen Jeanine G., 15 Jahre, und Sabrina Sch., 16 Jahre, beide aus Berlin-Marzahn, von ihren Eltern als vermisst gemeldet.

Und als am 24. November 1991 im Waldgebiet Siethener Eisbruch bei Ahrendsdorf, Kreis Zossen, zunächst die Leiche der 15-jährigen Jeanine G. und am 30.November 1991 nahe der Ortschaft Prierow, Kreis Luckau, die der 16-jährigen Sabrina Sch. aufgefunden wurden, übernahm die 8. Mordkommission die beiden Tötungsdelikte.

Während bei Jeanine G. erhebliche Hämatome im Brust-, Oberschenkel- und im Genitalbereich festgestellt werden konnten, hatte Sabrina Sch. einen Einstich im Kehlkopfbereich sowie einen Einstich im Bereich der linken Brust mit Beteiligung des Herzens.

Bei der Spurensuche an den Fundorten der beiden Schülerinnen, die sexuell missbraucht und anschließend getötet worden waren, wurden durch die Kripo Brandenburg ein Gummiformteil (Gummitülle), das sich der Täter vermutlich beim Überfahren eines Baumstumpfes von seinem Fahrzeug abgerissen hatte, Reifenprofilfragmente sowie am Fundort der Jeanine G. ein Fingerabdruck gesichert. Mit dieser Spur hatten die Brandenburger Kollegen einen besonders gravierenden Fund gemacht, denn der Fingerabdruck des Täters befand sich zwischen zwei Klebestreifen, die er dem einen Mädchen doppelt über den Mund verklebt hatte und der deshalb nur vom Täter während der Tatbegehung gesetzt worden sein konnte. Da auch die Reifenprofilspuren an beiden Fundorten die gleichen waren, konnte davon ausgegangen werden, dass es sich um ein und denselben Täter gehandelt haben musste.

Mit der Fingerspur war zunächst nichts anzufangen. Es befanden sich weder bei uns noch beim Bundeskriminalamt identische, erkennungsdienstliche Unterlagen. So musste ein Weg gefunden werden, der aufgrund der Vorgehensweise in die Kriminalgeschichte eingegangen ist. Dieser Fall findet im Kriminalmuseum auch immer wieder interessierte Zuhörer.

Die Gummitülle, nur ca. 2 cm groß, gehörte, wie meine Mitarbeiter feststellten, zu einem Fahrzeugtyp der Modellreihe Audi 100, und zwar der Baureihe 1982 bis 1984. Während im Land Brandenburg für die Überprüfung 180 Fahrzeuge dieses Fabrikats in Betracht kamen, mussten in Berlin 6200 »überholt« werden. Nun war das Überprüfen der Audis mit erheblichen Schwierigkeiten verbunden, denn erstens musste das Fehlen einer

Gummitülle unter dem Fahrzeug und zweitens nur nachts und somit unter Verwendung von Taschenlampen festgestellt werden, um den Täter nicht vorzeitig aus der Reserve zu locken.

6000 Fahrzeuge sollten von einer Sonderkommission (Soko) überprüft werden, die sich nachts durch Berlins Straßen bewegte und neben dem Auto liegend die Überprüfung vornehmen sollte. Sie brauchte eine ganze Weile, das Fahrzeug überhaupt zu finden, da nicht alle direkt vor dem Wohnhaus standen. Die Fahrzeuge, die in einer Garage stehen sollten, hatte sich die Sonderkommission zum Schluss aufgehoben.

Die Kommission ging davon aus, dass der Täter die Mädchen, die aus dem Raum Marzahn und Köpenick stammten, von dort aus in seinem Auto mitgenommen haben könnte. Nachdem 247 Autos zunächst in diesem Bereich kontrolliert worden waren, führten am 29. Januar 1992 die Wege der Ermittler zum 248. Audi 100, einem grauen metallicfarbenen Wagen. An diesem Fahrzeug, so stellten meine Mitarbeiter fest, fehlte die Gummitülle und trafen die Reifenprofile, deren Abbildungen sie ständig bei sich trugen, mit diesem Audi überein. Ein erster Schritt zum Erfolg war getan, dennoch musste jetzt der Beweis für die mögliche Täterschaft des Fahrzeuginhabers erst noch erbracht werden. Als die Kollegen ihrer Chefin den Erfolg ihrer Bemühungen mitteilten, ließ diese zunächst einmal den Halter ermitteln, bei dem es sich um einen jungen Vietnamesen handelte, der allerdings zum Zeitpunkt der Tat noch nicht im Besitz dieses Fahrzeuges gewesen war. Halter des Wagens, vom Augenblick des Vermisstseins der Mädchen an, war der 31-jährige Anwärter für den Justizvollzugsdienst Uwe W. Aber auch jetzt noch hielt sich die Euphorie in Grenzen. Der Wagen war nämlich tip top gereinigt, so dass die Untersuchung des Fahrzeuges weder Fingerspuren von den Mädchen noch Haare oder andere Beweismittel erbrachten.

Erst als Ilona Scholz den Mann in die Keithstraße bringen und Fingerabdrücke mit dessen Einwilligung machen und sie mit den gesicherten vergleichen ließ, war klar, dass sie die richtige Person hatten. W. leugnete jede Tatbeteiligung und erklärte auf Vorhalt, dass, wenn man Fingerabdrücke von ihm gefunden habe, sie nur daher stammen könnten, dass er zwar am Fundort gewesen sei und das Mädchen berührt und dabei festgestellt habe, dass es nicht mehr zu retten gewesen sei, er ansonsten aber nichts mit diesem Verbrechen zu tun habe. Zum Verhängnis wurde ihm jedoch die Tatsache, dass sein Fingerabdruck, wie bereits beschrieben, zwischen den Klebestreifen gesetzt worden war, und das konnte nur der Täter selbst getan haben.

Zwei schreckliche Taten wurden aufgeklärt und verhalfen den Eltern zumindest zu der kleinen Genugtuung, dass das Verbrechen aufgeklärt war und dass der Mörder ihrer Kinder wegen zweifachen Mordes in Cottbus eine lebenslange Haftstrafe abzusitzen hat. Ein Erfolg, der nicht hoch genug zu bewerten war, zumal der Täter wahrlich nicht auf dem Präsentierteller angeboten worden ist.

Der Tod eines Obdachlosen

Aber auch die anderen Fälle, mitunter gar nicht so sehr von der Öffentlichkeit wahrgenommen, zeigen auf, mit welcher Brutalität vor allem auch jugendliche Täter vorgehen, um sich in den Besitz von Geld oder Gegenständen zu bringen.

In einer Pizzeria in Berlin-Lichtenberg in unmittelbarer Nähe des S-Bahnhofes erschien ein 52-jähriger Mann, vom äußeren Erscheinungsbild her nicht gerade als wohlhabend zu klassifizieren, bestellte sich ein festliches Menü und trank Bier und Likör dazu, bis sein Pegel ganz offensichtlich erreicht war. Dann erklärte er dem Inhaber des Lokales, dass er bitte die Polizei holen möge, denn er hätte weder Geld noch eine gedeckte Kreditkarte bei sich, um alles bezahlen zu können. Ein wenig erinnerte diese Situation an alte deutsche Spielfilme.

Nun war der italienische Wirt nicht gerade begeistert, aber da er ein Mann mit Herz war, verzichtete er auf eine Anzeige und ließ den Mann mit dem Hinweis, dass er dieses nicht ein zweites Mal bei ihm versuchen solle, von dannen ziehen. Einen Teil dieser Aktion hatten vier Jugendliche im Lokal beobachtet, allerdings nur den, wo dieser Mann augenscheinlich für teures Geld aß und trank, aber nichts davon mitbekommen hatten, dass er zahlungsunfähig war.

So gingen sie dem betrunkenen Mann mit dem Ziel des Überfallens und Beraubens hinterher und streckten ihn, nur etwa 100m vom Lokal entfernt, mit gezielten, gemeinsamen Schlägen gegen Körper und Kopf nieder. Nachdem er am Boden lag, kaum wusste, wie ihm geschah und ihn die Täter zur Herausgabe seines Geldes bzw. seiner Scheckkarte mit Geheimnummer zwingen wollten, erklärte er ihnen, weder über Geld noch über eine Geldkarte zu verfügen.

Darauf traten sie gemeinsam auf ihn ein, verletzten ihn am Körper und Kopf schwer und zerrten ihn dann, um ihn der Öffentlichkeit zu entziehen, in einen Hausflur eines nahegelegenen Wohnhauses.

Drei der Täter wollten es eigentlich bei dieser Quälerei bewenden und das Opfer schwer verletzt dort liegen lassen, was wiederum dem Brutalsten dieses Teams nicht ausreichte, schließlich war doch sowieso alles umsonst gewesen. Deshalb brauchte er einen anderen »Erfolg« und trat erneut auf das Opfer ein und wartete, nachdem das Blut aus dem Kopf heraustrat, bis sich dieser Mann nicht mehr rührte. Erst dann ließ er von ihm ab und verschwand.

Einer der zuerst erwähnten Täter hatte dann jedoch für sich beschlossen, die Feuerwehr zu alarmieren, da er davon ausgegangen war, dass dem Opfer vielleicht doch noch Hilfe hätte zuteil werden können. Aber alle Rettungsversuche blieben erfolglos.

Eine unsinnige und kaum zu erklärende Tat, die letztlich dadurch aufgeklärt werden konnte, weil den Anrufer Gewissensbisse plagten und er nicht nur der Feuerwehr, sondern später auch der Polizei gegenüber Angaben über den Tatablauf gemacht hatte.

Und wieder ein Mord

Im April 1992 teilte die 21-jährige Grit A. der Polizei mit, dass sie, nachdem sie mit dem Kinderwagen unterwegs gewesen sei, plötzlich von Skinheads überfallen wurde und dass man ihr Kind geraubt habe. Sie konnte sich angeblich nicht genau erinnern, welches Kennzeichen dieses Fahrzeug hatte und war auch nicht in der Lage eine vernünftige Beschreibung der Täter abzugeben.

Die Fahndung, die dann einsetzte, alarmierte nahezu die gesamte Stadt. Alle Menschen waren entsetzt über das schreckliche Geschehen und keiner konnte sich vorstellen, aus welchem Grunde gerade Skinheads ein Kind hätten entführen sollen. Grit A., die eine Lebensgemeinschaft mit einem jungen Mann eingegangen war, verfügte ebenso wie dieser über keinerlei finanzielle Mittel, Verbindungen zur rechten Szene gab es nicht und auch mit Skinheads hatten beide vorher nie etwas zu tun gehabt.

Die junge Frau wurde zunächst als Zeugin vernommen. Da ihre Angaben jedoch immer dubioser wurden, übernahm in diesem Fall Ilona Scholz die Vernehmung dieser jungen Frau.

Es dauerte Stunden, bis die junge Frau sich entschloss, doch eine andere Version abzugeben und die Wahrheit zu schildern. Danach hatte sie sich, völlig entnervt, durch zwei Kinder im Alter von zwei Jahren bzw. drei Monaten überfordert gefühlt. Sie fuhr deshalb mit dem Kinderwagen zur Wuhle, einem kleinen Flüsschen in Marzahn, und kippte dort in der Dunkelheit den Kinderwagen um, ließ das Baby die Uferböschung hinabrollen und sah es im dunklen Wasser der Wuhle versinken.

Eine unglaubliche Aussage, die allerdings dann in den späteren Tagen durch das Auffinden des Babys in der Wuhle bestätigt wurde. Es wurde nämlich einige Kilometer vom Tatort entfernt in einem Sieb, das die Wasserwerke zum Auffangen von Gegenständen eingebracht hatten, bemerkt und Zeugen alarmierten sofort die Polizei.

Hatte mich schon die Tätigkeit beim Staatsschutz ganz schön geschlaucht, setzten die Mordkommissionen eigentlich noch eins drauf.

Das Jahr 1994 begann, wie ich es noch nie in meiner kriminalpolizeilichen Laufbahn erlebt hatte. 16 Tötungsdelikte allein vom 10. Januar bis zum 4. Februar 1994.

Ein 53-jähriger Mann wird am 10. Januar 1994 erdrosselt in seiner Wohnung aufgefunden. Am 13. Januar ein 26-jähriger Jugoslawe in einem Lokal erstochen. Am 14. Januar ein 29 Jahre alter Polizist von seiner Freundin erstochen. Ebenfalls am 14. Januar eine 92-jährige Frau von ihrem Neffen erdrosselt. Am 15. Januar ein 17-jähriger Pole in einer Laube erschlagen. Am 24. Januar ein Ikonen-Händler erschossen. Am 25. Januar einer 30-jährigen Kindergärtnerin der Kopf abgeschnitten. Am 27. Januar einem 40-jährigen Mann ein Schraubenzieher zwischen die Augen geschlagen. Am 28. Januar ein 85-jähriger Rentner enthauptet. Am 30. Januar eine 36 Jahre alte Türkin auf Befehl der Familie erschossen. Am 31. Januar ein zehn Monate altes Kind von seinem Vater aus dem 9. Stock des Wohnhauses geworfen. Am 1. Februar eine 17-jährige Schülerin erstochen und ebenfalls am 1. Februar ein 66 Jahre alter Rentner erstochen und verstümmelt. Am 2. Februar ein 46-jähriger Obdachloser beraubt und totgetreten und am 3. Februar ein 60-jähriger Mann mit mehreren Stichverletzungen in einer Grünanlage aufgefunden. Der helle Wahnsinn!

Meine Kollegen und ich gaben uns tagtäglich die Türklinke in die Hand, und die Keithstraße war rund um die Uhr durch alle Mordkommissionen besetzt. Die Medien überschlugen sich und machten Berlin zur Hauptstadt des Verbrechens, und ich lief von einem Interview zum anderen und wies einige Reporter darauf hin, doch bitte ihrer journalistischen Sorgfaltspflicht nachzukommen und vor allem nicht durch makabere Hochrechnungen mit Menschenleben zu spekulieren. So hieß es in manchen Blättern: »Wenn wir bis Anfang Februar schon 16 Tötungsdelikte hatten, müssten es bis zum Ende des Jahres ca. 160-170 sein.« Welch eine unverantwortliche Berichterstattung, bei der der Bevölkerung suggeriert wurde, dass jeden zweiten Tag mit einem Mord zu rechnen sei. Wir hatten eine bedauerliche, aber rein zufällige Häufung von Tötungsdelikten. Sie beeinträchtigte aber keinesfalls die individuelle Sicherheit dieser Stadt. Tatsächlich hatten wir pro Jahr durchschnittlich 105-110 Tötungen zu bearbeiten und daran hat sich auch bis zum Ende des Jahres 1994 nichts geändert.

Dennoch waren die Tage im Januar und Februar 1994 unerhört belastend und das nicht zuletzt der Art und Weise wegen, wie diese Morde begangen wurden. Gravierend vor allem die Tage vom 25. bis 31. Januar 1994.

Am 25. Januar fand ein 15-jähriger Türke gegen 22.00 Uhr auf dem Grazer Platz in Berlin-Schöneberg den Kopf einer jungen Frau, eingewickelt in einem Sweatshirt, in der Mitte des Rasens abgelegt und durch Vollmond beleuchtet. Voller Entsetzen alarmierte er die Polizei, die kurze Zeit später am Ort erschien und den Kopf abdeckte. Als ich gemeinsam mit dem Oberstaatsanwalt und der Gerichtsmedizinerin dort eintraf, hatten Reporter einer Boulevard-Zeitung bereits ein Foto gemacht und Teile des abgedeckten Kopfes am nächsten Tag der Öffentlichkeit präsentiert. In einem Streitgespräch, das ich dann kurze Zeit später im ZDF mit dem Reporter führte, bat ich eindringlich darum, die Bevölkerung nicht mit derartigen Bildern zu überziehen und vor allem Rücksicht auf die Angehörigen zu nehmen, denen man diese Bilder in der Zeitung präsentierte. Ein unglaubliches Vorgehen, das mit journalistischer Freiheit nun weiß Gott nichts mehr zu tun hatte.

Die 3. Mordkommission unter der Leitung von Gunnar Kebschull ermittelte zunächst einmal im eigenen Hause in der Keithstraße und ließ alle in der Vermisstendienststelle einliegenden Vorgänge in der Hoffnung durchsehen, einen Hinweis auf das Verschwinden einer jungen Frau zu erhalten, zunächst jedoch ohne Erfolg. Dann meldete sich eine Zeugin bei uns, die angab, dass sie schon mehrfach versucht habe, ihre Freundin zu erreichen, sie aber, was sehr ungewöhnlich war, weder über Telefon noch an der Wohnungstür erreicht habe.

Da die Wohnung nicht weit weg war vom Ablageort des Kopfes fuhr die 3. Mordkommission sofort dorthin, ließ die Tür öffnen und fand im Korridor die Leiche einer jungen Frau, der der Kopf abgetrennt war. Wie bei allen anderen Tötungsdelikten auch, war ich kurze Zeit später vor Ort und ließ mir erklären, dass der Fundort zugleich auch der Tatort gewesen sein muss. Dafür sprachen die Blutanhaftungen sowohl am Fußboden als auch an der Tapete.

Die Ermittlungen gestalteten sich zunächst ein wenig schwierig. Die Eltern und die beiden Schwestern des Opfers waren relativ verschlossen und waren auch nicht sehr gut informiert, was den Freundeskreis ihrer Tochter anbelangte. Michaela M., so hieß das Opfer, nahm jedoch Klavierunterricht bei einem jungen Mann, zu dem, so glaubte jedenfalls ihre Freundin, wohl auch ein intimes Verhältnis bestanden haben könnte. Die 3. Mordkommission griff diese Aussage auf und holte sich den Klavierlehrer, einen verheirateten Familienvater, heran, um ihn zu befragen. Er bestätigte die Angaben, der Klavierlehrer der Michaela gewesen zu sein, nicht aber, dass er auch ein intimes Verhältnis zu ihr gehabt habe.

Zum Zeitpunkt der Tat, den meine Kollegen aufgrund ihrer Ermittlungen und der Todeszeitbestimmung durch den Gerichtsmediziner auf den 25. Januar in den Morgenstunden festgelegt hatten, hatte er jedoch, so seine Aussage, einer anderen Frau Klavierunterricht gegeben, was diese schließlich auch bestätigte. Wir mussten den Mann, von dem meine Kollegen den Eindruck hatten, den Täter vor sich zu haben, zunächst einmal wegen eines Alibis wieder laufen lassen, was einem anderen Mann nur einen Tag später zum Verhängnis wurde.

Am 27. Januar erhielt ich die Nachricht eines Polizeiabschnittsleiters, dass in dessen Bereich in einer Pizzeria ein Mann vor sich hingestammelt habe, dass in seiner Wohnung eine Leiche läge. Als die Überprüfung ergab, dass es sich bei dem verwirrten Mann um unseren Klavierlehrer handelte, klingelten natürlich sofort die Alarmglocken bei uns. Meine Kollegen holten den Mann ab, gingen mit ihm in dessen Wohnung, fanden jedoch keine Leiche, wobei sich die bestürzte Ehefrau auch nicht erklären konnte, wie ihr Mann zu einer solchen Aussage hatte kommen können. Nachdem man jedoch weiter ermittelte, erfuhr man, dass der Klavierlehrer R. in der Wohnung eines im Seitenflügel lebenden Mannes gewesen und dieser von diesem Zeitpunkt an nicht mehr gesehen worden sei.

Die Kollegen ließen deshalb die Tür öffnen und fanden dort die Leiche eines 40-jährigen Mannes, dem ein Schraubenzieher zwischen die Augen geschlagen worden war.

R. wurde vernommen und erklärte dem ihn vernehmenden Beamten dann nahezu sprudelnd, dass er sowohl Michaela M. als auch den 40-jährigen K. umgebracht habe. Zu Michaela M. gab er an, dass er die Seele vom Körper und damit den Kopf vom Körper trennen musste, weil sie so schlechte Gedanken gehabt habe. Dies erklärte sich jedoch relativ schnell, denn Michaela hatte erfahren, dass R. verheiratet war und wollte auf keinen Fall eine Beziehung zu einem verheirateten Mann. Sie brach deshalb diese Liaison ab, was ihr zum Verhängnis wurde. Die andere Klavierschülerin, die R. auf dessen Bitte hin ein Alibi für den fraglichen Zeitpunkt gegeben hatte, war dadurch in gewisser Weise mit Schuld am zweiten Mord. Denn hätte sie uns nicht an der Nase herumgeführt, wäre die zweite Tat zu verhindern gewesen. Sie wurde deshalb auch wegen Strafvereitelung zum ersten Fall von uns angezeigt und später vom Gericht verurteilt. Zum zweiten Mord gab der jetzt offensichtlich geistig verwirrte R. an, dass er sich schon seit langem über diesen arbeitslosen Mann in seinem Hause geärgert habe und ihn in einem Gespräch endlich mal zur »Rechenschaft« ziehen wollte.

K., der R. aus dem Hause kannte, ließ diesen auf Klingeln in seine Wohnung ein, nachdem dieser ihm erklärt hatte, mit ihm etwas besprechen zu wollen. Im Wohnzimmer zündete sich K. eine Zigarette an, was R. dem K. in dessen eigener Wohnung mit der Bemerkung: »Hier wird nicht geraucht!« untersagen wollte. Nachdem dieser ihm erklärt hatte, dass er in seiner Wohnung tun und lassen könne, was er wolle, trat R. dem K. mit seinem Schuh gegen das Kinn, worauf dieser nach hinten wegsackte. Dann nahm er sich einen Schraubenzieher aus der Wohnung des Mannes und rammte ihm diesen zwischen die Augen, tief in die Stirn hinein. »Die Seele konnte dadurch«, so R., »dem schädlichen

Körper entweichen«. R., der in die Psychiatrie eingewiesen wurde, nahm sich dort später das Leben.

Für die Familie aber war diese ganze Situation eine Horrorvision. Nichtsahnend wurden Ehefrau und Kinder damit konfrontiert, dass der Ehemann und Vater ein zweifacher Mörder war, musste sich die Frau in ärztliche Behandlung und später in eine psychologische Betreuung begeben, weil sie einfach nicht aushalten konnte, was so plötzlich über die Familie hereingebrochen war.

Als ich am 28. Januar, ich glaube es war ein Sonntag, zur Keithstraße fuhr, um mich über den neuesten Stand der Mordermittlungen zu informieren, wurde ich von der 3. und der 5. Mordkommission mit einem neuen Tötungsdelikt konfrontiert.

Und als ich fragte, welche Todesart denn diesmal »gewählt« worden war, sahen mich viele Kollegen fast gleichzeitig an und sagten: »Das erraten Sie nie!«. Tatsächlich mussten sie mir ein wenig auf die Sprünge helfen, denn glauben wollte ich zunächst nicht, dass ein weiterer Täter einem 85-jährigen Mann mit einem Samurai-Schwert den Kopf abgetrennt und in das Tegeler Fließ geworfen hatte. Zwei abgetrennte Köpfe in nur wenigen Tagen - schon mehr als seltsam. Der Täter zu diesem Delikt war allerdings gleich mitgeliefert worden. Es handelte sich um den Stiefsohn eines 85 Jahre alten Mannes, der meinte, sich von seinem verhassten Stiefvater nur auf diese Weise trennen zu können.

Er war es dann auch, der uns den Ort zeigte, an dem er den Kopf ins Wasser versenkt hatte. Polizeitaucher zogen ihn wenige Stunden später auch tatsächlich an dieser Stelle heraus.

Am 30. Januar 1994 beschloss eine türkische Familie, die abtrünnige Tochter, die nichts mit den Heiratsplänen ihrer Familie zu tun haben wollte, zu erschießen. Die beiden »Ausgewählten« suchten das Lokal am Kottbusser Tor auf, in dem die junge Frau arbeitete und brachten sie mit gezielten Schüssen um.

Nur einen Tag später warf ein drogensüchtiger Mann sein zehn Monate altes Baby aus dem 9. Stock seines Wohnhauses, wo es zerschmettert auf dem Dach des Lokales liegen blieb, in dem Tags zuvor die junge Frau erschossen worden war.

Es lässt sich kaum beschreiben, welche Belastung auf meinen Kolleginnen und Kollegen lag, und welches Gefühl wir alle hatten, wenn wir das Haus betraten. Keine Hektik, kein wildes Durcheinander, kein Getöse, aber eine erdrückende Atmosphäre, der man nur durch behutsames Miteinanderumgehen, begegnen konnte. Die Leute mussten spüren, dass man die enorme Belastung mittrug, was allerdings auch nicht ganz so schwer war, weil ich praktisch von Kommission zu Kommission lief und eher aufmunternd als fordernd mit ihnen umging. Außerdem wusste ich ohnehin, was in ihnen steckte, so dass ich keine Sorge hatte, dass sie nicht alles dransetzen würden, um die Täter zu fassen. Und schließlich waren es auch in diesem Jahr dann wieder 87 Prozent aller Tötungsdelikte, die meine Kolleginnen und Kollegen aufklärten.

Es war der 2. März 1994 als gegen 1.35 Uhr die Feuerwehr zu einem Brand in die Urbanstraße 35 in Berlin-Kreuzberg gerufen wurde, Menschen evakuierte, eine junge Frau über die Drehleiter rettete und in deren Wohnung die durch Rauchgas erstickte 3-jährige Tochter fand. Auf dem Hof lagen die Leichen eines jungen Mannes und die seines 5-jährigen Sohnes. Welche Dramatik hatte sich hier abgespielt? Kurz nach 1.00 Uhr hatte ein Verbrecher ein Dieselölgemisch in die Wohnung einer im 2. Stock lebenden Familie, Eltern und zwei Kinder im Alter von 5 und 3 Jahren, laufen lassen und zur Entzündung gebracht. Der Vater, der durch die Flammen und die Rauchgase in seiner Wohnung aufgewacht war, suchte in diesem Chaos von Hitze und Rauchschwaden nach seiner Frau und seinen beiden Kindern, fand jedoch, selbst bereits am Schlafanzug brennend, nur seinen 5-jährigen Sohn und sprang mit ihm durch die geschlossene Scheibe in den Hof. Beide erlitten tödliche Verletzungen.

Die Mutter, die ihre 3-jährige Tochter suchte, fand diese nicht sogleich und machte die Feuerwehr, die sie über die Drehleiter nur noch mit Gewalt rausbringen konnte, auf die Tatsache, dass ihre Tochter noch in der Wohnung sei, aufmerksam. Sie fand letztlich das Kind, konnte es jedoch nicht mehr reanimieren, da dass Mädchen bereits an den Rauchgasen erstickt war.

Eine entsetzliche Tat, ein beängstigender Vorgang! Hinzu kam, dass die Frau, die mit dem Tod ihrer Angehörigen konfrontiert werden musste, befragt werden sollte, denn schließlich wollten wir den Täter ermitteln.

Frau Ingrid Wendlandt, eine seit Jahren im Brandkommissariat erfahrene und gestandene Frau, nahm sich dieser jungen Mutter an und tastete sich mit so viel Einfühlungsvermögen an diesen Menschen heran, um zu vermitteln, wie wichtig es einerseits war, den Brandstifter zu fassen, andererseits aber genauso bedeutsam, sie ihr tiefes Mitgefühl empfinden zu lassen. So wurden zwar Worte gewechselt, dennoch wenig gesagt, weil gerade in diesen Minuten das Schweigen von unendlichem Wert für diese malträtierte Frau war. Als ich nach dieser Befragung ins Zimmer trat und Frau Wendlandt und ihren Kollegen gegenüberstand, lag eine Atmosphäre in diesem Raum, die durch Wut und Hass auf den Täter, aber vor allem von Mitleid für die junge Frau erfüllt war. Hier musste man nicht, nein hier durfte man zunächst keine Fragen stellen. Nachdem sich der erste Zorn gelegt hatte, wollten alle gemeinsam dieses Verbrechen aufklären.

Mehrmals hatte es in diesem Gebäudekomplex Urbanstraße 34/35 schon gebrannt, ohne dass der Täter ermittelt werden konnte. So mussten am 1. Juli 1993 nach einem Feuer neun Menschen evakuiert und vier von ihnen mit schweren Brandverletzungen in das Urbankrankenhaus eingeliefert werden. Drei Monate später fast das gleiche Bild und wieder kein Täter. Dann aber machte der Verbrecher einen entscheidenden Fehler.

Der Fernsehsender »Sender Freies Berlin« befragte am 3. März 1994 Anwohner des Hauses zu dem möglichen Verursacher der Brände und stieß dabei auf einen Mann namens B., der dem Reporter gegenüber erklärte, dass der Täter wohl ein Benzinöl- oder aber ein Dieselölgemisch verwendet haben musste. Darüber ist jedoch weder von einem Kriminalbeamten des Brandkommissariats noch von einer anderen Polizeidienststelle gesprochen worden und genau ein solches Gemisch hatten aber die Fachleute der Polizeitechnischen Untersuchungsstelle am Tatort analysiert. Also gingen meine Kollegen an diesen B. ran und »kippten« ihn letztlich in seiner Vernehmung. Er gab zu, dieses und andere Feuer gelegt zu haben. B. wurde daraufhin dem Vernehmungsrichter vorgeführt, der auch sogleich Haftbefehl erließ. Wenige Wochen später wurde B. zu lebenslanger Haft verurteilt. Und das Motiv?

B. war ein notorischer Brandstifter, der Freude am Zündeln und noch mehr daran hatte, zu sehen, wie Menschen in Panik aus ihren Wohnungen flüchteten und die Feuerwehr den Versuch unternahm, dieses Inferno in den Griff zu bekommen.

Mein Kollege Breitfeld beschrieb Serienbrandstifter einmal so: »Alleinstehend, oft berufs- und arbeitslos, alkoholisiert, Alleintäter, im Heimlichen und Verborgenen, an versteckten Orten agierend«. Aus einer Konfliktsituation heraus, oft zum Ausgleich sozialer Defizite, mit fehlendem Schuld- und Unrechtsbewusstsein und meist ohne auswertbare Spuren und Beweismittel zu hinterlassen. Sie sind oft mit psychischen Defekten ausgestattet, instabile und kontaktarme Persönlichkeiten mit Minderwertigkeitskomplexen, wenig Selbstbewusstsein, gestörtem Intim- und Sexualverhalten, von geringer schulischer und beruflicher Qualifikation, oft unfähig zum rationalen Denken und Handeln, wenig strebsam und schnell resignierend. Krisenbeladen in fast allen Lebenslagen, wenig geständnisfreudig, wobei die in einem »reinigendem« Gespräch gegebenen Geständnisse später oft widerrufen werden. Die Brandstiftung als »Primitivkriminalität« ist oft das letzte Mittel zur Selbstbestätigung. Auf B. trafen fast alle Kriterien zu.

Und die Frau, die ihre Familie auf so verbrecherische Art und Weise verloren hatte, was geschah mit ihr? Mein Kollegin Wendlandt kümmerte sich lange um sie und half ihr, soweit es ging, wenigstens über den Strafprozess hinwegzukommen. Die seelische Belastung aber konnte auch sie ihr nicht abnehmen. So ist dieser Frau zu wünschen, dass die Wunden, die ihr zugefügt wurden, zumindest soweit verheilt sind, dass wenigstens in einem Teil ihres so qualvoll verlaufenden Lebens Raum für Hoffnung geblieben ist.

»Die Ermittlungen richteten sich gegen den Bauhelfer Rainer Sch.«, hieß es in einem Bericht der 8. Mordkommission vom

24. November 1994 wegen Mordes zum Nachteil der Auszubildenden Clarissa Theresia D.

Am 20. November 1994, gegen 18.00 Uhr suchte die Mutter die Wohnung ihrer 18-jährigen Tochter auf, weil sie weder, wie verabredet, zum Mittagessen erschienen war noch auf Telefonanrufe reagiert hatte. Als auch alles Klingeln und Klopfen an der Wohnungstür nichts half, schloss sie die Tür auf und entdeckte ihre Tochter, an Händen und Füßen gefesselt, offensichtlich tot, mit dem Kopf in einem mit Wasser gefüllten Eimer.

Daneben auf dem Fußboden ein Stromkabel, das dicht an den Wassereimer heranführte. Voller Entsetzen zog sie den Kopf ihrer Tochter aus dem Wasser, entdeckte, dass darüber eine Plastiktüte gezogen war und im Mund ein Knebel steckte. In ihrer ersten Reaktion riss sie die Plastiktüte vom Kopf, weil sie glaubte, ihre Tochter noch retten zu können, musste spätestens aber dann einsehen, dass dieser nicht mehr zu helfen war. Dann, nahezu bewegungsunfähig, benachrichtigte die Mutter zunächst ihren Mann und im Anschluss daran die Polizei, die die Mordermittlungen übernahm. In der anschließenden Obduktion, die im Gerichtsmedizinischen Institut in der Hitoffstraße in Berlin-Dahlem unter der Leitung von Prof. Schneider durchgeführt wurde, wurde ein Angriff gegen den Hals durch Erdrosseln sowie leichte Schleimhautläsionen im Scheide- und Afterbereich und wenig Sperma festgestellt. Die Tatortarbeit erbrachte zunächst keine nennenswerten Spuren. Fingerabdrücke wurden weder im Wohnzimmer noch im Bad gefunden, so dass davon ausgegangen werden musste, dass der Täter den Tatort »gecleant« hatte.

Lutz Weinhardt, der den gesamten Wohnbereich akribisch abgesucht hatte, fand lediglich einen Einkaufsbon der Firma »Aldi«, auf dessen Rückseite die handschriftliche Notiz »Papa, wir waren einkaufen« vermerkt war. Weinhardt ging zur Familie des Opfers, um mit ihr über diese Benachrichtigung zu reden, als die jüngere Schwester der Ermordeten auf ihn zukam und ihn fragte, ob ihre Freundin, die dem Opfer einen Gameboy geliehen hatte, diesen zurückbekommen könne, oder ob er noch für die Ermittlungen von Bedeutung sei. Da er einen Gameboy bislang nicht gefunden hatte, musste er zunächst passen. Deshalb suchte er nochmals gezielt nach diesem Gerät, konnte es jedoch nicht auftreiben, so dass er davon ausging, dass der Täter es mitgenommen haben musste. Dies teilte er sofort seiner Chefin mit.

Die Ermittlungen der übrigen Mitglieder der Kommissionen konzentrierte sich auf Bekannte des Opfers, vor allem aber auf deren Ex-Freund, den 23 Jahre alten Rainer Sch.

Sch., der bei seiner Lebensgefährtin, unweit des Tatortes wohnte, gab zunächst an, das Opfer zwar gekannt, nichts aber mit dem Mord zu tun zu haben.

Als er jedoch nach seinem Alibi zur Tatzeit, die sich auf die frühen Morgenstunden des 20. November 1994 fixierten, befragt wurde, kamen erste Zweifel an seinen Erklärungen auf und nachdem dessen Freundin auf Frage antwortete, dass er erst um 10.00 Uhr nach Hause gekommen sei, nahmen ihn meine Kollegen vorläufig fest. Dort erzählte er ihnen, dass er zusammen mit einem Freund die ganze Nacht über bis in die frühen Morgenstunden in einer Diskothek am Nollendorfplatz gewesen war. Danach sei er aber direkt nach Hause gegangen. Der Freund wurde befragt, sagte aber aus, sich bereits kurz vor 7.00 Uhr von ihm getrennt zu haben.

Wo er danach gewesen sein könnte, wusste er nicht genau. Die nochmalige Befragung der Lebensgefährtin erbrachte dann eine Wende in diesem Fall. Auf die Frage, ob sie bei ihrem Freund schon mal einen Gameboy gesehen habe, kam sie mit einem Computerspiel auf die Beamten zu und erklärte ihnen, dass er ihr am 20. November, gegen 10.00 Uhr das Spiel mit dem Bemerken übergeben hatte, es in der U-Bahn gefunden zu haben. Nachdem auch die Freundin der Schwester bestätigte, dass dieser Gameboy ihr Eigentum sei, war der »Sack« für Rainer Sch. so gut wie zu. Nachdem meine Kollegen dann in der Wohnung einen Nietengürtel fanden, an dem sich ein Haar befand, das weder ihm noch seiner Lebensgefährtin gehörte, ließen sie es sofort mit den Haaren des Opfers vergleichen. Die Untersuchung war eindeutig, das Haar stammte vom Opfer. Damit waren die letzten Zweifel ausgeräumt, und nachdem Ilona Scholz dann persönlich die Vernehmung des Mannes übernahm, gab er die Tat zu.

Nach seiner Aussage hatte sich das Verbrechen wie folgt abgespielt: Am 19. November 1994 war er Nachmittags zunächst mit seinen beiden Kindern bei Clarissa und hatte sich dort mit ihr für den 20. November 1994, zwischen 7.00 und 8.00 Uhr zum Frühstück verabredet. Dort nach seinem Diskobesuch angekommen, kam es zunächst zu gegenseitigen sexuellen Handlungen. Als Sch. dann auch den Geschlechtsverkehr wollte, weigerte sich das Mädchen und wehrte sich schließlich heftig gegen das immer intensiver werdende Vorgehen des Mannes. Um den Widerstand zu brechen und Hilferufe unterdrücken zu können, steckte er ihr einen Knebel in den Mund, zog seinen Nietengürtel aus seinem Hosenbund raus, legte ihn um den Hals der jungen Frau und drosselte sie so lange, bis sie ihren Widerstand aufgab. Dann vergewaltigte er sie. Anschließend zog er den Gürtel so eng er nur konnte um ihren Hals und fesselte sie dann an Händen und Füßen.

Da er nicht sicher war, sie auch getötet zu haben, löste er zunächst den Gürtel, dann stülpte er ihr eine Plastiktüte über den Kopf, holte einen Eimer, füllte ihn mit Wasser und presste den Kopf so lange in ihn hinein, bis er glaubte, alles getan zu haben, um das Leben der jungen Frau auszulöschen. Obwohl sie längst tot war, tat er noch ein Weiteres, noch Unglaublicheres, nahm sich ein Stromkabel, steckte es in die Steckdose und das andere Ende mit den blanken Kabeln in den Wassereimer und versetzte seinem Opfer auch noch Stromstöße.

Dann beseitigte er alle Spuren, indem er alles, was er angefasst und angerührt zu haben glaubte, gründlichst reinigte, verließ die Wohnung, jedoch nicht ohne den Gameboy, der ihm schließlich zum Verhängnis wurde.

Die nahezu unglaubliche Vorgehensweise, hätte man sie in einem Krimi, im Film oder Fernsehen angeboten, hätte nur zu Kopfschütteln dieser perversen Filmemacher bei fast allen Zuschauern geführt. Im Leben, das hat mich mein Beruf, das haben mich die Nazi-Verbrechen oder die Gräueltaten der Neuzeit im ehemaligen Jugoslawien und anderenorts gelehrt, ist nahezu nichts unmöglich. Menschen sind bereit und auch in der Lage, Menschen zu foltern, sie zu peinigen, sie zu misshandeln und erst in der letzten Stufe, da sie alle nur erdenklichen Qualen, die es gibt, durchlitten haben, dann aus Lust heraus zu töten.

Wenn man diese Fälle betrachtet, die eigentlich nur einen Bruchteil dessen darstellen, was meine Kollegen und ich im Laufe unserer Berufsjahre bearbeitet haben, dann wird sich sicher mancher fragen: Wie lebt man mit derartigen Verbrechen? Gab es nie etwas anderes für sie, für ihn? Aber es gab sie tatsächlich, die schönen, die erholsamen, auch die lustigen und die unbeschwerten Tage, dennoch waren sie, und das hat nun mal mit meiner Tätigkeit zu tun, die Ausnahme. Und fragt man einen Arzt, ob er denn nichts anderes zu berichten weiß, als über Operationen, Reanimationen, Knochenbrüchen o.a. zu sprechen. Natürlich kann er das. Natürlich weiß auch er, über Dinge nachzudenken, die nichts mit alledem zu tun haben, was er tagtäglich erlebt. Aber er ist nun mal eingebunden in einen Beruf, der sein ganzes Engagement erfordert und kaum jemand hätte Verständnis dafür, wenn er sich in seiner Freizeit bei einem Verletzten darauf zurückziehen würde, doch auch mal seine Ruhe zu brauchen. In gewisser Weise hat mein Beruf mich auch süchtig gemacht, hat jedes neu anfallende Tötungsdelikt meinen Adrenalinspiegel um ein Vielfaches erhöht, war sogleich das Jagdfieber da, den Täter unbedingt fassen zu wollen und wurden alle Möglichkeiten, die uns Wissenschaft, andere Fachgebiete zu bieten hatten, ausgeschöpft, um eines Verbrechers habhaft werden zu können. Selbst heute, immerhin fast drei Jahre nach meiner Pensionierung, höre ich mit Interesse die Aufklärung eines Falles, freue ich mich z.B. über die Brandenburger Kollegen, die den sexuellen Missbrauch und den anschließenden Mord an der 12-jährigen Ulrike Brandt aus Eberswalde aufgeklärt haben.

Ich sehe aber auch die Eltern vor mir und hoffe für sie, dass man deren Leid, aber auch deren damit verbundenen finanziellen Ausfälle, über die gerade in einer solchen Situation nicht gerne öffentlich geredet wird, nicht so schnell vergisst und ihnen Freunde in ihren schweren Stunden auch weiterhin zur Verfügung stehen.

Was die Öffentlichkeit ja kaum wahrnimmt, ist die Tatsache, dass zu einem Zeitpunkt, da das Interesse an dem so Aufsehen erregenden Fall erloschen ist, fast alles in sich zusammenbricht, was zunächst so mildtätig und fürsorglich aussah. Auch hier wieder, wie nahezu bei jedem eklatanten Fall oder größerem Schadensereignis, wird vollmundig parliert und darauf hingewiesen, dass man unbürokratisch helfen werde.

Eine Mutter, ein Vater, die nach dem gewaltsamen Tod ihres Kindes nicht ihrer beruflichen Tätigkeit nachgehen können - weil sie psychisch krank und nicht fähig sind, sich mit anderen Dingen zu beschäftigen – müssen dann Nachweise erbringen, warum sie so lange ausgefallen sind. Womöglich wird gefragt, warum es so lange dauert, die Trauer zu verkraften. In diesen Momenten kommt Bitterkeit auf, kommen zu dem Verlust des Kindes auch noch finanzielle Sorgen hinzu. Und die Eltern müssen sich für etwas rechtfertigen, dass nicht sie, sondern nur der Täter zu verantworten hat. Aber wer bittet den schon zur Kasse?

Raubüberfall auf eine Tankstelle – Schusswaffengebrauch durch einen Polizeibeamten

»Schusswaffengebrauch durch einen Polizeibeamten« – Wer hat diese Schlagzeile nicht schon gelesen und doch weiß kaum jemand, welche Tragik sich dahinter mitunter verbirgt.

Am 6. April 1995 wurde in Berlin-Tempelhof ein Raubüberfall auf eine dortige Shell-Tankstelle durchgeführt. Polizeibeamte in Zivil nahmen die Verfolgung eines Tatverdächtigen auf, in deren Verlauf ein 40 Jahre alter Polizeihauptmeister auf diesen Mann schoss und ihn tödlich verletzte.

Der Tatverdächtige hatte sich zuvor am Nachtschalter eine Büchse Cola gekauft, sich dann jedoch zunächst wieder entfernt.

Nachdem gegen 5.30 Uhr die Tankstelle geöffnet wurde, ging er zurück, bedrohte den Tankstellenwart mit einer Pistole und nötigte ihn, Geld aus der Kasse herauszugeben.

Eine zufällig vorbeifahrende Zivilstreife beobachtete diesen Vorgang und forderte weitere Unterstützung an. Nachdem der

Räuber auf die beiden Polizisten der Zivilstreife, es handelte sich um eine Frau und einen Mann, aufmerksam wurde, flüchtete er. Die Beamten forderten ihn auf, stehen zu bleiben. Das tat er jedoch nicht. Die Beamten liefen weiter auf ihn zu. Während die Polizistin ihn von der Seite aus anging, rannte der Kollege dem Täter hinterher.

Nachdem er ihn angesprochen und gerufen hatte: »Halt, Polizei«, rannte der Tatverdächtige auf die Polizistin zu und zielte mit einer Schusswaffe aus einer Entfernung von ca. 10 m auf die Frau. Der Beamte, der seine Kollegin daraufhin in Lebensgefahr wähnte, schoss sofort. Wo er den Mann getroffen hatte, wusste er zu diesem Zeitpunkt noch nicht. Er fiel jedoch sofort auf den Boden.

Die Polizeibeamten traten an ihn heran, und noch auf dem Boden liegend versuchte er, einem weiteren Beamten die Waffe zu entreißen. Er konnte allerdings auf den Boden gedrückt und gefesselt werden. Nachdem er nicht mehr in der Lage war sich zu bewegen, drehten sie ihn um und forderten ihn auf sich zu ergeben.

Erst jetzt stellten die Beamten Blut am Boden fest, untersuchten den Straftäter daraufhin näher und bemerkten eine Schussverletzung im Bereich des Rückens. Sie alarmierten sofort den Notarztwagen. Der eintreffende Notarzt konnte den Mann aber nicht mehr retten, er verstarb noch am Ort.

Die Waffe des Schützen wurde sofort unverändert sichergestellt, an einen anderen Beamten übergeben und schließlich der Polizeitechnischen Untersuchungsstelle ebenso ausgehändigt wie die Bekleidung des Täters. Die Schusswaffe stellte sich später jedoch als Spielzeugpistole heraus.

Die anschließende Obduktion ergab, dass das Projektil im unteren Rückenbereich unmittelbar neben dem Rückgrat eingetreten und die Wirbelsäule durchschlagen war, Leber und Magen durchdrungen und auf der linken Brustseite 10 cm unter der linken Brustwarze wieder verlassen hatte.

Der Schütze, der sogleich aus dem Dienst entfernt worden war, machte zunächst von seinem Aussageverweigerungsrecht Gebrauch.

Der Schusswaffengebrauch gegen Personen ist nach meiner Auffassung, die von vielen Experten geteilt wird, eines der gravierendsten Ereignisse für einen Polizeibeamten. Es reicht an die Erlebnisse wie Tod eines Kollegen oder einen Katastropheneinsatz heran. Grundsätzlich lässt sich dazu keine allgemeine Statistik erstellen, da es von den Individuen abhängt, wie gut sie mit diesen Geschehen umgehen können oder eben auch nicht. Tatsache ist, dass Polizisten nach dem Gebrauch einer Schusswaffe und dem damit einhergehenden Tod eines Menschen stark betroffen sind und entsprechende Maßnahmen vorgenommen werden müssen.

In dem hier vorliegenden Fall lief folgendes Prozedere ab und das ist gängige Ermittlungspraxis: Zunächst einmal war der Polizeibeamte Beschuldigter im Sinne des Gesetzes, weil er vorsätzlich auf einen Menschen geschossen und diesen, wie sich kurze Zeit später herausstellte, auch getötet hatte, so dass ein Tatbestand des Strafgesetzbuches (Tötung eines Menschen) erfüllt war.

Die Frage, die dann geklärt werden musste, war, ob diese Handlung rechtswidrig war oder ob z.B. der Rechtfertigungsgrund der Notwehr vorlag, so dass die Staatsanwaltschaft das Verfahren gegen den Beamten auch hätte einstellen dürfen.

Die Ermittlungen der Mordkommissionen, die Ergebnisse der Polizeitechnischen Untersuchungsstelle sowie der Ausgang des Verfahrens, abschließend beurteilt durch die Staatsanwaltschaft, sprachen den Mann frei von rechtlicher Schuld. Sie konnten ihn jedoch nicht von seinen eigenen Schuldgefühlen befreien. Und darin lag das eigentliche Kreuz.

Der Kollege wurde nicht fertig damit, einen Menschen getötet zu haben. Obwohl ihm die Sozialbetreuung der Polizei zur Verfügung stand und die Kollegen der Mordkommissionen sich mit ihm auch nach Abschluss des Verfahrens häufig unterhielten, kam er nicht mehr mit sich selbst zurecht. Als ich ihn, lange nach diesem tödlichen Schusswaffengebrauch, fragte, wie es ihm denn jetzt so ginge, antwortete er mir: »Eigentlich ganz gut, ich möchte jedoch zu gern wissen, wo der Mann beerdigt wird, ich möchte ihm nämlich Blumen aufs Grab legen«. Wir verschafften ihm diese Möglichkeit.

Der Räuber, ein Schwarzafrikaner, dessen Identität trotz intensiver Bemühungen bei den unterschiedlichsten Konsulaten nicht festgestellt werden konnte, wäre unter diesen Umständen durch ein Sozialamt und ohne großes Zeremoniell beerdigt worden. Im Interesse des Kollegen sorgten wir jedoch dafür, dass der Täter ein kirchliches Begräbnis bekam. So konnte der Polizist dem Getöteten ganz persönlich das für ihn so wichtige letzte Geleit geben.

Der Beamte hat es aber dennoch nicht geschafft. Er ist trotz intensiver Bemühungen der Sozialbetreuung der Polizei aus dem Dienst ausgeschieden. Wie es ihm heute geht, vermag ich nicht zu sagen.

Um den so problematischen Schusswaffengebrauch in seiner Gesamtheit zu analysieren, bedarf es einer erheblichen rechtlichen Würdigung und müssten vor allem auch Psychologen zu Worte kommen. Dennoch noch einige Anmerkungen.

Polizisten werden in ihrer Ausbildung auf nahezu alles hingewiesen, was den Schusswaffengebrauch anbelangt. Sie beherrschen die Paragraphen, das Umgehen mit der Waffe, sie kennen ihre Rechte und Pflichten. Was man ihnen jedoch nicht beibringt, ist das Umgehen mit dem durch sie selbst verursachten Tod eines Menschen.

Man erklärt ihnen auch nicht, dass man in bestimmten Situationen durchaus Angst haben kann und demzufolge auch nicht, wie mit ihr unter Stress umzugehen ist. »Angst kennt ein Polizist nicht«, erklären ihnen die Ausbilder, die meist mehr im Innendienst als im Außendienst tätig sind. Dass das Umgehen mit der Waffe eventuell den Tod eines Menschen herbeiführen kann, wird nicht bis in die letzte Konsequenz besprochen. Dabei ist es relativ einfach, Polizisten mit diesen Tatsachen zu konfrontieren und ihnen all diese Dinge bis ins Detail zu erklären, um sie fit zu machen für ihren schweren Beruf. Deshalb hat man ihnen zunächst einmal den Beschuldigtenstatus klarzumachen.

Da setzt ein Straftäter nach einem gescheiterten Bankraub einer Frau ein Messer an die Kehle, ritzt ihr den Hals auf, so dass das Blut austritt und erklärt den eintreffenden Polizisten, dass er sie töten werde, sobald die Beamten näher kommen würden. Seine Aggressivität ist enorm, so dass die Frau in höchster Lebensgefahr schwebt.

Der Polizist, der auf eine günstige Gelegenheit gewartet hatte, erkennt plötzlich seine Chancen und schießt. Er trifft den Täter tödlich, die Geisel ist frei und bis auf die kleine Verletzung am Hals körperlich unversehrt, der seelische Schock muss erst später behandelt werden. Jetzt setzt die Maschinerie ein.

Der Polizist wird Beschuldigter, weil er vorsätzlich einen Menschen getötet hat. Eine Mordkommission übernimmt die Ermittlung, weil sie die größte Erfahrung mit der Bearbeitung von Todesermittlungsverfahren hat. Der Beamte ist fassungslos.

Beschuldigt, zunächst des Totschlags, möchte er gern darüber reden, wie ihm zu Mute ist. Das darf er aber eigentlich nicht, weil er vielleicht Dinge sagt, die er unter dem Eindruck des Geschehens glaubt, erlebt zu haben. Die sich jedoch aufgrund bestimmter Sachbeweise so nicht abgespielt haben dürften. So muss er einerseits schweigen, er ist ja Beschuldigter, will andererseits aber reden, weil ihn der Tod eines Menschen belastet. Hinzu kommt, dass er menschlich gesehen, eigentlich gar kein Unrechtsbewusstsein zu haben braucht, denn schließlich hat er einer Geisel das Leben gerettet und darum ging es schließlich in erster Linie.

Der Beamte macht sich ganz sicher Gedanken, ob diese letzte Konsequenz, der Tod, überhaupt erforderlich gewesen ist. Hätte ein gezielter Schuss auf die Hand nicht auch ausgereicht? Hätten seine »Schießkünste« ihn nicht anders handeln lassen müssen? So hat also die Frage nach der individuellen Schuld eine unerhörte Bedeutung und hat nichts, aber auch gar nichts, mit der juristischen zu tun.

Dann kommen in dieser Situation mitunter Vorgesetzte hinzu, die sich, aus welchen Gründen auch immer, erst einmal erzählen lassen wollen, was sich denn tatsächlich abgespielt hat (nicht selten in vorauseilendem Gehorsam) und greifen dabei in die Ermittlungstätigkeit einer Mordkommission ein. Zudem, und das sollten jene wissen, sind sie nach dem einmal Gehörten plötzlich Zeugen in diesem Verfahren und müssen zu Protokoll geben, was ihnen der Schütze erzählt hat. Um aber dem Kollegen auch die

Möglichkeit zu geben, sich über das Belastende auszusprechen, muss jemand zur Verfügung stehen, der das Zeugnisverweigerungsrecht im Sinne der Strafprozessordnung besitzt. Dies können z.B. Pfarrer oder Psychologen sein. Auf jeden Fall ist dieser angespannten Situation Rechnung zu tragen, so dass er das Gefühl hat, nicht allein gelassen zu werden.

Äußerungen von Kollegen, die vielleicht eine diffizile Situation nicht erkennen und Sprüche von sich geben wie: »Das hätte jedem passieren können, hast du aber hervorragend getroffen« oder »Das hast du aber gut gemacht!«, sind allein deshalb unangebracht, weil es erstens nicht jedem passiert ist, und zweitens war die Tötung dieses Menschen zwar geeignet, verhältnismäßig und im Interesse der Geisel auch erforderlich, aber »toll« oder »gut«, ganz sicher nicht.

Man wird Polizeibeamter aus vielerlei Gründen und weiß im Unterbewusstsein auch, dass dieser Beruf die Tötung eines Menschen erforderlich machen kann. Niemand wird jedoch Polizeibeamter, um einen Menschen zu töten, so dass auch niemand im Vorhinein weiß, wie er mit diesen Problemen umzugehen hat.

Selbst wenn das Verfahren, wie in diesem Fall, mit der Notwehr gerechtfertigt war und alles so gelaufen ist, wie man dies von einem kriminalistischen, juristischen und menschlichen Verfahren erwarten darf, bleibt zu klären, wie dem Beamten auch in Zukunft zu helfen ist. Er muss die Solidarität seiner Kollegen und die Nähe seiner Familie spüren und auch erleben. Er muss wissen, dass es nicht ein Zeichen von Schwäche ist, wenn er Gefühle zeigt und sie mitunter situativ auch zum Ausdruck bringt. Wer diese Gefühle hat und sie zeigen kann, ist letztlich auch in der Lage, einfühlsam auf andere Menschen einzugehen.

Die Belastungsreaktionen sind noch bei weitem unerforscht, so dass adäquate Konzeptionen noch nicht vorliegen. Es ist aber die Pflicht der Polizeiführer eine Strategie zu entwickeln, um Betroffenen zu helfen, eventuell Fehlverhalten oder Überreaktionen abzubauen, um sie so schnell wie nur irgend möglich wieder in den normalen polizeilichen Vollzugsdienst integrieren zu können. Die Dienststellen der Bundesländer haben schon zu viele Polizeibeamte verloren, weil sie mit dem Schusswaffengebrauch und dem Tod eines Menschen nicht fertig geworden sind.

Vielleicht gelingt es aber doch irgendwann, die Angehörigen der Polizei und auch der Feuerwehr davon zu überzeugen, dass es wichtiger ist, über Gefühle zu reden, als andere als »Weicheier« zu verunglimpfen.

Wer nicht zulässt, dass ein Mitarbeiter seine Betroffenheit zum Ausdruck bringt, weil er z.B. ein auf grauenhafte Weise misshandeltes Kind gesehen; Menschen halb oder gänzlich verkohlt aus einem Haus heraustragen musste; miterlebt hat, wie Kollegen beim Löschen eines Brandes verschüttet wurden und dabei verstarben; der begreift diesen Beruf nicht und sollte sich in eine andere Richtung orientieren.

Ich erlebte einen Feuerwehrmann, der kurz vor seiner Pensionierung auf einer Tagung der Notfallseelsorge einen Vorfall schilderte, der ihn über Jahre belastete, und der froh war, diesen endlich einmal ausführlich darstellen zu können.

Kollegen einer Wache waren mit einem Einsatzfahrzeug unterwegs, als junge türkische Autofahrer, wie sie es nannten, »Roulette« im Bezirk Kreuzberg spielten.

Es machte ihnen Spaß, auf der kilometerlangen Gneisenaustraße ständig bei rot über die Kreuzung zu fahren. Auf einer dieser Kreuzungen kollidierten sie mit einem Feuerwehrfahrzeug, das bei grün diese Straße überqueren wollte. Dabei wurden die jungen Leute schwer verletzt, ein Feuerwehrmann aber kam ums Leben.

Der Wachleiter, jener Mann, der uns diesen Sachverhalt schilderte, musste zusammen mit einem weiteren Kollegen noch in den Morgenstunden zur Ehefrau gehen, um ihr die Todesnachricht zu überbringen.

Die Frau, die auf ihr Klingeln öffnete und im Morgenrock in der Haustür stand, sah die beiden Männer nur an und brach dann in einen Schreikrampf aus, weil sie wusste, dass ihrem Mann etwas Schreckliches zugestoßen war.

Dieses Erlebnis, das viele Jahre zurücklag, hatte sich so tief in die Seele des Mannes eingebrannt, dass er endlich einmal öffentlich und vor anderen darüber reden wollte. Ein »Weichei«? - wohl kaum. Ein Mann mit Gefühl, ein Vollblutfeuerwehrmann, der sich nicht scheute, den Verlust seines Kollegen zu beklagen und den tiefen Schmerz dieser Frau wiederzugeben, um zu vermitteln, wie betroffen er war.

Schlagzeilen

Ein nicht unwesentliches Thema war für mich auch immer der Umgang mit der Presse. Dabei kann ich feststellen, dass der tägliche Umgang mit ihr im Großen und Ganzen als gut zu bezeichnen war. Wir kannten unsere gegenseitigen Grenzen und die wurden eigentlich nur selten überschritten. Journalisten sollten z.B. in die Katastrophenvorsorge einbezogen werden und unsere Arbeit intensiv kennen lernen.

Diese Einstellung führte oft dazu, dass ich bei gravierenden Fällen nicht lange erklären musste, dass über das bisher Gesagte hinaus nicht mehr berichtet werden konnte, um die Ermittlungsarbeit nicht zu erschweren. Dennoch erleichterte ich ihnen ihre Berichterstattung, wenn ich, wie beispielsweise nach einer Gasexplosion wie in Berlin-Steglitz, Lepsiusstraße, die Möglichkeit gab, aus nächster Nähe anschaulich die Vorgehensweise der Rettungskräfte beobachten zu können.

Ich möchte aber an dieser Stelle auch nicht versäumen, auf Medienvertreter einzugehen, die bar jeder Vernunft und Einfühlungsvermögens Bilder »schießen« und Menschen durch Fotografien in die Öffentlichkeit zerren wollen, nur um ihrer Sucht nach Sensation nachgehen zu können.

Trotz meiner durchaus positiven Erfahrungen habe ich es leider auch erleben müssen, dass es im Kampf um Auflage und Einschaltquote keine Grenzen zu geben scheint.

So wurden Angehörige von Opfern mit der Schlagzeile: »Sie haben gerade ihre tote Tochter identifiziert«, »Das sind die Kinder der Eltern, die bei einer Flugkatastrophe ums Leben kamen« oder »Das Foto entstand, als die Eltern ihre tote Tochter identifizierten« in Presse und Fernsehen dargestellt, vorübergehend Mitleid erregt, ohne Gedanken daran zu verschwenden, wie es diesen Menschen tatsächlich erging.

Es wird auf Teufel komm raus auf die Tränendrüse gedrückt, ohne dass es diese Medienvertreter auch nur im Geringsten interessiert, wie betroffen die Menschen tatsächlich sind. Und Argumente wie: »Die Menschen, sprich Zeitungsleser, haben ein Anrecht darauf, die Opfer in der Zeitung abgebildet zu sehen«, überzeugen doch nur den, der die Zeitung verkaufen will. Warum muss ich, warum müssen Leser wissen, wie der Mensch aussah, der in der ersten oder in der dritten Reihe dieser Unglücksmaschine gesessen hat? Wozu, wie in Berlin geschehen und von mir bereits beschrieben, muss ein in einem Tuch eingewickelter menschlicher Kopf der Öffentlichkeit präsentiert werden und das angeblich nur deshalb, weil die Leser ein Anrecht darauf haben? Warum muss ich Sensationsgier tolerieren, nicht aber das Leid der Angehörigen, die diese Bilder auch noch vor Augen geführt bekommen? Warum muss ein Baby, das der Vater aus dem 9. Stock eines Wohnhauses auf ein Dach geschleudert hatte, abgebildet werden? Wofür und für wen?

Ohne Pietät, ohne Mitleid werden Angehörige mit diesen oft schrecklichen Fotos konfrontiert und alles nur aus einem einzigen Grund: die Auflage zu erhöhen. Und wenn wir feststellen, dass die Auflagen sich erhöhen, gerade weil grässliche Bilder gezeigt werden, müssen wir uns dann nicht die Frage stellen, welchen Grad der Rohheit, des Stumpfsinns und der Sensationsgier unsere Gesellschaft schon erreicht hat? Ich will anhand einiger kleiner Beispiele unterstreichen, welche Perversion diese Schlagzeilen annehmen und wie belastend sie für Opfer oder deren Angehörigen sein können.

Eine verkohlte Leiche im Tiergarten

In Berlin-Tiergarten fanden Spaziergänger eine völlig verkohlte Leiche und alarmierten daraufhin sofort die Polizei. Da der Fundort, von dem wir nicht wussten, ob er zugleich auch Tatort gewesen sein könnte, nicht weit von unserer Dienststelle war, trafen wir binnen nur weniger Minuten nach der Schutzpolizei dort ein, die den Bereich bereits weiträumig abgesperrt hatte.

Was das Brandopfer anbelangte, so handelte es sich, wie wir später feststellen konnten, um eine junge Frau, die sich aus Lebensüberdruss mit Benzin übergossen und im Tiergarten angezündet hatte. Welch grausame Art aus dem Leben zu scheiden.

Reporter waren, wie Pilze aus dem Boden geschossen, ebenfalls schon vor Ort, stellten Fragen, die noch keiner von uns vernünftig beantworten konnte, da wir selber noch nicht sehr viel mehr wussten. Der Fotograf einer Boulevard-Zeitung, den ich bis zu diesem Zeitpunkt noch nie gesehen hatte, kletterte jedoch über die absperrenden Leinen und wollte aus nächster Nähe das Brandopfer fotografieren. Als ich das sah, ging ich auf den Mann zu und forderte ihn auf, sofort zurückzugehen. Daraufhin schrie er mich an: »Das sind ja Nazi-Methoden«.

Ich wurde darüber so wütend, dass ich mich schon sehr stark beherrschen musste, diesem Kerl nicht an die Kehle zu gehen. Ausgerechnet mir »Nazi-Methoden« zu unterstellen, war schon ein starkes Stück. So erklärte ich ihm, innerlich kochend, mit relativ ruhiger Stimme, dass er erstens auch weiterhin keine Gelegenheit bekommen würde, Bilder von dem Brandopfer, das im Übrigen in der Zwischenzeit bereits abgedeckt war, zu machen. Und er zweitens mit einer Beschwerde meinerseits bei seinem Chefredakteur zu rechnen habe. Dann ließ ich ihn stehen, setzte mich mit meiner Pressestelle und anschließend mit dem Chefredakteur in Verbindung, weil ich diese Beleidigung nicht im Raum stehen lassen wollte.

Der Redakteur, ein nicht nur in seinem Beruf erfahrener Mann, kannte mich schon seit langem und wusste sehr wohl, welchen Schaden sein Bildreporter gerade bei mir angerichtet hatte.

Er bat mich deshalb auch im Namen seiner Redaktion sofort um Entschuldigung und erklärte mir, dass sich sein Mitarbeiter noch einmal bei mir melden würde.

Das tat der dann auch, entschuldigte sich bei mir mit einer fadenscheinigen Begründung und lud mich zur Schadensbegrenzung zu einem Essen ein. Ich habe sowohl diese Entschuldigung als auch seine Einladung abgelehnt, da für mich klar ersichtlich war, dass er es nur getan hatte, um sich mit seinem Chef zu versöhnen. Ich sagte ihm nur abschließend, dass er sich in Zukunft mit derart blöden Bemerkungen anderen Kollegen gegenüber zurückhalten solle und legte auf. Anschließend informierte ich nochmals seinen Chefredakteur über das geführte Gespräch und dann war für uns beide die Geschichte »gegessen«.

Ein weiterer Fall von Pressearbeit, wie man ihn besser nicht erleben sollte.

Mord am Bahnhof Zoo

Im Oktober 1994 wurde auf einem Rastplatz an der Autobahn von Berlin nach Lübeck und dort in einem Müllcontainer der Kopf - in anderen ähnlichen Behältnissen die Körperteile – einer jungen Frau gefunden, die seit einiger Zeit in Berlin als vermisst gemeldet worden war. Sabrina G., eine Frau, die sich in Berlin-Schöneberg als Gelegenheitsprostituierte Geld verdiente, war durch ihren Mörder zuvor misshandelt, dann getötet, anschließend zerstückelt und ihre Körperteile in verschiedene Container an der Autobahn versteckt worden.

Die Ermittlungen zu diesem Verbrechen liefen in Berlin auf Hochtouren, wobei die 5. Mordkommission ihre Recherchen u.a. auch auf die Umgebung rundum den Bahnhof Zoo ausdehnte und im dortigen Milieu für helle Aufregung sorgte.

Allein die Tatsache, dass meine Beamten dort intensiv ermittelten, brachte die Szene, die von allerlei krummen Geschäften lebte, durcheinander, so dass sie sich auch letztlich Sorgen um ihre »Zukunft« machte. Viele Frauen und Männer wurden befragt, niemand konnte aber einen entscheidenden Hinweis auf den Mörder der Sabrina G. geben.

Ende des Jahres 1994 kam ein 55-jähriger Mann aus einem kleinen Dorf in der Nähe Münchens nach Berlin, um für einige Tage gerade in diesem Milieu »hängen zu bleiben«. Wenige Stunden später wurde er getötet und in den Büschen, die sich neben einem Discount-Geschäft befanden, ermordet aufgefunden.

»Wir haben den Mörder von Sabrina G. umgelegt«, hieß es in einem bei der Polizei und der Presse aufgezeichnetem Tonband, und eine Boulevard-Zeitung berichtete daraufhin in großen Lettern: »Mörder von Sabrina G. getötet«. Eine Schlagzeile, die in ganz Deutschland gelesen wurde. Als die Beamten der 5. Mordkommission das Tonband abhörten, konnten sie sich erinnern, die Stimme schon einmal bei ihren Ermittlungen am Bahnhof Zoo gehört zu haben und waren deshalb relativ sicher, sie einem Mann zuordnen zu können, den sie während ihrer Ermittlungen nach dem Mörder von Sabrina G. bereits befragt hatten.

Sie fuhren deshalb sofort zum Bahnhof Zoo, trafen ihn dort an und nahmen ihn mit zur Dienststelle, wo er nach einer kurzen Vernehmung gestand, den 55-jährigen Mann gemeinsam mit einem Kumpel ermordet zu haben. Als Grund gab er Folgendes an: »Der Kerl ging uns auf die Nerven, weil er ständig, wenn er betrunken war, krakelte und wir Sorge haben mussten, dass uns der Bundesgrenzschutz aus den warmen Räumen des Bahnhofs vertreiben würde. Um dem zuvorzukommen, beschlossen mein Kumpel und ich, ihn zu beseitigen, um ungestört dort weiterhin bleiben und auch saufen zu können«. Sie schleppten den ebenfalls angetrunkenen Mann aus dem Bahnhof heraus und brachten ihn in einer ruhigen Passage, unweit des Bahnhofs, um. Dann legten sie ihn in den Büschen ab.

Um nunmehr auch Ruhe vor der Mordkommission zu haben, behaupteten sie, er hätte ihnen gegenüber zugegeben, Sabrina G. ermordet zu haben. Sie hätten die junge Frau rächen wollen, obwohl ihr Opfer niemals einen Mord zugegeben hatte.

Sowohl der zweite Tatbeteiligte als auch der tatsächliche Mörder der Sabrina G. wurden später gefasst.

Das Gravierende, weil über die Presse unverantwortlich »hinausgeblasen«, war allerdings der Umstand, dass der fast 80-jährigen Mutter des Opfers die Ermordung ihres Sohnes durch uns mitgeteilt werden musste, und sie zugleich über die Presse erfuhr, dass er auch selbst ein Mörder gewesen sein soll.

Anstatt zunächst einmal auf die Abklärung des Sachverhaltes durch die Polizei zu warten, wurde die Mutter schonungslos mit diesen Schlagzeilen konfrontiert und in dem Dorf, in dem sie wohnte, schließlich noch zu allem Überfluss als Mutter eines Mörders angeprangert. Zu allem Schmerz über den Verlust des Sohnes kam noch das unverantwortliche Geschreibsel eines Reporters hinzu, der lediglich aus Sensationsgier berichtete und der das Leben der Mutter in diesem Dorf unerträglich machte. Gedankenlos? Nein, verantwortungslos.

Sexualdelikte, Kindesmisshandlungen

Während sich die Mordkommissionen mit ihren Fällen auseinander zu setzen hatten, die Brandkommissariate auf der ständigen Suche nach ihren zahlreichen Brandstiftern waren und die Vermisstendienststelle unterwegs war, um vermisste Kinder und Jugendliche, aber auch Erwachsene aufzuspüren; hatte sich die 3. Inspektion mit den scheußlichen Verbrechen der Kindesmisshandlung, der Vergewaltigung und dem sexuellen Missbrauch zu beschäftigen.

Da wurden meine Mitarbeiterinnen und Mitarbeiter mit Eltern konfrontiert, die ihre Kinder aus purer Lust am Quälen in kochend heißes Badewasser steckten und ihnen vorher den Mund zuklebten, damit die Schreie nicht in der Nachbarschaft zu hören waren. Die Haut völlig verbrüht, Narben, die nie mehr verheilen würden und besonders belastet, weil zudem noch engste Verwandte ihnen dieses Leid angetan hatten. Es kam auch vor, dass sich Kinder zu Tode hungerten, weil die Mütter überfordert waren.

Vielfach waren diese Torturen anderen Menschen bekannt, ohne dass sie die Polizei verständigten.

Eine vergewaltigte Frau, ein mutiges Mädchen

Ein ganz anderer Fall beschäftigte am 24. März 1997 die 3. Inspektion, als man im Bezirk Prenzlauer Berg ein 11-jähriges Mädchen mit gebrochenen Beinen auf dem Gehweg fand und es den hinzukommenden Passanten und wenig später auch der eintreffenden Polizei erklärte, dass ein Mann ihrer Mutti etwas ganz Böses in der elterlichen Wohnung antun würde.

Die Polizei, die daraufhin sofort zu der im 2. Stock liegenden Wohnung rannte, hörte vor der Wohnungstür die Schreie einer jungen Frau, brach die Tür auf und nahm dort den 37-jährigen Hans Christian W. fest, der kurz zuvor die Wohnungsinhaberin mit vorgehaltener Pistole und einem an den Hals gesetzten Messer zum Geschlechtsverkehr gezwungen hatte.

In einer Befragung der Geschädigten ergab sich folgender Sachverhalt: Bereits am 18. Februar 1997 hatte derselbe Mann versucht in ihre Wohnung einzudringen, nachdem er zuvor dort geklingelt hatte. Sie konnte ihn jedoch abwehren, erkannte ihn allerdings am 24. März 1997 sofort wieder, als er erneut vor ihrer Wohnungstür stand. Genau wie damals dachte sie an einen Einbruch. Dieses Mal drängte er sie jedoch sofort zurück und bedrohte sie mit einer Waffe, fesselte sie an den Händen und erklärte ihr, dass er sofort schießen würde, sollte sie auch nur einen Ton von sich geben.

Den beiden völlig verschüchterten 9 und 11-jährigen Mädchen, die in der Nähe ihrer Mutter standen, gab er ähnliche Anweisungen und sperrte sie im Anschluss daran in deren Kinderzimmer ein. Während das 9-jährige Mädchen sich voller Angst in eine Ecke verkroch, lief das 11-jährige Kind zum Fenster, öffnete es und versuchte von dort aus Passanten durch Gesten auf sich aufmerksam zu machen. Nachdem keine Reaktion erfolgte, rief es zunächst leise um Hilfe. Lauter zu werden getraute es sich nicht, da es befürchtete, der Täter könne es hören und würde daraufhin der Mutter nur noch mehr Leid zufügen. So entschloss es sich, nachdem auch auf das Hilferufen niemand reagiert hatte, aus dem Fenster zu springen.

Dort unten auf dem Bürgersteig brach sich das Kind dann beide Beine, konnte aber der Mutter nun auf direkte Weise helfen. Ein mutiges Mädchen, dem wir später auch eine Belohnung überreichen konnten. Der Täter, der über Wochen und Monate in einem Zelt rund um Berlin kampiert hatte, gab später zu, in drei weiteren Fällen Sexualverbrechen begangen zu haben, und zwar an drei Mädchen im Alter von 9 und 10 Jahren, die er zuvor von der Schule bis zur Wohnung verfolgt und sie dann unter vorgehaltener Pistole ebenfalls zum Geschlechtsverkehr gezwungen hatte.

W. wurde zu neuneinhalb Jahren und anschließender Sicherheitsverwahrung verurteilt. Ein Urteil, mit dem auch die Kriminalpolizei gut leben konnte.

In einer Pressekonferenz, die ich dann gab, bat ich die Medienvertreter darum, den Namen der Mutter nicht zu benennen, woran sich auch fast alle hielten.

Ausgerechnet eine Reporterin aber handelte auf eine schon fast unverschämte Art und Weise, offensichtlich ohne auch nur einen Gedanken an die Frau oder aber an deren Familie zu verschwenden. Sie lief mit ihrem Kamerateam bis zu der Straße, in der die junge Frau wohnte, filmte nicht nur den Hauseingang, sondern auch den Treppenaufgang und blieb dann mit der Kamera direkt auf dem Namen an der Wohnungstür hängen, um auch jedem in der Öffentlichkeit zu zeigen, wie die Frau hieß, die vergewaltigt worden war. Ich stellte mir natürlich schon die Frage – Wozu das alles? Musste zu dem Verbrechen, das eigentlich der Reporterin sehr hätte zu denken geben müssen, auch noch der Name in die Öffentlichkeit gezerrt werden? Wer hatte etwas davon? Und vor allem, wen interessierte das überhaupt? Auch wieder hier nur Sensationslust und ganz sicher auch die Hoffnung, Zuschauer zu gewinnen.

Eine sehr merkwürdige und eine nicht nachvollziehende Art und Weise mit Menschen umzugehen.

Alle Tötungsdelikte aufzuführen, die ich im Laufe meines Berufslebens selbst bearbeitet habe bzw. die von meinen Kollegen aufgeklärt worden sind, hieße den Rahmen bei weitem zu sprengen.

Nicht immer ist die Tat an sich das gravierende Erlebnis, sondern vielmehr den Angehörigen gegenüberstehen zu müssen. Nun ist es ja unser Beruf, und ich kann für mich behaupten, mit all den Straftaten, die ich je gesehen, erlebt und bearbeitet habe, relativ gut umgegangen zu sein, und habe sie auch einigermaßen für mich verarbeitet.

Trotzdem fuhr ich nicht selten nach einem Tötungsdelikt allein in den Wald und verarbeitete dort für mich in dieser mich umgebenden Stille das ganze Geschehen.

An anderen Tagen war ich dann wieder froh, mich mit Kollegen besprechen zu können und das hin und wieder bei einem Glas Bier. Da wurde dann vielfach geblödelt und dabei die ganze Aktion überspielt, wie das Feuerwehrleute, Ärzte, Rettungsdienste und auch andere tun.

Ich habe mit einigen Chefärzten Berlins Gedanken zu diesem Thema ausgetauscht, und wenn ich selbst von meiner Belastung oder der meiner Kollegen sprach, dann waren auch sie bereit zu erzählen, wie ausgewachsene, hochintelligente Männer nach stundenlangen Operationen über Dinge Witze machen konnten, die ein Außenstehender zu diesem Zeitpunkt nie begriffen und das Verhalten wohl erst recht nicht verstanden hätte.

Eine solche Reaktion ist jedoch normal. Normal ist nur nicht, wenn wir alle so tun, als berühre uns nichts. Was hielten wir von Ärzten, denen es nichts ausmachte, dass ihnen eine Operation misslungen oder die Reanimation eines Menschen nicht gelungen ist? Der grausame Mord an einem Menschen und das Überbringen unheilvoller Nachrichten gehen einfach an die Substanz.

Warum sollten wir uns unserer Betroffenheit schämen? Und warum sollen wir nicht zugeben, dass es so ist? Nur weil wir stark und männlich sind und eigentlich nur einer Frau zugestehen, dass sie sich so verhält? Dabei habe ich Kolleginnen erlebt, die weit besser mit einem schrecklichen Geschehen umgehen konnten als mancher Mann. Aber ich denke, dass es ohnehin nicht so wichtig ist, wer, was, wie am besten und dann noch nach Geschlechtern eingeteilt, bewerkstelligt. Wichtig ist, dass wir akzeptieren, dass über Belastungen gesprochen wird.

Das In-Sich-Hineinfressen ist die schlimmste Art und der meist fehlgeschlagene Versuch damit umzugehen. Das führt in die Krankheit, belastet den Betroffenen, später die Familie und bringt ihn möglicherweise dazu, sich selbst zu isolieren und sich eines Tages aus unserer Gesellschaft zu »verabschieden«.

Abgestumpft?

Ich werde oft gefragt, ob mich dieses ständige Umgehen mit Mord und Totschlag, Vergewaltigung, Kindesmisshandlung, Bränden und Katastrophen nicht abgestumpft habe und vielleicht vieles nur noch Routine sei. Nichts davon hat für mich gegolten. Ich kann das auch für die meisten meiner Mitarbeiter sagen. Im Gegenteil, wir haben uns immer wieder gefragt, warum tun Menschen sich das nur an? Was tun sie vor allem anderen an? Wer abstumpft in diesem Bereich, der muss wechseln, sich einer anderen Tätigkeit innerhalb der vielfältigen Kriminalpolizei zuwenden. Wenn die Seele nicht mehr mitspielt oder ein Gefühl für andere erst gar nicht vorhanden ist, dann hat man im Bereich »Delikte am Menschen« nichts zu suchen.

Jagdfieber gepaart mit hervorragender Ermittlungsarbeit, Vernehmungstechnik und ein Gespür, das kaum zu beschreiben ist, sind in diesem Job ebenso unerlässlich wie das Mitgefühl für andere Menschen.

Und wenn eine junge türkische Frau, eine der wenigen Überlebenden eines Massakers, das ein angereister Onkel mit Handgranate und Schusswaffe in der Familie angerichtet hatte, ihnen in die Arme fällt, weil sie die Last des Ungeheuerlichen nicht ertragen kann, dann hat man da zu sein für dieses Menschenkind und Trost zu spenden, so gut es eben geht. Schrecklich die Vorstellung, sie allein auf dem Flur unseres Dienstgebäudes in diesem bedauernswerten Zustand sitzen zu lassen. Nein, die Zeit muss da sein, wenigstens so lange zur Verfügung zu stehen, bis Freunde und Verwandte oder Psychologen sie in ihre Obhut nehmen.

Die Beamten müssen knallhart in den Ermittlungen sein, Einsatz bis an die eigenen Grenzen leisten und konsequent in der Sache, erst recht bei der Festnahme sein. Sie müssen dafür Sorge tragen, dass der Täter der gerechten Strafe zugeführt wird, aber niemals vergessen, was diesen Beruf noch ausmacht. Nämlich trotz allem auch Emotionen zu haben und Opfern und Hinterbliebenen behilflich zu sein.

Gerade letzteres hatte mich dann auch bewogen, 1992 auf die katholische und evangelische Kirche, auf die jüdische und die türkische Gemeinde zuzugehen. Ich wollte ihnen einerseits vermitteln, aus welchen Gründen wir Gemeinsamkeiten suchen und aufeinander zugehen sollten, andererseits gab ich meinen Mitarbeitern über Beratungsstellen außerhalb der Polizei die Möglichkeit, sich in Lebensfragen dorthin zu wenden. Ich weiß, dass viele meiner Kolleginnen und Kollegen diese Möglichkeit genutzt haben, ohne dass ich jemals erfuhr, wer es war und so muss es auch sein.

Ein Kollege, der die Möglichkeit bekommt, sich auszusprechen, über seine Belastungen reden zu können, steht mir viel schneller wieder zur Verfügung, als derjenige, der die erlebte Bestialität nicht verkraftet, wütend und reizbar wird, zur Flasche greift und durch Schlafstörungen und letztlich Herzbeschwerden für Wochen und Monate ausfällt.

»Interessiere dich für andere«, so hat es schon Freiherr von Knigge formuliert, »wenn du willst, dass andere sich für dich interessieren sollen! Wer teilnehmend, ohne Sinn und Freundschaft, Wohlwollen und Liebe nur sich selbst lebt, der bleibt verlassen, wenn er sich nach fremden Beistand sehnt!«.

Abkürzungen

APO – Außerparlamentarische Opposition
ASB – Arbeiter Samariter Bund
ASTA – Allgemeiner Studentenausschuss
BAM – Bundesanstalt für Materialprüfung
Bepo – Bereitschaftspolizei
BGS – Bundesgrenzschutz
BUK – Brandursachenkommission
DRK – Deutsches Rotes Kreuz
Ekdo – Einsatzkommando
IDKO – Identifizierungskommission des Bundeskriminalamtes
MUK – Morduntersuchungskommission
MSP – Heilspartei
PTU – Polizeitechnische Untersuchung
RKB – Revierkriminalbüro
SEK – Sondereinsatzkommando
Soko – Sonderkommission
THW – Technisches Hilfswerk
WKP – Weibliche Kriminalpolizei
WvD – Wachtmeister vom Dienst